生死之间

偶尔治愈
／著

当我们
与疾病和死亡
狭路相逢

中信出版集团 | 北京

图书在版编目（CIP）数据

生死之间：当我们与疾病和死亡狭路相逢 / 偶尔治愈著. -- 北京：中信出版社，2019.10（2020.5重印）
ISBN 978-7-5217-0942-1

Ⅰ.①生… Ⅱ.①偶… Ⅲ.①纪实文学—作品集—中国—当代 Ⅳ.①I25

中国版本图书馆CIP数据核字（2019）第182899号

生死之间——当我们与疾病和死亡狭路相逢

著　　者：偶尔治愈
出版发行：中信出版集团股份有限公司
（北京市朝阳区惠新东街甲4号富盛大厦2座　邮编　100029）
承 印 者：北京诚信伟业印刷有限公司

开　　本：880mm×1230mm　1/32　　印　　张：11.25　　字　　数：180千字
版　　次：2019年10月第1版　　印　　次：2020年 5月第2次印刷
广告经营许可证：京朝工商广字第8087号
书　　号：ISBN 978-7-5217-0942-1
定　　价：58.00元

目录

Part 02

病魔在人间：与疾病共生

Part 03

最好的告别：如果死亡不可避免

序言

生死之间——当我们与疾病和死亡狭路相逢

1985年，著名的古生物学家、全球鼻祖级科普作家斯蒂芬·杰伊·古尔德（Stephen Jay Gould）发表了一篇非同凡响的文章，题目叫作《中位数并不是预言》。这一年，古尔德44岁，三年前他刚被诊断出患有腹部皮脂瘤。

腹部皮脂瘤是一种罕见的、致命的癌症。在得知自己的诊断结果后，古尔德去了医学图书馆，找出了关于这种病的最新研究论文。“文献说得再清楚不过了：皮脂瘤无法治愈，在发现以后，中位数存活期仅有8个月。”他写道。

这个消息对古尔德是毁灭性的。但是，他也注意到，在病人存活曲线图的右侧，是一根长长的、细小的、存活期超过8个月的病人的线尾。古尔德在这里找到了安慰。他想象，自己的存活期或许也能沿着那根线尾远远向前延伸。

古尔德是幸运的，在手术和试验性化疗后，他又活了 20 年。

在 1985 年的一篇文章中，古尔德写道，他认可《圣经》中说的“生有时，死有时”，他说：“当我活到头的时候，我希望能平静地面对生命的终点，并且是以我自己选择的方式。然而，大多数情况下，我更喜欢这种更富战斗性的观点，即死亡是最终的敌人——我觉得那些对光的熄灭愤怒不已的人没什么好责备的。”

30 年后，美国医生阿图·葛文德（Atul Gawande）在他著名的《最好的告别》一书里，也复盘了古尔德的这个故事。不过，他更多的是站在反思的视角。葛文德说，他自己每次接手绝症病人，总会想起古尔德和他的文章。不管这种活得更久的可能性多么微弱，患者总是希望去竭力寻找。

在葛文德看来，这对于患者个人来说并没有什么错，麻烦之处在于，美国的医疗体系和文化都是围绕着那个微弱的可能性建立的。他怀疑，社会为此投入了过多的精力，医患应该基于这种对于死亡的态度，反思所作所为。

必须承认的是，如果我们仅仅关注古尔德的遭遇，显然会陷入“幸存者偏差”的陷阱。“幸运的古尔德”会令人们变得过度乐观，忽略那些未经打量的、未能活下来的患者遭遇。统计数据很难撒谎，它清楚地告诉我们，那时腹部皮脂瘤患者的中位数存活期就是只有 8 个月。古尔德只是例外，另外的很多人都是拼命挣扎，却仍旧痛苦地辞世。

希望和运气绝不是生命故事的全部，古尔德也不例外。他几乎战胜了腹部皮脂瘤，但不幸的是，2002 年，古尔德在年满 60 岁时，死于与腹部皮脂瘤无关的肺癌。作为科普作家，面对有力的统计数据和科学证据，古尔德敢于做出绝地求生的个人选择，但他仍没有逃过疾病和死亡的另一次凝视。

古尔德的这个故事所承载的复杂情绪，其实也是接下来读者将在本书中看到的内容的写照。乐观者在古尔德的故事里看到他多活 20 年的希望；悲观者看到疾病对于一个传奇学者命运的反复碾压；像葛文德这样态度超脱的医生，带入的是观察医疗体系的中立视角。

接下来的这些故事有生有死，有理性也有冲动，有励志也有悲情。我们所能保证的，是在生死之间——当与疾病和死亡狭路相逢时，我们不贩卖虚假的希望，全面呈现观察与思考。

曾　鼎

前言

最爱的人离去时，我没能好好告别[①]

一

我 30 岁那年，在做了 5 年医疗记者之后，又在国内最好的互联网医疗平台“丁香医生”工作，但当听到妈妈癌症转移时，我仍然和 16 岁第一次听到母亲被确诊为癌症的消息时一样，张皇失措。

面对母亲的疾病，我所受过的职业训练毫无用处。和多数中国家庭一样，我们家先是隐瞒病情，爸爸甚至请妈妈的主治医生开了一张假病历。

我们从来没有考虑过这种可能性：坐下来，和妈妈一起面对，问问她想要什么，我们能为她做什么。无论有多少本医学伦理书告

---

① 本文作者为徐卓君。

诉我，坦诚相告才是最好的选择，我当时仍然在内心认同了爸爸和阿姨们的判断：不要告诉你妈，她会垮的。

后来，我才意识到，我和爸爸是因为自己无法面对这种局面，所以采取无限拖延的鸵鸟战术。

妈妈是个很细心的人，2001 年被查出宫颈癌之后，她每年都会做例行体检。14 年来，她和她体内的癌细胞和平共处安然无恙。直到 2015 年，她开始频繁地腹泻，然而多次肠镜都显示一切正常。

这也是医学的局限所在，你无法探查身体的每一个角落，你悉心地保养身体，例行体检，也逃不过命运的一击。

直到开腹，医生才发现肿瘤已经弥漫在整个腹腔，这时，妈妈已经彻底失去了手术和治疗的机会。

或许是我从杭州特地请假回家引起了她的疑心，或许是多年的医务工作者的经历（她在一家医院做过多年的护士），又或许是女性的直觉，她要求看她的病理报告。

二

实在瞒不住之后，妈妈比我想的镇定许多，她说她想搏一把，要去北京一家中医院治疗——我和爸爸咨询过北京和家乡的几家三甲医院，其中有几位医生都是认识的朋友，他们的意见是一致的，癌症到了这个阶段，积极的治疗只是徒劳无功的挣扎。

妈妈在十几年前宫颈癌手术之后，陆续买过这家中医院出产的

“中药”——说是中药，实际上拿的是（健）字号批文，这也意味着，它其实是保健品，而非药品。

她很相信这家医院，医院的创始人给自己冠上了让人眼花缭乱的头衔——教授、名誉教授、各种癌症协会的会长，中央电视台上有他的访谈，国内国外各种奖项的评比也频繁出现他的身影。

这家医院的接线员告诉妈妈，他们的“冲击疗法”是针对她这样的癌症晚期患者研发的，效果很好。

我做医疗记者那几年，写过一些批判医疗骗局的稿件，理智上我完全能分清，这家医院的疗法是个彻头彻尾的骗局。

我小心翼翼地向爸爸和阿姨们解释，这应该是个骗子医院，但我用在文章上说服他人的那套逻辑严密的分析方法在家里是完全行不通的。

二姨说如果是钱的问题，她来出。二姨并不知道，我曾经咨询过结肠癌的靶向药物爱必妥，妈妈的主治医生摇了摇头说，作为女儿我的心意很好，只是没有那个必要了。

我听出了二姨语气里的责备，微弱地表示异议之后并没有坚持再说这家医院是个骗子医院。这并不是担心道德压力，而是我终于了解，这是妈妈的希望和心愿，是她撑下去的动力，而我做不到亲手打破她唯一的希望——哪怕这个希望是虚妄的。

我和爸爸陪着妈妈在北京东郊的这家“中医院”住了下来，这里的“医生”建议，先做一个疗程为期四周的“冲击疗法”，费用大约在十万元左右。

所谓的“冲击疗法”，不过是每天输几十种不明成分的中药而已。

看着浑黄的液体流入妈妈的身体时，有那么一瞬间，我心中甚至升起某种天真的期望，期望这些药物真的可以治好妈妈，或者只是给她一些虚无的精神力量，是不是也可以让她多活一阵子。

我知道，妈妈是那么希望能活得久一点，她每天早上六点半起来，一个人绕着医院的院子走上半小时，只是为了能稍微锻炼一下身体。

这家“医院”的“生意”不错，病房几乎都满床了。它虽然是家私立医院，但也是被纳入了医保的定点医院，北京市民在这里就诊，可以得到一定额度的报销。

在医院住到第 20 天的时候，我不知道是爸爸说服了妈妈，还是妈妈已经心灰意冷，一个疗程没有结束，妈妈就决定出院，可是我分明看到了妈妈眼里的失望。

妈妈说起她碰到的一个来自四川、长期在外务工的 40 岁左右的女性，为了在这家医院接受第二轮“冲击疗法”，已经借债十几万元。

“她家条件那样，都还在治呢！”

我听得出妈妈话里的意思，但是我一句话也没有说，我不知道该说什么。

对于我和爸爸对这家医院的保留态度，我不知道妈妈是如何看待的。直到最后，我们都没有交流过这个话题，因为要开启这个话题，必然要谈到最后的死亡，当时的我没有勇气。

三

离开这家骗子医院后，妈妈没有医院可去了。在家乡那家三甲医院住院的后期，医生催了几次，让妈妈出院。我在杭州定居，但这里的医院我们也住不进去——没有医院愿意收下一个晚期癌症的病人。

对于多数人而言，被治疗是疾病的全部意义所在。当疾病一旦失去了被治疗的机会，无论是病人，还是亲人，都失去了在这个世界的坐标。

我们不属于正常的世界，疾病密实的牵引力将生活推出了正常的轨道；我们也不属于疾病的世界，这个世界里所应该有的熙熙攘攘的医院、白大褂和手术刀也将我们隔离在外，我们是被世界驱逐的一家人。

我并不确切地知道自己要做什么，只是一个夏天午后，我辞掉工作，回到了老家。现在想来，这应该是我在面对妈妈的疾病时，唯一一件做得正确的事。

妈妈的身体迅速衰败下来，她不再像在那家骗子医院里那样，还抱有希望，还愿意定期进行少量的运动。

家里静得可怕，在一个个闷热的夏天的夜晚，妈妈躺在床上一言不发，爸爸吧嗒吧嗒地在客厅里吸烟，我在另一间卧室里，一次又一次地下定决心，明天要跟妈妈好好谈一次。

在那混乱的几个月里，本该是最亲密的三个人却已经无法面对彼此。

白天不那么难熬，妈妈的好友固定每天上午来看望她，外婆和小姨分别在午后和傍晚来，有其他人在的时候，家里气氛比较轻松。聊起十多年前我干过的蠢事，妈妈偶尔也会摸着我的手，笑出声来，只是我们从来不谈当下。

我的幻觉又一次出现了，我觉得这闷热的夏天也许是不会结束的。

可夏天还是结束了，我在心里演练了千百次的那场谈话终是没有完成，她没有再催我要孩子，我没有告诉她我爱她。

四

我完全被疾病打懵了，妈妈的病给我留下了无法弥补的遗憾。

和疾病相处，也是一项技艺，需要反复练习。

而我们中的大多数，并不具备这项技艺。我读过《凤凰周刊》上一篇题为《癌症来临时，哪一种选择都是错误》的文章，里面讲了三个家庭和癌症的故事，具体细节我记得不是太真切，但三篇文章中萦绕不去的绝望感和悔恨感让我至今难忘。

疾病乃人生之常态，在中国，每十个人中就有一个人患有糖尿病；每四个人中就有一个高血压患者，而你在一生中有 22% 的概率会遭遇癌症。

从人生的某一刻开始，你可能要熟悉它们，熟练地和它们打交道。

后来，当丁香医生的主编初洋找到我，谈想建一个医疗领域的深度报道的平台，他让我取个名字，我心里几乎没有犹豫，就蹦出了四个字——偶尔治愈。

它取自美国医生特鲁多的墓志铭，“偶尔治愈，常常安慰，总是帮助”（To Cure Sometimes，To Relieve Often，To Comfort Always）。

我们希望在偶尔治愈这个平台上，记录人与疾病、衰老、死亡的相处方式。

对于疾病而言，治愈终究是一个小概率的事件。在一次采访中，北京大学肿瘤医院消化道肿瘤内科主任医师张晓东告诉我，人类 90% 以上的疾病是无法治愈的。

癌症和罕见病这样难治的疾病自不必说，高血压、糖尿病等慢性病也得靠长期服药维持，就连感冒也是被人类的免疫系统，而非药物所击败。

现代医学所能做的只是控制疾病发展、尽可能维持病人的生活质量和延长他们的寿命。

而我们自己，需要学会与疾病心平气和地相处，保证生活不被它巨大的牵引力所吸引而脱轨，能在正常的轨道上继续运转下去。

后来我读到保罗·卡拉尼什的《当呼吸化为空气》，36 岁的保罗即将迎来人生巅峰：获得斯坦福医学院的终身教授职位、六倍于原来的收入。

而这一切都因为癌症改变了，当他所规划好的未来变得无望时，他经历了短暂的混乱、悲痛和治疗。之后，他回到手术台拿回了手术刀，和妻子生了一个可爱的女儿。当病情恶化后，他在去世前写下了《当呼吸化为空气》这本书，他创造了一个新的未来。

也许我们终将被疾病、衰老、死亡击败，但我们可以选择和它们的相处方式。

愿你做得比我好，愿你没有遗憾。

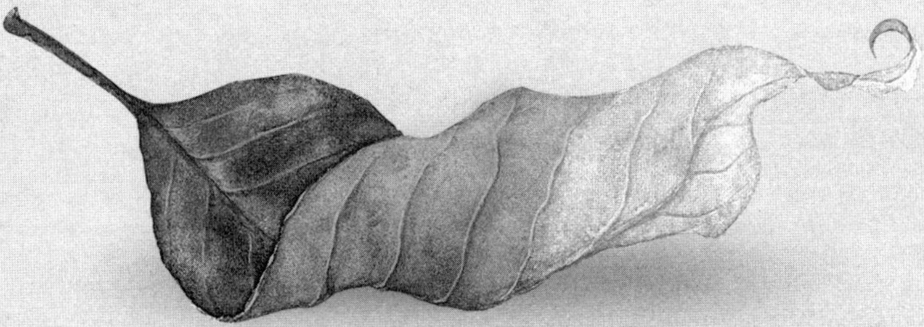

Part 01 与死亡正面冲突：患癌之后

那些患癌的年轻人：恐惧、死亡，爱和被爱[1]

“疾病是生活的阴暗面，是一重更麻烦的公民身份。……尽管我们都只乐于使用健康王国的护照，至少会有那么一段时间，我们每个人都不得不承认——我们也是另一个王国的公民。”苏珊·桑塔格在《疾病的隐喻》中如此说。

“年轻”常与“健康”对应，“年老”终向“死亡”靠拢。“青年”与“癌症”相遇，会产生让人难以接受的巨大错愕感。患癌青年过早地拿到了另一个王国的护照，开始了与大部分年轻人完全不同的生命旅程。

① 本文作者为杨洋。

全国肿瘤登记中心2013年的数据显示，在我国，每分钟就有6个人被诊断为恶性肿瘤，每7个病人中便有1人因癌症死亡。其中不乏年轻人。从2000年到2013年的14年间，20~39岁年龄组的肿瘤发病率增长了近80%，以2013年的人口统计计算，这一年，新增了30万年轻癌症患者。

一个月间，我约访了多位患有癌症的年轻人。在治疗、复查、工作的间隙，他们慷慨地付出时间，与我谈起被癌症拦腰斩断的生活。当不可避免地遭遇癌症之战，我们还能做些什么？罹患癌症的年轻人给出了自己的答案。

故事的开头都很相似："我们像被推入了另一个轨道，一切游戏规则我们都不懂。"没有实现的梦想、未完成的心愿、遗憾、恐惧和希望缠绕在一起。但他们从来没有放弃抓住命运的缰绳，寻找灵魂的价值和生命的尊严。

明天和意外哪个先来?

"你怕吗？"

"怕什么？"

“当别人的人生开始的时候，我们的人生就结束了。”电影《滚蛋吧！肿瘤君》里，病友夏梦对熊顿说道。

生活的细节远多于电影的内容。做完第一次化疗，左燕在家里和父母看了这部电影。电影结尾，熊顿病逝。左燕躲回房间，蒙着被子，开始痛哭。

27 岁的左燕是我约访的第一位癌症青年。“我和魏泽西一样的病”，她这样对我说。

一个月里，我陆续和其他几位癌症青年见了面，唯独左燕因为身体原因一拖再拖。就在敲定采访时间的前一天，她发生“自发性气胸”住进了医院。为了表达歉意，左燕发来一张插着管子的自拍：“对不起，又爽约了。”

最近，她最亲密的两个病友都“走”了，左燕的情绪陷入低谷。“给自己拼命地灌鸡汤，一碗不够，就再来一碗。灌到自己满意为止”。1990 年出生的左燕是一名护士，“做梦也没想到，一辈子和医院杠上了”。因为意外，我们没能见面。

自从进入癌症的国度，这些年轻人的生活不再井井有条。“按部就班”成了代表生活平稳的褒义词。他们变身为拯救生命的救火员，扑灭一场又一场由肿瘤暴君引发的冲天大火。

我见到了和左燕同岁的乳腺癌女孩儿全晓平。“上帝给我们安排每一次挣扎都有目的，跟死神亲密接触的机会都没有过，那才叫白活了。”影片中熊顿的回答，全晓平记得很清楚，但感染力持续的时间太短了。

全晓平记得更清楚的是五年前手术刀在身上切割的感觉。在她的家乡，一位肝胆外科医生为她做了左乳全切手术，局部麻醉。针对她的诊断，医生们展开了激烈讨论。一半人认为是乳腺癌，一半人质疑：她那么年轻怎么会得这种病？一年半后，全晓平病情恶化，发生骨转移。

“你永远不知道明天和意外哪个先来。”年轻的外科医生贾轲对我说。

“医生的工作就像把两节铁轨连接到一起，让病人的生命旅程畅通无阻。根本没想到，我自己的死亡之旅，是如此混乱，如此没有方向。”《当呼吸化为空气》的作者、美国神经外科医生协会最高奖获得者保罗·卡拉尼什在书中这样写。

贾轲读完了这本书的英文原版，他和保罗有着类似的经历：一年前，在他博士后即将出站，眼前是向往已久的“应许之地”时，他接受了晚期肺癌的手术。

贾轲手指修长，身高一米八五，是个篮球健将。除了脸部因为服用激素药物有些肿，根本无法让人把他与“癌症”“一侧肺叶切除”的病人身份联系到一起。他告诉我柠檬切片，用开水冲泡，可以防癌，同时忌辛辣、忌烧烤、防雾霾。

至少有半年的时间，贾轲在手术日的早上都会咳上一阵，有血痰。他工作的科室在四层，一层有胸透，二层有CT（电子计算机断层扫描），“都没想着下楼去给自己做个检查”。时间是用来争分夺秒抢救生命的：每周四天的手术日，每台手术平均 3~4 个小时，结束的时间通常在夜里 9 点到 10 点。“我们科的病人比较危重，也许你只是喝口水的工夫，那边仪器就报警要进手术室了”，直到癌症威胁到贾轲的生命。

“健康好比数字 1，事业、家庭、地位、钱财是 0，有了 1，后面的 0 越多，就越富有；反之，没有 1，一切都只不过是 0，是空。”

咖啡馆里，贾轲手里握着一杯柠檬水提醒我。生病前，还是外科医生的贾轲穿着刷手服走过医院的健康宣传栏，根本没有时间看上一眼。

生存还是死亡

坏运气、小概率、百分比，人生被压缩成检查报告上单薄的几组数据，生死就印在上面。

尽管有 33% 的概率吃到没有疗效的安慰剂，丁一酱还是决定试一试，眼前只有这条路可以走了。

两年前的秋天，丁一酱 33 岁的人生切换到了寒冬模式。他被确诊为神经内分泌肿瘤（NET），苹果公司创始人乔布斯所患即是此病。该病发病率仅有十万分之三，在所有癌症中不足 1%，五年存活率 2%。癌细胞会扩散到胸膜、肝脏、肺部、骨骼、淋巴系统，一经发现，就是癌症晚期。“你这病太罕见，先回家等着，等到症状明显了再来试试化疗吧，不过化疗也应该作用有限”，确诊时医生这样说。

他向医生问了一个经典问题：“我还能活多久？”

人过而立之年，丁一酱的人生角色不断丰富：父母的儿子、女儿的父亲、妻子的丈夫。说为亲人活着，也不为过。

“爸妈退休了，老婆没工作，我其实是家里主要经济来源，我一倒的话，整个家就完了。”

他在夜里快速闪回自己的前半生。看着熟睡的女儿，想她长大以后什么样，结婚的时候穿婚纱什么样，生了小孩是什么样。

“我是个很失败的人，做什么都没办法坚持到最后，所以，得个癌症连人生也打算不坚持走完？这也太坑了吧。”他不甘心。

《论死亡与临终》一书中，库伯勒·罗丝模型描述了中晚期疾病患者会经历的五个阶段：否认——不可能会是这样；愤怒——这不公平，怎么能这样对我；讨价还价——让我活着看到我孩子毕业就好了，再给我几年时间，我什么都愿意做；沮丧——我太难过了，何必还要在乎什么呢；接受——一切都会好起来的。

在愤怒和讨价还价的情绪中，丁一酱在天涯论坛写下大量的文字记录自己的癌症生活，并开始画漫画《丁神经与肿瘤君》。“也是托它的福，我学会了准时吃饭，学会了早点睡觉，学会了多花点时间陪伴家人。”

仅晚了两天，解放军 307 医院的二期靶向药临床试验刚结束，丁一酱成为第三期临床试验的第一只试药“小白鼠”。第三期临床试验有真药组和安慰剂对照组，真药与安慰剂比例为 2：1，也就是说，参加试验的人有 33% 的概率会吃到由淀粉、乳糖等做成的安慰剂。

病房里，是病人和家属脸上挥不去的阴云，走廊里时不时传来悲伤啼哭。对面床病患的妻子守在床头，每隔几分钟就发出一声长达五秒的叹息，癌症投下死亡的巨大阴影。

复查后，药物有效。对于丁一酱而言，这是近两年来，为数不多的肿瘤停止进展的消息。丁一酱成功地跻身吃到真药的 2/3。

然而癌症的治疗没有一劳永逸。8 个月后，靶向药物导致丁一酱出现严重的肾损伤，复查肿瘤进展超过 20%，他被判断为靶向药耐药，达到了临床出组的条件。

“生存还是死亡”的拷问再次摆在他的面前。

悉达多·穆克吉在《众病之王：癌症传》里写道：“生活中，癌症能够消耗、吞噬我们的一切。它闯进我们的脑海，占据我们的记忆，渗透我们的每一次谈话、每一个想法。”癌症用一种密实持续的牵引力，把所有的人和事都拖入癌症的轨道。活着，未必是一种奖赏。

五年，除了病，一无所有。全晓平这样评价自己患病的五年时间。她的强大对手有两个：不断扩散的癌细胞和永远紧张的治疗费用。

大学二年级，全晓平左胸上的硬疙瘩已经长大到直径五厘米。

她想到省会郑州的医院检查，母亲找来家里所有的亲戚与她谈：家里的条件，去不起大医院。经济上没有独立的全晓平在哭闹了几天后偃旗息鼓。

县里、市里、省里、北京，全晓平用“试错”的方式寻找规范和更优的治疗方法，代价是22岁年轻女孩的乳房和最佳的治疗时机。

“考虑过保住乳房吗？”我问她。

“没有人会想你还有另一半可以找，他们觉得乳房除了喂奶，还有什么用？”

骨转移后，全晓平开始自己做主。“我自己会问‘为什么’之后，弯路走得越来越少了。”在近2000人的乳腺癌转移QQ群里，全晓平得知中国科学院肿瘤医院有针对乳腺癌的临床试验组，检查费用和治疗费用全免。进组检查的过程中，母亲借故回了家。全晓平一个人坐17个小时的长途客车每月往返于河南南阳和北京之间。

五年里，全晓平的病情一直在发展，亲戚们和她的谈话也进行了一轮又一轮，钱的问题始终摆在第一位。八个疗程后，全晓平耐药出组了。肿瘤继续增长，医生建议肝栓塞，手术费用需要四万元。母亲和她商量：“要不，咱不治了吧？”命是自己的，全晓平不肯放弃。术后一个月，肝脏又出现了新发肿瘤。医生的建议是，换药，继续维持，直到有了新药，再次入组。

她陷入两难的境地：一边感到被抛弃，一边感到很内疚。“我妈常说，你爸一年五六万的工资，钱都到哪儿去了？”

生死清单

“人生是一场旅程。我们经历了几次轮回，才换来这趟旅程。而这趟旅程很短，因此不妨大胆一些去爱一个人，去攀一座山，去追一个梦。”电影《大鱼海棠》中这样说。

看到电影预告片出品方“B&T”的名字，丁一酱沉默了许久。他们曾是对手，在大学的一次动画比赛中，“B&T”得了二等奖，丁一酱是三等奖。

时间和境遇改变人。“十几年过去了，他们坚持了梦想，而我，输给了现实。”工作、家庭、琐碎的生活像枷锁一样扣住他的手脚。大学毕业，丁一酱带着自己的作品和获奖证书试图敲开设计师职业的大门，因为电力工程的专业背景，梦想没能变成现实。

和年轻人谈论生死，没有想象中的难。“如果我挂了”，这种假设轻易地被挂在嘴边，就像在安排一顿寻常的晚餐。死亡的瞬间是容易的，难在疼痛、遗憾和措手不及。

“爸爸，昨天我趴在窗户看外面，没看到你回来，我就偷偷哭了。”女儿对父亲不在的恐惧让丁一酱觉得该为她做些什么。他把女儿的照片一张一张PS（一款修图软件）到各种场景里，准备给她出一本相册，可以在小伙伴来家里做客时展示爸爸的成果。

“也许等她长大后，会给面子原谅自己有个这么不靠谱的老爸吧。”

“癌症是最好的死亡方式，它给你很多时间让你和亲人告别，让你安排后事。”丁一酱这样说。

生病前，丁一酱做得最多的是工作PPT（演示文稿），加班是一种常态。一位和他同龄的年轻局长问过他：“你的十年规划是什么？”

“（变成）和你一样吧”，他开玩笑似的回答。

“现在不做超过3个月的计划。”坐在肯德基餐厅，丁一酱把住院手环放到衬衫口袋里。他拿出一个淡黄色塑料分药盒，里面有近40颗大小不一的药片，这是他中午一顿的药量。每天，他都要吞下上百粒药丸，以平衡因癌症治疗引起的并发症。

《丁神经与肿瘤君》的漫画故事，已经通过众筹的方式出版。墓志铭丁一酱都想好了：长眠在这里的人很喜欢画画，他画过最伟大的作品，就是把自己画进了许多人的心中。“是不是很文艺范儿？”他的嘴角总像挂着一丝嘲弄。

漫画里丁神经吞下成把的药丸，蓝色的肿瘤君大吃一惊：“吃那么快，漫画第一集就要噎死自己吗？！”

“拼了，老子今天就要毒死你。”

“玩世不恭”成了他抵抗癌症阴霾的利器。有些时候，他感谢癌症发生在自己身上。“癌症夺走了我最重要的东西，却让我认识了自己。”

旅游、烫头、文身……去做以前想做却没来得及做的事。丁一酱花100元实现了和于谦老师同样的爱好，他还想文个二维码，扫码支付，直接入账。假如人生只剩下 10 天的时间，“有无线路由器吗？”他问。人生的结尾他想做一场直播。

只是病人，不是罪人

小说《癌症楼》里，年轻的俄罗斯人卢萨诺夫发现脖子里长了肿瘤，便被发配到寒冷北方一所医院的癌症病房中。尽管诊断仅仅是存在癌症迹象，但这就为卢萨诺夫判了死刑。人们给他穿上病号服，对他的行动采取绝对控制，疾病剥夺了他的身份。卢萨诺夫发现，被诊断出患有癌症，就等同于进入了一所无边界的“医疗劳改营”，甚至比他所抛下的社会，具有更多的侵入和致瘫效应。

在中国，“癌症”常与“死亡”画上等号，是恐惧、巨大花费、负担的同义词。寻求社会认同的年轻人，被迫贴上“癌症患者”的标签后，上升通道也被切断了。

出国读博前的例行体检，毫无征兆地改变了吴安的人生轨迹。B超显示，她的左肾有实质性肿物，25 岁的吴安患了早期肾癌。得知自己患癌是在手术后的平安夜，吴安本以为自己只是长了一个良性肿瘤。同一座城市里，年轻人们在庆祝节日，吴安看着自己腹部清晰的马甲线不肯相信，爱健身、作息规律的自己，怎么可能成为一名癌症患者呢？就在一个月前，她还跑了一次半程马拉松。

人生 25 年，吴安没有认真思考过死亡。而今，它悄然而至，将她原本斗志昂扬的生活计划完全打乱，将她的信心也击得粉碎。吴安形容自己，身上像安装着定时炸弹，随时担心它会爆炸，时时闷头问自己能否照顾父母晚年，能否挣钱回报父母。

心理坍塌导致她对自己人生前 20 年的一些经历都开始产生怀疑。“有人说得癌症是做了缺德事，遭报应，我开始细数自己前二十几年有没有做伤天害理的事，但我的结论是无啊！”

复查的时候，吴安在泌尿科就诊。和许多中年发福的男人们一起候诊，她觉得那些人的目光里都透着猥琐，“就感觉自己做了什么坏事，这个人好像有一种不洁”。

除了身体上的一道伤疤，吴安的复查结果显示一切正常。她摆脱掉死亡的阴影，却被“癌症患者”的身份剥夺了正常生活的权利。

吴安找工作的时候，刚好看到大学老师刘伶利患癌被辞退的新闻。1984 年出生的刘伶利是兰州交通大学博文学院的英语老师，学校得知她罹患晚期卵巢癌后将其开除。人事处处长告诉她：“不要给我哭，我见这样的事情挺多的，学校有规章制度，我也没有办法。”

为了生存，刘伶利和父母摆地摊糊口。她在微博上写：“生病后，别人上班的时候，我在与癌症抗争，别人下班娱乐的时候，我还在与癌症抗争。现在，身体稍微好点了，别人上班的时候，我在进货，别人下班娱乐的时候，我在拖着残躯挣钱，跟城管斗智斗勇，人生就是这样戏剧！”刘伶利在绝望中离开了人世。

吴安是一名语言教育类专业的硕士，因为患癌，错过了校招时间。她向一家月工资只有2000元，只需要大专学历的课后家教培训机构投了简历。

面试时，吴安错过校招的原因引起了面试官的兴趣。

“生病了，身体长了东西，住院割掉了。”她如实答道。

“是良性的……还是恶性的……”

“恶性的。”吴安脱口而出。

面试官面露难色：“虽然你很优秀，但出于你身体状况的考虑，恐怕你不能胜任这份工作。”

“为什么？我检查过了，各项指标都好，我可以正常工作。”但吴安还是没有得到这份工作。

吴安形容自己的第一次面试经历像一次“暴击”，“你就想我爸妈抽着我的脑门说我是一个傻孩子的画面”。

歧视坚不可摧，从癌症的打击中走出来的吴安感到回归正常生活的力不从心：“为什么社会要这样对待年轻癌症患者呢？我们只是病人，不是罪人。”

通过隐瞒才找到工作的吴安，对入职体检惶恐不安。体检医生看见她身上的那道疤并没有询问，吴安得到了一份临时培训机构的工作。对于更高平台的工作，吴安还不敢考虑。她很担心严格的入职体检会发现她癌症患者的身份，将她淘汰出局。“是不是以后就业我就只能打打酱油，永远不可能上升？”吴安问我。

在知乎上，一位年轻的乳腺癌患者说：“在治疗过程中所遇到的问题，可能远远不及你在未来的生活中遇到的一些困难。”

全晓平在病房里，等来了自己的男朋友。他一直在哭，转述着他母亲的建议，“我妈说，如果你爱我，你会离开我。”“我妈说，如果咱们不分手，她将来就不给我买房子、带孩子……”

失去一段不成熟的学生恋情并不可惜，但全晓平也失去了年轻女孩的自信。病情稳定期，全晓平回到学校继续读书。她将装有义乳的内衣放在罩子里晾晒，每天徒步到有单间浴室的隔壁学校洗澡。心理障碍是对自己的歧视。

吴安觉得自己没有做错什么，但总是有一种负罪感。对于择偶条件，她的父母放低了很多世俗意义上的标准，只希望她能尽快成家。吴安不想将就，“如果上帝告诉你这只是虚惊一场”，她要用自己的人生幸福为“癌症患者”的身份买单吗？

这辈子，我们还没爱够

“我爱你，舍不得你。”相隔一米，王晨岑给丈夫陈晓夏发了这条微信。晓夏抬起头，晨岑的眼泪正落下来，她已无力把爱说出口。

在疑似患间质性肺炎住院前，王晨岑趴在丈夫陈晓夏的肩膀上哭，“这可能是最后一次了”。她把定语“最后一次”挂在嘴边：“最后一次在你肩膀上哭、最后一次共进午餐、最后一次一起做手工、最后一次陪你过生日……”她把存款密码都写下来，夹在本子里，交代给晓夏。

癌症症状进展是一个缓慢的过程，但间质性肺炎的病情发展很快。“有可能不是死于癌症，而是死于癌症的并发症”，这让王晨岑措手不及。

从2015年初被确诊为三阴性乳腺癌到现在，王晨岑的抗癌治疗历时两年过半。经历了左乳的手术、化疗、放疗，她又失去了自己的右乳。丈夫陈晓夏一直陪伴在她身边，用镜头记录下妻子的抗癌故事。尽管有时他的双手是颤抖的，但“精神财富将惠及我们和看到我们故事的人们”。

突如其来的肺部阴影，让王晨岑乱了阵脚。她一直认为自己有把握人生的自信，凡是她哭的时候，就是失去控制力的时候。

陈晓夏紧紧地抱着痛哭的妻子。有时候，确实需要通过哭来释放一下紧张的情绪。“我们不是圣人，也达不到看破红尘的境界，只是一对被生活步步紧逼却报之以歌的可怜家伙。”结婚两年，这对夫妇便被迫拐入“癌症”生活的慢车道，在疾病的幽暗隧道里踽踽前行。

入院的前一晚，晨岑请晓夏陪她去一家银饰手作店制作一条项链，作为晓夏40岁生日的礼物。“这也许是我们最后一次一起手作了”，死亡的阴影笼罩着晨岑。

他们设计了一个水滴形的吊坠，一面压着两人名字的缩写，一面是相机光圈的造型，代表着晓夏用镜头记录下晨岑的抗癌历程。

就在技师为银饰做最后的修边处理时，晨岑发来了微信，在技师抬头前，晓夏匆匆抹掉了脸上的泪珠。

王晨岑一度认为，她人生中最难的问题就是夫妻问题。她希望得到丈夫的欣赏和肯定，癌症给了她疗愈的机会。手术后，她一直在寻找可能性，积极进行康复训练和健身，争取最大限度地恢复肢体功能，她想要原来的能力和样子。“死亡不可避免，我们可以做的，就是努力死得漂亮一点儿，我们也可以换个说法，叫活得漂亮一点儿。”晨岑面对生死的豁达和对生活的感恩，让晓夏看到了妻子的成长，王晨岑相信，晓夏爱自己闪闪发光的灵魂，“我们的心贴得更近了”。

住院第一天，她发了一条朋友圈：“没人会忍心阻碍生命的延续。昨天我也签了人体器官捐献志愿书，成为我国第 92532 位器官捐献志愿者。”

不久，晨岑肺上的阴影消失了。谈起这场虚惊，晨岑的目光看向晓夏，“这辈子，我们还没爱够”。

世间灵药是原谅和爱。作为家里唯一的孩子，王晨岑放不下父母。尽管她自认很努力地活着，但结局不由她控制。她要把对父母的心理建设做在前面。

治疗间隙，她回福建老家休养，每天晚饭后都和父母聊上两个小时。慢慢讲，一次讲一点点，从别人的事情讲起，讲新闻里那些出意外的年轻人，再到生命的意义。父母也知道她想讲什么，笑着说，上师又来做开示了。他们允许她来讲，这对彼此都是一个疗愈的过程。

在父亲节，她看到了一篇文章——《爸爸的抽屉里藏了张纸条，上面写着“不要惹女儿生气”》，她常在心情不好的时候向父亲发脾气，却很少认错。她知道父亲不会生她的气，也会向父亲道歉，但大部分时间还是做得不够好。

和父亲去泰国自助游，王晨岑只给自己提了一个要求：不要对爸爸发脾气。她为父亲下载了电子地图、外语翻译软件，协助他过海关、入住酒店，叮嘱他在遇到困难时可以求助的途径。她为父亲将来自己出行做准备。父亲不喜欢热门景点，她便带着他去小街小巷里闲逛，吃冰激凌，喝咖啡，迁就他，随着他。

王晨岑带父亲来到一家公益工坊。这里有30多位智障人士用手工编织的方式体现工作价值。创办人是一位已经80岁的老人，为了体现智障儿子的价值，他创办了这家公益组织。晨岑的父亲和老人聊了起来，她为父亲做翻译，全程用英语交流。王晨岑从父亲开心的神情里感受到他的满意。“外面的世界，还有一群人，用这样的方式在生活”，她希望父母能够更独立地生活。

“对父母尽的孝还不够，哪怕只活60岁，也可以做很多事情”，王晨岑舍不得的，唯有亲情和爱情。

患癌青年们的英雄主义

《人生没有白走的路，每一步都算数》，全晓平的床头摆放着这本书。她说，有点鸡汤。对于一个27岁、生病五年的姑娘来说，她觉得自己这五年没有任何进步，只为了活着。她会问：人生的意义是什么？她没有找到太多答案。

生病前，懵懂的姑娘也想去趟西藏。这个旅行朝圣的地标，贴的是“年轻”“自由”的标签。没来得及，她一头扎进了癌症的慢车道，“人生自此转弯，从此不一样了”。

在北京，全晓平看了场关于西藏的电影《冈仁波齐》，漫长的朝圣之路，路遇拦路的河、风雪、大雨、山石、车祸……朝圣的人心无畏惧，一路前行。生命的意义是什么？是成就、荣耀、愉悦和满足吗？

全晓平的人生是由遗憾、恐惧、挣扎和短暂的快乐构成的。每次复查，对她而言都是一次大考。扫描了就诊卡，从自动打印机里打出CT结果，全晓平颤抖地拿着还发热的纸张从最后一行结论倒着往上看。“没有进展，肿瘤缩小”是人间最美的诗句。

她自卑、普通，怎么能和活得精彩的人比？这个喜爱植物的姑娘觉得自己就像漫山遍野的蒲公英，哪里值得关注？

一场路途，殊途同归，每个人的生命重量不尽相同。生命个体的价值，无论成功、精彩与否，都值得被珍视。与死神近身肉搏的年轻人，在病程里成长，在认清死亡的面目后，仍鼓起勇气掌控自己的人生。

全晓平等来了再次加入医学临床试验组的机会。她向知名内衣品牌提起免费义乳内衣的申请，到王府井测量了尺寸。

“认清生活的真相后，还依然热爱它”，这就是患癌青年的英雄主义。

一场以生命为代价的通关游戏：治病穷死，不治病死[①]

卫生经济学里有一个名词——灾难性医疗支出，当一个家庭自付的医疗费用超过家庭可支付能力的40%时，就认为这个家庭产生了灾难性的医疗支出。

灾难性医疗支出在中国绝非某个个体的困境，《柳叶刀》2011年的数据显示，中国灾难性医疗支出的发生率为12.7%，这就意味着有1.73亿人因治病陷入困境。

对于白血病患者来说，即便是一个有稳定收入和积蓄的中产家庭，在遭遇白血病时，也可能产生灾难性的医疗支出。

① 本文作者为徐卓君。

白血病的治疗过程艰辛而漫长，犹如一场通关游戏，化疗、配型、移植、抗感染、抗排异、免疫系统重建……以灾难性的医疗支出为代价，通关者将赢回生命。

我们找了一个大型的血液病医院作为观察样本，得出了一些可能会改变你的刻板印象的结论：

2012年《中国贫困白血病儿童生存状况调查报告》显示，接受造血干细胞移植的患者的平均治疗费用高达58万元，接受化疗的白血病家庭会略少一些，费用多数在10万~30万元不等，花费最多的一个家庭是180万元。

上述调查中，在需要进行造血干细胞移植的儿童中，仅有30.81%的孩子完成了移植手术，在未完成移植手术的人中，有62.59%是因为“费用昂贵，无法负担”。

白血病的报销比例并没有那么高，而且花费越高，报销比例越低。中国公益研究院对小天使基金2014年救助的白血病儿童抽样调查结果显示，医疗保险的实际报销比例为32.5%。

2015—2020年，预计中国有5.05万名0~14岁的白血病儿童，其中，4.05万名白血病儿童的家庭面临灾难性医疗支出。

> 哪怕是疾病救助领域，也是一个讲究眼球和流量经济的世界，动人的故事才能让公众为之买单。

灾难性医疗支出

夜里睡不着的时候，韦光敏会拿起她的手机，给她认识的、为数不多的志愿者、NGO（非政府组织）的工作人员、记者们，挨个发微信求助。

我在凌晨1点半、凌晨4点47分、凌晨5点06分，分别收到过她的消息：

“我把所有银行卡给您看，真没办法了，希望能筹到孩子的移植入仓金……”

“您是好人，是我们家的大恩人，你们一定要救救孩子，帮帮我！”

“您一定要抓紧时间帮我把捐款页推向首页，因为孩子的身体等不起，所以您必须得帮帮我！！”

韦光敏13岁的独子被查出白血病后，她花500元买了一个山寨机，病友教她安装了几个网络筹款平台的App（应用软件）。

相较而言，多数癌症更多的是与衰老相伴，但白血病这种血液系统的恶性肿瘤几乎是无差别杀伤。据《2015中国癌症统计》的数据，中国有7.5万人被确诊为白血病，虽然在总体的患病人群中成人占据多数，但在儿童癌症发病率的排行榜中，白血病高居榜首，中国每年新增3万~4万儿童恶性肿瘤患者，其中1/3是白血病，韦光敏的儿子就是其中之一。

以韦家的家境，没有任何可能独立支付儿子的治疗费用。13岁的儿子在四川家乡的医院被诊断出急性淋巴细胞白血病，融合基因呈阳性，属于高危病人。

在被德国病理学家魏尔啸识别并命名的160年后，白血病已经有一套较为成熟并有效的化疗方案。以儿童最为常见的急性淋巴细胞白血病为例，发达国家的治愈率已经逼近90%，在中国，治愈率也在70%~80%之间。

对于那些复发的患者，或者是被查出融合基因呈阳性的高危患者，造血干细胞移植是更好的选择。

韦家的主治医生是一位50岁左右的主任医师，他很肯定地告诉韦光敏，如果不及时治疗，她的儿子最多能活半年，他建议先化疗再进行造血干细胞移植，治疗费用在60万~80万元。

卫生经济学里有一个名词——灾难性医疗支出，当一个家庭自付的医疗费用超过家庭可支付能力的40%时，就认为这个家发生了灾难性医疗支出。

根据这个定义，韦家发生了灾难性医疗支出。

韦光敏和丈夫长年在外，打工的年头和儿子的年龄一样长，夫妻俩做过车衣工、泥工，积蓄不过10万元，但为人父母往往有孤注一掷的决心和不顾一切的勇气。

带着全部的积蓄和借款，韦家在北京往东30公里河北燕郊的一个居民小区内租下一套两居室。这里的房价一路飙升至3万元每平方米，除了是炒房者的热土，还有一家顶尖的血液病医院——“亚洲骨髓移植之父”陆道培院士执掌的燕达陆道培医院。

韦光敏在这里认识的第一个人是孙映辉。

在投身白血病救助工作五年后，孙映辉选择了燕达陆道培医院的患者作为自己的救助对象。

“在所有患病者群体中，这个亚群是最不容易的，几十万元、上百万元说花没就花没了，一个骨髓移植后的肠道排异花进去几十万元一点也不奇怪；若有从发病、移植到康复回家只用一年的，那简直是上天垂怜的奇迹，回家也并不意味着‘康复’；吃药调药、闭关休息、小心翼翼等待免疫重建、定期回医院复查等都是必修课；五年不复发才可松口气！”

据她估计，每年有数以千计的家庭，背井离乡，隔绝此前的一切生活痕迹，在北京东郊30公里外的这个河北小镇上驻扎下来。

没有亮点的故事不好筹款

在这场以生命为代价的通关游戏中，韦光敏在第一关就遇到了麻烦，她凑不够儿子进移植仓的押金。

主治大夫温和地告诉她，一切顺利的话，花费30万元完成移植的病例也有，但是一旦发生排异或感染，花费就不好估算了。

韦光敏把银行卡里的数字加了一遍又一遍，剩下不过十五六万元——最多的时候，加上孩子学校的捐款和亲戚的借款，韦家的账户里有30万元，但此前的化疗、检查和骨髓配型已经花去十多万元。

站在医院的门廊边，韦光敏给一家资助白血病儿童的基金会打电话，她性子急，并不善于言辞，时而强硬，“你必须要帮我”，时而软弱，“你们是我的大恩人，我愿意用我的命去换回我儿子”。

五分钟之后，电话断了。

“真的太难了，他们都不管我，我说也不会说，写也不会写。”

除却一腔孤勇，韦光敏在这个城市不认得什么人，不太熟悉网络，在网上提交求助材料时，提交了10次，才算成功。

她回忆起以前打工的日子，“我手脚慢，在工地上做泥工时，做得就比其他工友慢，别人一天干完的活，我要干一天半”。

关于筹钱，她日常能做的，就是在自己的朋友圈里，一个小时内转发20条为儿子发起的“轻松筹”的捐款链接。

轻松筹是时下最火热的大病救助众筹平台，韦光敏的一位病友，曾经通过“轻松筹”募集了20万元的资金。

韦光敏的“轻松筹”不像她预计的那么顺利，发起一个半月，计划募集20万元，所筹款项刚刚超过8000元。

“他们告诉我，故事没有亮点，不吸引人。”

互联网疾病救助领域，也是一个讲究眼球和流量经济的世界。动人的故事才能让公众为之买单，2016年12月，深圳的一位媒体人罗尔，凭借他的一篇美文，在48小时之内为患有白血病的女儿募集到了超过200万元的捐款。

韦光敏努力回想，儿子的故事有什么“亮点”——留守儿童、做过课代表、懂事……

“还有吗？”孙映辉问道，在孙映辉的救助工作中，帮助家庭撰写求助文案是很重要的一部分。

“摔断过手，算吗？”韦光敏有些不确定地问。

在此前的一封求助信里，她把丈夫唤作“东亚病夫”，历数了自己前半生的坎坷：

“为了生活，在工地里从早上五点干到晚上十点”，“房子开裂，下雨漏得不可开交”，“36岁得了宫颈糜烂，38岁被确诊卵巢早衰，73岁的婆婆患有帕金森症”。

孙映辉从事救助工作多年，也不由得叹了口气，大孩子本就不好筹款。韦光敏的儿子刚过完14岁生日，已经是个大孩子，比不得幼童招人怜爱。

中国少年儿童慈善救助基金会的一位魏姓工作人员建议为孩子换几张照片，现在提交的照片都是韦光敏用山寨机拍的：一张是学生证的翻拍，模糊到看不清孩子的眉眼；一张带着白色的口罩，只露出了两只眼睛；还有一张穿着睡衣，盘腿坐在医院的病床上。

魏姑娘解释："照片很重要，这些热门的筹款平台，每天线上有两万个项目，那么多有亮点的孩子，如果这个故事没有吸引力，筹款效果就会不好。"

韦光敏翻了半天，仍然找不到一张有亮点的照片，她只是回了对方一句："一定要筹到，根本借不到！"

不行就去借高利贷

但进仓只是开始，邹家进6岁的儿子林林住进骨髓移植仓后，数字开始失去了它应有的含义，医院账单变成了无意义的代码的组合。

大剂量的化疗在杀死了林林体内的肿瘤细胞的同时，也摧毁了他的造血和免疫系统。在新的造血干细胞回输的一个月内，他几乎没有任何抵抗感染的能力，每一天都有可能发生新的状况，肺部真菌感染、膀胱炎、肠道排异、皮肤排异陆续在他体内爆发。

邹家在医院的账户里一度只剩6000元，还不够一支抗排异注射液的钱。在医院陪护的妻子给邹家进发了条消息："老公，在吗？医院又催交钱了。"

邹家进握住手机，愣了不知多久，直到煤气灶上的粥糊了，他才回过神来，给妻子回了一条"我知道了"。

"我不能对她说没钱了"，邹家进已经花光了全部的家底和借款，刷爆了两张信用卡。

来到燕达时，邹家进6岁的儿子已经经历了一轮治疗，第一次被查出白血病时，邹家进已经花光了家里的积蓄，复发后，他又卖掉了在深圳赖以为生的小超市，还有结婚时的戒指，凑了不到十几万元，举家北上。

有病友跟邹家进开玩笑，你胆子真大，十几万就敢来燕达。

邹家进那个时候还不明白这句话的真正含义，直到移植后的一个月，6岁的儿子出现严重的肠道排异反应——骨髓移植完成后，免疫系统会自动识别外来的组织，发起攻击。

排异反应发生后，五万元，两天就花没了。

因为缺钱，半年来，邹家无时无刻不处于中断治疗的危险之中。这个生于1988年的年轻的父亲在几次短暂地崩溃过后，都会如期出现在儿子的病床前，带来当天的便当和一张温和的笑脸。

"我得熬过去，亲戚朋友借不动了，不行就去借高利贷。"

母亲的本能赢过一次

燕招借过高利贷。

没有人相信她凑得齐手术的费用。

燕招前 30 年的人生里，一直奉行的是克己节俭的生活准则。丈夫在一家制衣厂工作，燕招全职在家照料三个孩子，在南方小镇上，一家五口也算过得和美。

燕招的二女儿玉珊被查出白血病时，公公婆婆一听高达几十万元的治疗费用，苦劝过她，不要治了吧。她的丈夫月薪不过 3000 元，家里全无积蓄。

孙映辉告诉我，很多家庭在听到骨髓移植的那一刻，就放弃了，“你根本见不到他们”。

2012 年红十字基金会和中国青年政治学院的一项调研显示，在需要进行造血干细胞移植的儿童中，仅有 30.81% 的孩子完成了移植手术，在未完成移植手术的人群中，有 62.59% 是因为“费用昂贵，无法负担”。

孙映辉在自己的救助生涯里，见过借高利贷的、裸体彩绘表演行为艺术的、天桥下乞讨的，也见过无计可施不得不失望而回的，但她没有见过如此坚韧的。

母亲的本能战胜了燕招 30 年来随遇而安的个性，辗转来到北京的陆道培医院后，她每天只睡三个小时，发了疯地四处筹钱。

卖了房子，借遍了所有的亲人，跑遍了全北京几乎所有对白血病进行救助的基金会和NGO，在手术排期的前两天，燕招奇迹般地凑够了手术押金。

玉珊在移植仓里发生肺部感染、肠道排异时，燕招甚至去借了高利贷。

每天和各种账单、数字打交道，燕招已经麻木。她甚至说不出高利贷的具体利率，只大致记得五万元的本金，每个月光是利息就需要偿还三千多元。

“一共花了多少钱？大概七八十万吧，借了多少？算不清了。”燕招并不那么愿意提起过去所花费的以及未来需要偿还的债务。

更要紧的是当下，当下的治疗费用还够不够？家里的亲戚都已经借过好几轮了，还能找谁？下个月的房租怎么办？

“救命的不报销，报销的不救命”

燕招终于收到一笔 7.4 万元的报销款，来自老家的社保局，两个月前，她递上去一部分医疗费用单据，金额 27.6 万元。

自 2012 年，中国开始大病医保试点，和 2001 年开始实行的城镇职工基本医疗保险、2003 年的新型农村合作医疗制度、2007 年的城镇居民基本医疗保险制度构成一个覆盖全民的、完整的医疗保障体系。

按照制度制定者的设计，基本医疗保险报销不少于70%的医疗费用，它所不能覆盖的部分，大病医疗保险再次给予不低于50%的报销。

但实际上，白血病的报销比例并没有那么高，而且花费越高，报销比例越低。中国公益研究院对小天使基金2014年救助的白血病儿童的抽样调查结果显示，医疗保险报销的实际比例为32.5%，和燕招的报销比例相差无几。

名义报销比例和实际报销比例的巨大差异之间，横亘着异地就医和进口药物两大鸿沟。

中国的医疗资源分布并不均衡，导致很多疾病需要异地救治。

燕招是在医生的建议之下给女儿转院的，造血干细胞移植手术是一项难度高、风险大的手术，女儿所在的三甲医院的主治医生建议她来燕达的陆道培医院，并且给她开具了转院证明。

而中国的医保多数以县市为单位统筹，这意味着，一旦跨出原来的统筹区，报销比例会急剧下降，各地降低的比例不一。一个广东汕头龙湖区的居民，如果在区内看病，报销比例为70%，区外则降为45%。

更要命的是，多数进口药物，都不在合规的报销项目里。

抗感染的药物泊沙康唑5000元一瓶，一支20ml的抗排异药巴利昔单抗单价9000元，化疗药培门冬酶5000元一支，这些都是造血干细胞移植的常用药物，但是无一例外，都被排除出了报销的范畴。

邹家进有些感慨，“救命的不报销，报销的不救命”。他上一次交给老家社保局总计 15 万元的单据，最后到手的报销款也不过四万多元。

移植舱内的账单如流水的时候，他问过医生，能不能用点可以报销的国产药。医生说，你想用也行，但我不建议。

在父母眼里，和孩子日渐好转的病情比起来，厚厚的账本并不是什么大事。

玉珊扛过了最难的移植、排异和感染期，对着燕招甜甜一笑。燕招说，什么都值得，“我能吃苦，欠的钱慢慢还吧，还不完，我还有两个儿子，让他们还吧”。

韦光敏的网络筹款没有进展，但靠着亲人和朋友的借款，最终还是勉强凑够了她儿子进移植仓的 30 万元押金，虽然后续的抗排异、抗感染的费用没有着落，但她觉得，她也会和燕招一样想到办法的。

邹家进的儿子也快出院了，他盘算着，什么时候能回深圳去，打工恐怕没法还债了，他想去创业，“过了这一关，我的未来，还是会很好的”。

因为癌症，他们背井离乡：骨肉和家乡的单选题[①]

他们是年纪最小的一批癌症“移民”。与战乱、饥荒不同，他们是为了获得救命的医疗资源背井离乡。在中国，每年新增 3 万~4 万名儿童肿瘤患者，最常见的是白血病、淋巴瘤和实体肿瘤。

这些疾病的诊断和治疗资源，大多集中在北上广等城市。为了活下来，他们和父母举家迁居到医疗资源丰富的大城市，蜗居在医院附近。

2017 年来自北京儿童医院的一组数据显示：儿童血液肿瘤中心每年收治各类血液肿瘤患儿超过 500 人。

---

① 本文作者为杨洋。

“白血病专业组每年收治全国各地的新发儿童和青少年白血病患儿250~300例，90%以上的白血病患儿来自外地，且新发白血病患儿的情况都比较危重”。

这种现象并不少见。在北京儿童医院、上海儿童医学中心、广东省人民医院、河北燕达陆道培医院等收治儿童肿瘤患者的医院附近，集中了大量的儿童肿瘤患者家庭。

《中国贫困白血病儿童生存状况调查报告》显示，白血病是一种需要长期治疗的疾病，一般需要2~3年的时间，所需治疗费用为10万~30万元，骨髓移植费用为30万~100万元。

白血病、部分淋巴瘤等肿瘤患儿，治疗周期以年为单位，要经历2~3年的时间，多次住院治疗。由于治疗周期长，无法返回家乡，孩子父母改变了原来的工作和生活模式，辞职照顾孩子，家庭陷入困顿。

与死神的对弈，让家长们举棋不定。高昂的医药费用、糟糕的居住环境、无处安放的童年、难以为继的生活开支，轮番摆在这些家庭面前。

“我看不清前路，但不能停止挣扎”，一位父亲这样对我说。

没了命，哪儿来的家？

“非霍奇金淋巴瘤”，9 岁的魏宇涵能准确地说出自己所患的疾病。他的“家”到北京儿童医院的直线距离为 730 米，步行仅需 10 分钟，开车不到 3 分钟。

“家”的面积不足 10 平方米，挤了一大一小两张床，吃饭要席地而坐。在寸土寸金的北京，他的父母每个月要为这个“家”支付 2600 元，以便他就近治疗。

在北京儿童医院的网站上，血液病中心四个病区的病床总数为 107 张，全部显示满床。而同期需要住院的患儿数远远超过床位数。

为了更多的孩子能够得到及时治疗，一些化疗的孩子需要“走疗”。家长们带着孩子在病房和出租房之间辗转。北京儿童医院附近几公里内，出租屋里集中着正在治疗和维持阶段的儿童血液肿瘤患儿家庭，如同一个巨型的门诊病房。

经过了五个疗程的化疗周期，魏宇涵进入维持阶段，他需要每周去医院推一次抗肿瘤药长春花碱，每两个月复查一次。这样的“维持”要持续两年。其间，不能离开北京。

魏宇涵喜欢数学，却无法理解第一年治疗费用 49.8 万元代表多少，只知道是“很多很多钱”。

由于治疗费用巨大，他的父母变卖了家里的饭店，将女儿寄养在外婆家里。

“我不能眼瞅着我儿子，左一声妈，右一声妈在那儿喊着，我不给他治。人说走到哪儿算哪儿，儿子只要一天能睁开眼睛，我就一天得陪着他。”魏宇涵妈妈说。

变卖家产，是“癌症移民”的共性。筹钱，是现实又焦灼的难题。房子、车子，甚至是劳动力，凡是能变成“救命钱”的等价交换物，都被变卖。

背井离乡的选择背后是有家不能回。“我想回家”，孩子们委屈地恳求。“回去了出现了状况怎么办”，“当初出来治病就是老家没法诊断”，“医生说要在这里维持”，家长们的理由足够充分。老家变成了睡梦里和电话里的惦念。

“要家还是要命？没了命，哪儿来的家？”

打鞘

头和双膝尽量靠近，蜷缩在床上，腰部后凸，弓成虾米状。在粗长的针头刺进腰椎的瞬间屏住呼吸，不要晃动身体。

为了抽取脑脊液化验，魏宇涵要进行腰椎穿刺术，并在鞘内注射化疗药物，这被称为“打鞘”。第一次“打鞘”，妈妈在手术室外，听到他在里头大声地哭喊。将近一年的治疗后，魏宇涵已经可以接受“骨穿”“腰穿”同时进行，并保证不发出一点声音。

十分钟后，魏宇涵父亲和小病友马翊铭的父亲将孩子平抬出来，放在病床上。不吃不喝平躺四小时后，他才能下地活动。

这一天，两家人早上6点半就到了医院。化验血常规、看门诊、做B超、骨穿、腰穿，不同项目的时间常常冲突。每一处都排着长队，两位家长甚至不够用。不出意料，第二天他们的孩子会出现呕吐和发烧症状，这是对化疗药物的反应。

为人父母

住在五楼，身体虚弱的马翊铭需要父亲背上背下。自从将女儿背到北京治疗淋巴瘤，父亲的身份成了他生活的全部意义。

500人的“血二病房病友交流群”里，绝大部分是来自外地的淋巴瘤和神经母细胞瘤患儿的父母。“孩子名字+肿瘤名+分期+危重程度”是用户名的统一格式。他们所有的生活浓缩成一件事：为孩子治病。病房规定6岁以上的儿童不允许陪护，因此大部分家长就睡在医院的走廊里。孩子在里头，他们在外头。

仅一年，马翊铭的治疗费用已经超过40万元。马翊铭父母将家中房产变卖，大女儿至今寄宿在同学家里。他们在老家盘锦农村南北70米、东西15米的院子，只卖了7万元，发起目标金额30万元的“轻松筹”，筹集金额不足6500元。

在燕达陆道培医院附近，“爱心苗圃”志愿者孙映辉讲起卖艺筹款、“卖身”筹款的父母们。一位父亲要用自己10年的劳动力，换取15万元的治疗费用。“尊严是最不需要考虑的东西。如果能换命，十倍的尊严都可以卖。”

“早饭没吃，午饭没吃，感觉自己只能不停地走在路上。穿梭在医院里，才知道自己是为什么活着。”一位复发患儿的母亲说。而群里父母最怕看见的就是“复发”二字。

从斯巴鲁到三轮车

北京儿童医院院内，几十辆带篷的三轮摩托车挤在一起。这是医院附近患儿家庭的标配。2200元，马翊铭爸爸从出院的患儿家长手里买下了N手“蹦蹦”。去医院的路途，从此不怕风吹日晒雨淋。

一个有房有车的中产家庭卖掉了价值20多万元的斯巴鲁汽车，换了一辆三轮摩托。由儿童肿瘤造成的灾难性医疗支出，击垮了大部分患者家庭。

中产家庭的滑落

在卫生经济学里，当一个家庭自付的医疗费用超过家庭可支付能力的40%时，就认为这个家庭发生了灾难性医疗支出。即便是有稳定收入和积蓄的中产家庭，在遭遇儿童血液肿瘤疾病时，也极有可能滑向灾难性医疗支出的深渊。

2012 年《中国贫困白血病儿童生存状况调查报告》显示，接受造血干细胞移植的患儿的平均治疗费用高达 58 万元，而花费最多的一个家庭是 180 万元。白血病、淋巴瘤等儿童血液肿瘤所需资金量大、治疗时间长，在孩子治病过程中，家庭资产经常被消耗殆尽。

发病前，石泽洋的父母在当地最好的重点初中旁置下了房产，并花择校费将他送到了重点初中读书。

“那时候日子过得普通，现在想想以前，都是好日子，都值得怀念。”一切都被突如其来的疾病打破了。如果没有孩子的这场病，石泽洋的母亲每个周末都会去爬山，每天晚饭后，要健步走一个多小时，保持着健康的生活习惯。

提起春节给孩子做西葫芦烙饼，曾在军队服过役的石泽洋父亲眼圈泛红，“拿起一个 3 元多，我说拿上两个吧，两个就 6 元多”，犹犹豫豫的，石泽洋的妈妈反复几次把西葫芦拿起又放下。“买菜，啥时候都到这种地步了！”

在他们家乡的山西小城，一个家庭的月平均消费约 1000 多元，石泽洋的父母每个月收入达到 4000 多元。尽管绝对收入和大城市没有可比性，但在家乡却过着富足的生活。

“一年的治疗费用 37 万元，维持期每个月治疗费用近 5000 元，还将在北京维持 20 个月，预计治疗费用 18 万元。”在石泽洋妈妈的家庭账本里，欠下的人情也越来越多。

“我以前从来都不求人”，她曾经以为靠个人奋斗让家庭越来越好的志气，在灾难性医疗支出面前，折戟沉沙。

药

父母们对化疗药又爱又恨，救命药的另一面是高昂的价格和对孩子身体的毒副作用。

并不是所有的出租屋都有冰箱。马翊铭的妈妈为没有冰箱的小病友保存着化疗药物。在三家租户共用的老旧冰箱里，孩子们的化疗药物长春花碱、长春新碱和韭菜、青椒等蔬菜放在一起。

一盒长春花碱 4800 元，共有 5 支。目前进入维持化疗阶段的魏宇涵每周要用一支。这种产于澳大利亚的进口药物，只能通过特殊渠道在香港购买，全部自费。

“我以为长春花碱是长春产的。”为了买到医嘱用药，魏宇涵的妈妈颇费周折。

2013 年发布的《中国贫困白血病儿童生存状况调查报告》指出：“虽然当前的医疗保险覆盖率比较大，但由于报销比例、报销范围、起付线、封顶线、异地治疗、自费药等因素的影响，有一半以上的家庭只能从医保中报销不到一半，远远弥补不了高昂的医疗费用。”

参与采访的四位淋巴瘤患儿家长均称，住院报销比例在 30% 左右。《中国儿童大病救助与慈善组织参与现状报告》指出："恶性淋巴瘤，2011 年需要慈善组织救助的人口所占比例达到了 96%。"重大疾病高昂的治疗费用，不但贫困家庭无法负担，普通家庭同样难以承受。

无处安放的童年

生病前，马翊铭最喜欢玩的是写着大城市站名的跳格游戏。"北京站"写在格子的最顶端。

在北京治疗一年，她的大部分时光在医院和出租屋里度过。不发烧的时候，手机游戏成了她唯一的娱乐活动。在病房里，孩子们会谈论自己的病情和那些可怕的检查项目。他们偶尔会谈起喜爱的事物和小伙伴们。"我最喜欢的是月季花"，马翊铭笑着说。7 岁的小病友刘雯语常来家里玩，由于淋巴瘤分型不同，她要在北京"维持"三年。在马翊铭家，7~14 岁的孩子们玩在一起，除了"同病相怜"的孩子，他们再无玩伴。

第 11 个化疗周期开始前，马翊铭戴着住院腕带参加了"儿童舒缓活动中心"参观北京电台的活动。她的妈妈说："要不是因为你，妈妈哪有机会参加这样的活动？"

对这些"癌症移民"孩子来说，来到北京，是福是祸？

病房学校

周日下午，新阳光病房学校的老师上门来给孩子们补习小学三年级英语。三年级只读了一天的魏宇涵就是个“打酱油”的。看着他抓耳挠腮地默写不出单词，老师笑着说：“他不捣乱已经是有进步了。”

小学一年级入学前发病的刘雯语安静地坐在圆桌旁，在魏宇涵看来，她才是来“打酱油”的。负责病房学校学龄期儿童学业上门辅导的老师介绍，目前医院附近有近 20 个学生需要补课，他们借用了一个民居作为补课点。

生病前，父亲对魏宇涵的期望是考上名牌大学，现在对他的学业没有任何要求。“这小子皮，但从来不欺负小的，只欺负大的。”

进入青春期，石泽洋变得敏感。化疗药刚推进去，他的呕吐就开始了。公交车上，他见到背书包的孩子，便问母亲：“我什么时候能去上学？”

在北京维持化疗两年无法回家，石泽洋的学业问题摆在了父母面前。母亲恳请病房学校的补课老师多给他留些作业。“我留的作业够多了”，老师说。补课的方式已经无法满足这个 14 岁的大男孩对学校的渴望。

他的母亲咨询过小汤山一所初中，借读费需要十万元。家里已拿不出这么巨大的费用。

几位家长商量着在北京借读的可能性。合法住所居住证明、纳税证明、社保证明……每一样都让这些“癌症移民”感到为难。

站在医院附近的中学门口翘首张望，石泽洋说：“妈妈，我下辈子不想做人了，太辛苦了。”

“那你想做什么？”

“做只国宝大熊猫吧。”

打零工的父亲们

2016 年 8 月，高烧 40 度不退的刘雯语哭着央求医生：“求求你，救救我。”只有 6 岁的小姑娘看着父母不断恳求医生收她住院，懵懂地感知到生的渴望。从那时起，一家三口留在了北京，和大部分儿童肿瘤患者家庭一样，病重的孩子需要父母两个人全心的照料。

母亲叫她幸运儿。化疗后，她的头发长得很慢，像胎毛一样柔软。“她经历了一次重生”，整整 10 个月，她的父母在病房和出租房里，把她再次孕育成人。

每天睁开眼，刘雯语的父亲都在计算着女儿快速增长的医疗花费。入不敷出已经不是准确的描述，他们为了孩子，已经辞掉工作，没有任何收入。

找工作，一直是父亲们热衷讨论的话题。他听说有的家长当了快递员，还有人做了汽车代驾。肯卖力气的刘雯语父亲，在“招聘装卸工”的小广告上找到过一份搬货的工作，月收入3000元。但因为每周都要不定时地跑医院，一个月后，他被老板辞退了。

马翊铭爸爸商量着和魏宇涵爸爸干个煎饼摊，难度不高，又没成本。魏宇涵嚷嚷着：“我爸吆喝都张不开嘴。”他的父亲是一位川菜厨师，摊煎饼确实有些大材小用。

回不去的故乡

孩子治疗结束后，远方的故乡，回与不回，是个两难的选择。马翊铭父亲打算带着孩子去外地谋生，不再回故乡生活。在老家的熟人社会，“癌症患儿”的身份将成为一块贴在孩子脸上的“胎记”，被人指点，被人议论。他甚至担心女儿未来在就业、择偶等方面会受到疾病阴影的影响。

“安土重迁，黎民之性；骨肉相附，人情所愿也。”

9岁的马翊铭还无法理解父亲这个决定背后的无奈、沉重与希冀。他要尽自己所能，为女儿开辟一个新生活。

战胜死神的她们，却败给了生活：失去乳房的女人[①]

一位医生对我说，“在中国，明目张胆地关心女人的乳房问题，就如同关注他人的性生活质量”。

乳腺癌术后失去了乳房的她们，挣脱了死的阴影，又跌入了生的困局。

《乳房的历史》一书中说：“长久以来，女人一直被迫面对乳房所传达的两大内涵：它既是生命的哺育者，也是生命的摧毁者。”

① 本文作者为杨洋。

32岁，麦子的生命被乳腺癌摧毁了。蟹爪状的癌细胞占据了她右侧的乳房。术后在锁骨下方，留下了一条难以遮挡的竖向刀疤。麦子说自己至死都会是爱美的女人。她不怕病死，怕丑死。

她穿着一件白色的圆领T恤，笑盈盈地看着我："你可以摸一摸。"这让坐在对面的我，局促又脸红。最终，我的好奇心还是占了上风。

隔着一层有海绵的文胸——这只造价三万多元的假体乳房并没有麦子说得那么坚硬，我还能稍微感到弹性。它挺立在麦子的右胸上，始终保持着纹丝不动的高耸姿态。不论麦子是在运动、洗澡还是睡觉，它都耸立不动，不肯配合柔软自然的另一侧。这让麦子很尴尬，它是她的"脸面"，也是她的"伤疤"。

这是一个再造了一半的乳房，因为麦子病情的变化，填充脂肪的手术一直处于停工状态。

麦子的假体是个公开的秘密。说秘密，是因为麦子对大部分亲戚、朋友隐瞒了自己乳腺癌患者的身份；说公开，是她的右侧"乳房"被很多女人摸过。在私密的聚会上，她们会事无巨细地询问乳房再造的过程，心中暗自忖度：我也能再次完整吗？她们称呼彼此为"少奶奶"（少是多音字），是麦子乳腺癌术后的病友。

围绕着乳房，牵引出更加私密的话题：

"手术两年了，他一直拒绝看我的伤口。"

"他说，你就凑合和我过吧，反正你也没人要了。"

“失去上半身，我只有下半身是活的。”

“他在抚摸我身体的时候，突然就停住了，只那么一瞬间，我们都明白，他伤了我的心。”

……

在中国，乳腺癌是女性发病率最高的癌症。《中国乳腺癌现状报告》的一组数据预测：到2021年，中国乳腺癌患者将达到250万人。

对罹患乳腺癌的女人而言，乳房是生与死的战场。乳房与性愉悦和哺育相连，也与乳腺癌的死亡连接。在哺育生命与失去生命之间，乳房残缺留给她们的是无法言说的隐痛。

2016年，我国首部《乳腺癌切除术后乳房再造技术指南》发布。尽管我国每年约有20万例患者接受了乳腺癌手术治疗，但接受乳房再造患者的比例不足1%。也就是说，累积下来，中国约有百万量级的女性承受着残缺带来的痛苦，却不能声张。一位整形外科医生对我说，“在中国，明目张胆地关心女人的乳房问题，就如同关注他人的性生活质量”。

我的采访对象从50后到90后，年龄跨越了近半个世纪。她们的痛苦如此相似。

一位即将切除左乳的年轻女孩问我：“没了乳房，我还是不是女人？”社会环境对女性身体的刻板规定无疑使这个群体所面临的窘境雪上加霜。

内衣里的秘密

齐丽芳家的车库是个有魔力的地方。卷帘门一关一开，就能走出一个胸部挺拔、眼神灵动的女人。常有女性结伴而来，也有银发夫妇一同钻进车库。

白天负责发货的工作人员已经下班，工作板上还记录着顾客要求的特殊型号。齐丽芳捧出一个水溶绣花的大红牡丹文胸，“这是给手术后的姐妹穿的，去晦气，添喜气”。

仓库成排的货架上摆放着无钢托的文胸，有夹层的睡衣、泳衣，还有最重要的填充物：义乳。

这种由硅胶材质制成的假乳房，通常是三角形或圆形，颜色与肤色相近。它表面光滑有弹性，在中间部分会有一个小的凸起，模拟的是女性的乳头。只要把义乳放进有隔层的文胸，搭配好大小和重量，乳腺癌术后留下的残缺便瞬间被填平。

我托起一只三角形的硕大义乳，整个手掌都被它覆盖住了，看起来足有E罩杯。“这么大？”我问道。

“有些女人胖，术后治疗又使用激素，我们这里最大的胸围有一米二。”齐丽芳接过这只轻质义乳放在秤上。“砰”，指针打到了562克。如果是普通硅胶制成的义乳则更重，用肩膀承受过大的重量，即使将文胸肩带加宽，也避免不了勒进肉里。

“之前有个姑娘要给她妈妈配两只二斤的大义乳，我问她，你是亲闺女吗？”

没有失去乳房，普通女性也很难理解乳腺癌术后女性的需求。

“只有我们自己知道想要什么。”这位可以用患侧单手举起自行车的爽利女性，在术后第六年完成了环法自行车赛道的骑行。她给我看了一张多年前的照片：她穿着宽松的深蓝色运动衫，站在一座挺秀的山峰前，双手叉腰，左右乳峰稍有落差。照片上写了三个字：“心里美”。

失去右乳的第五年，齐丽芳还不知道有义乳的存在。她走遍了家乡的内衣店，只是埋头翻找，从来不对售货员说自己在找什么。她开始剪旧文胸，把里边的海绵杯垫拆出来。棉花、枕头芯、小毛巾……每天琢磨的都是可以让胸部隆起、对称的材料。

手术以后，她从不裸睡。小背心、大背心、睡衣……会做手工活儿的齐丽芳在穿内衣这件事上耗费了很多精力。

“为了让自己好看一点，别看上去就跟别人不一样。”但是一抬胳膊，她就担心内衣里塞进的那条小毛巾跑了位置。一位说话柔声细语的70后女性形象地类比了这种尴尬，“这就像你初潮没多久，夹着腿走在路上，突然，带血的卫生巾掉了出来”。

“乳腺癌术后的女人都有过往外拆文胸海绵垫的举动，我有个疯狂的想法，给每个乳腺癌患者都送海绵垫。”齐丽芳随手拿起两个轻薄的白色罩杯垫。

但这还无法解决身体失衡的问题。乳房的一侧缺失造成身体两侧重量不一致，齐丽芳的脊柱出现侧弯。这是乳腺癌术后非常普遍的现象，只剩下一侧丰满乳房的女人甚至会在行走时因失去平衡而摔倒。

13 年前，40 岁的齐丽芳在 301 医院接受了右侧乳房全切手术及腋下淋巴清扫术。主刀医生征求家属的意见，可以再造一个假体乳房，费用只需要 3000 元。她的丈夫回给医生一句话："就是你给我 3000 元，我们也不做！"就这样，她歪着身子开始了术后康复。

八年前，一位病友将不合穿的义乳文胸送给了齐丽芳，恰好是她的尺码。她戴着这个义乳文胸完成了环法骑行。

7 个女人神秘地钻进了她家的车库，请她量体，为她们寻找义乳文胸的购买渠道。她拿着一条皮尺，一支铅笔，详细记录下她们的身高、体重、手术年份和疤痕走向，到网上为她们订购。

义乳文胸在春节前到了。7 个女人带着对新的一年的憧憬再次钻进车库，试穿后，竟然无一人合适。失望的情绪在干冷凝滞的空气中蔓延，随后她们干脆打乱尺码重新试穿。最终，有 3 个女人过完春节也没能穿上合适的文胸。

来找齐丽芳的女人越来越多，她的车库里装着女人们的第二张"脸面"。着急的女人穿上带有齐丽芳体温的义乳文胸赶去参加婚礼，总是江湖救急的齐丽芳在几年间只能手边有什么型号的内衣就先凑合穿上。

切除术后女性的需求推着她不停地往前走，齐丽芳创立了自己的义乳品牌。

网络发达的年代，她们通过互联网向齐丽芳提需求。有人把海外代购的透气文胸邮寄给她，请求她拿到内衣代工厂拆开，打出版样生产。这款内衣解决了夏天戴硅胶义乳流汗起痱子的问题。

有旅居美国的乳腺癌女性找到齐丽芳："在美国，义乳两年给一个，放义乳的胸罩一年三个，但我常感到孤独，直到找到你们。"

在这间车库里，心满意足走出卷帘门的女人留下了各式各样的自制内衣：有的缝一块巨大的海绵垫；有的钉一枚纽扣，将海绵杯垫挂在胸前，再用一根带子连在裤腰上，防止它移位。

齐丽芳拿出一件半旧的双肩小背心，放在那些义乳和文胸之间。这是一位术后28年的老护士长留给她的。背心的右侧是一个窄口大肚的小口袋，口袋里放着浑圆的海绵杯垫。在海绵垫的中心，缝了一颗灵巧的小扣子，又用细密的针脚把扣子隐藏在柔软的棉布下。

没有义乳的年代，这就是她们的"乳房"。

乳房的觉醒

全晓平的乳房像一颗蓓蕾。她跳上自行车，从高坡俯冲下来，完全不用理会乳房重力带来的负担。北京夏日的午后很热，挥手告别时，她说还要去一趟王府井量体，申请一个免费的义乳。

爱慕内衣专柜的试衣间，私密的小空间里局促地挤着两个女人。全晓平并不反感拿着皮尺的售货员跟进来。常年在医院查体治疗，她已经不觉得被人看见有什么了不得。但是她在试穿的时候，还是尽量背过了身。

她最尴尬的时候不是此时此景，而是在大学宿舍楼里，女同学问她："你干吗把文胸罩在袋子里晾晒？"

"防尘"，她想起自己的答案，有点滑稽的味道。五年前，全晓平在家乡小城接受了左乳全切手术。那位肝胆外科的主刀医生甚至没有询问她要不要保乳。尽管她只有22岁，还有一个男朋友。她的母亲认为，乳房除了喂奶，没有半点用处。她还能想起手术刀在身体上切割的感觉，那场手术是局部麻醉。这该死的命运和生活。

已经离开量体柜台很远，售货员追了出来。也许是全晓平27岁的年龄让她痛惜，她说："小姑娘，不要怕，现在这样的情况挺多的，你要有信心。"

全晓平所在的一个只有4个人的乳腺癌小群里，有人发上来一段3分钟的视频：几位走秀的模特都只有一只乳房。女人们在闪光灯的包围中走上T台，裸露的横向伤疤簇拥在橄榄枝和花蔓的造型中间。整段视频充满着极大的喜悦和力量，但同时也弥漫着极度的悲伤。

四年前，两位芬兰设计师收到一位叫伊琳娜的女人的邮件。她因患乳腺癌做了乳房切除手术，一直为找不到合适的泳衣而苦恼。

两位设计师决定设计单乳比基尼泳衣，帮助这些女性重新穿上合适的泳衣，展现美丽和自信。

Lady Gaga的“生来如此”基金会也专门介绍了她们的项目。一个模特来到影棚拍照，戴了假发，因为她正在化疗，头发都掉光了。设计师对她说，你不需要假发，我们就拍你头上的短发。当她离开影棚时，把假发放进了提包。

“我们在和死亡打交道。有两位模特已经过世了。虽然我们在歌颂勇气、美丽和女性特质，也有十分严肃的话题在其中：癌症。”视频的结尾留下了这句话。

麦子打破了群里的沉默：“挑件可心的泳衣太难了，款式都又老又土。”她想选一款泳衣，既能遮住右侧的刀疤，还能露出自己的美背。群里有人问道，“应该问问设计师，怎么斜肩泳装露的都是右边？”话题逐渐轻松起来。

“看的时候很燃，看完后自己那么穿可不行……”A女士说。

“真有人那么无所谓？我觉得我已经算想得开的了，顶着板寸和输液泵在普吉岛下海，但是让我这么穿，估计得用100万元激励一下。”B女士说完，发来了一张图片：蔚蓝的海岸，三位欧美女性穿着比基尼泡在海水里，宽大的身躯把泳衣的布料显得越发短小，不甚符合苗条曲线的审美。

“外国人好像不考虑身材，只考虑胸……”话题又一次回到了乳房上。

中国女性关注乳房话题，总是带着一种羞答答的私密性。年轻女性认同乳房美的同时，又很难如心中所想去公开追求这份美丽。中国女性会钦佩地谈起安吉丽娜·朱莉的勇气，这位接受了预防性双侧乳腺切除手术的女星对自己的乳房有着充分的自主处置权。“我们”羡慕“她们”，但很难成为“她们”。

刘波是内衣品牌爱慕的首席定制师。这位为电影《满城尽带黄金甲》定制托胸胸衣的女性设计师，通常在铺就松软地毯的定制工作室里接见她的“特需”客人。不同尺码和罩杯的黑色试版胸罩占满了整面墙壁。抽屉里是来自法国的花边和奥地利的水钻。不同花色的蕾丝垂在抽屉上方，一个不显眼的位置摆放了几只盒子，这里面存放的就是义乳。

刘波曾经在欧洲采购过上百只黏合义乳，爱慕公司也曾代理过国外最先进的义乳，但在国内，只卖出寥寥几只。

这种义乳只要粘在胸前，就可以自如地穿上贴身剪裁的礼服。在爱慕专柜卖得最好的义乳文胸是肉色、白色和粉色的，这些义乳的颜色干净柔和，给人以健康舒适的感觉，购买它们的中国女性总是尽量弱化胸部色彩，避免他人注意。

刘波第一次见到乳腺癌术后女性的身体，是在20世纪90年代。乳腺癌改良根治术的治疗方法，就是将患侧乳房全切并进行腋下清扫。术后留下的疤痕横竖不一，挺直身体，并拢双臂，腋下还是能塞下一个大苹果。乳腺癌女性到内衣专柜找到合穿的文胸极其少见。刘波当时想到的办法也是尽量找纯棉、没有钢托的内衣，然后在里边放上海绵杯垫。为了开发适合东方女性的义乳，她用橡皮泥捏出乳房的形状。最初的义乳还要区分左右边，延长出一片“小翅膀”来填补腋下的那个大洞，这也是爱慕义乳的原型。

爱慕最初的义乳服务，并没有对外，刘波服务的对象多是政企领导和名人。一位电视台的舞蹈编导找到刘波，她穿着宽大的袍子，没有化妆。乳腺癌术后三年，刘波是第一个见到她残缺身体的人，连她的先生都没见过。

这些年，刘波见到的乳腺癌术后女性身体达到上千例，她们从绝不示人，转向了寻求帮助。她们胸口上的那道疤痕也变成越来越短的横向刀口，不需要再特意将文胸设计得过高，来遮挡那些疤痕。这与外科手术水平的提高有关，也与女性对身体的关注度提高有关。

在这位女性内衣设计师眼里，20 世纪 90 年代以后，中国女性内衣花样翻新地快速发展，也是中国女性对自身身体意识觉醒的开始。日本和欧洲的内衣品牌进入国门，“薄、透、露”的性感理念冲击着中国女性的大脑。

如今，在都市女性期待着每年的维密大秀，谈论着好身材和马甲线的时候，我在失去乳房的女人们身上看到了另一股暗流。

实际上，中国女性对乳房关注的时间并不长。在中国社会里，

“乳房”作为性器官给女人带来的“耻感”由来已久。羞涩、隐藏、安静、顺从是中国文化中女性的传统形象。被忽视的女性地位带来的是女性不自知的自我压抑。

在中国女性还在大量使用卫生纸作为卫生用品的年代，女性的胸部甚至由三尺白布或四条手绢裹缠着。那些20世纪五六十年代以及70年代初出生的女性大多有过在青春期“含胸弓背”的经历。

“那时候，谁要是长了一对大乳房，是非常丢人的一件事”，一位刚做了奶奶的采访对象对我说。

作为80后，在我乳房刚发育的时候，我的妈妈还曾“传”给我一件私密的女性用品，那是一件由棉布做成的手工胸罩，没有弹力，也没有钢托。它左边的腋下有一排扣子，需要我费力地挨个系好。只要我试图调整乳房的位置，就要体会一阵钻心的疼痛。难以想象，这样的事情发生在中国女性身上，但它实实在在地发生过，而且就在不远的“昨天”。

被压抑的需求

这一天是手术日，中国医学科学院整形外科医院副院长、乳房整形美容中心学科带头人栾杰要连做五台乳房整形手术。

上午9：25，栾杰医生走进了手术室。忙碌的手术室里响起了轻柔的背景音乐。手术台上是一位已经被麻醉的48岁女性。今天是她的第六次自体脂肪颗粒移植乳房再造手术。此次手术抽取的是她双上臂的脂肪，被称为“蝴蝶袖”的赘肉即将变成她再造乳房的一部分。她的手术记录上写着：“右乳根治术后缺失 9 年”。

细长杆状的吸脂针在仪器运转中发出“扑哧扑哧”的声响，橙黄色的脂肪顺利地流进了储脂瓶。这位中年女性的身材让我吃惊。紧致的腰腹、结实苗条的大腿，没有任何赘肉和橘皮，看起来像一位 30 岁的女性的身体，而且没有任何切口。只有她脸上的岁月痕迹才让我相信，她真的年近 50 岁了。在过去一年多的五次手术中，医生对她的腰、腹和腿部都进行了抽脂。“救生圈”和“大象腿”在历次手术中逐渐转化成了这只不断增高的再造乳房。

135 毫升的橙色脂肪注入了右侧乳房。她平躺在手术台上，这只还没有再造乳头的新乳房已经比左侧要大要高。手术之后，自体脂肪还会被身体吸收一部分，逐渐与健康的一侧对称。

10：27，手术接近尾声。一直忙碌的栾杰医生对我说：“这种手术没有切口，不使用人工材料，不损伤肌肉，彻底改变了乳房再造过去拆东墙补西墙的历史。”

他预计下一次手术需要为这位女性再造好乳头、纹上乳晕，她的乳房再造手术才算彻底完成。这与我之前了解的假体再造和自体皮瓣再造都不相同。十年前，栾杰将这种技术从美国带回，直到今天，国内可以做这种手术的整形外科专家依然屈指可数。

2003 年，栾杰开始担任中国医学科学院整形外科医院乳房中心主任。从那时起至今，这个权威的整形外科三甲医院共完成了 2000 余例乳房再造手术。他曾经有心搜集过从 1957 年建院起实施的乳房再造手术数据，在 2003 年之前，最多的年份也只有十几例，越往前越少。

“Save lives”有两层含义，不仅拯救生命，更要改善生活。这位资深的整形外科男医生接到过一个“特殊”的电话，一位 28 岁、完成乳房再造手术后刚刚出院的年轻姑娘兴奋地对他说：“栾医生，我买胸罩和吊带了，我要把我之前不敢穿不能穿的衣服都补回来。”她的自信从医院里就开始恢复。

栾杰医生为她重建的美丽双乳引来了乳腺外科医生的围观，医生们甚至拿出手机来拍下这完美的“作品”。当有女性朋友私下里向她倾诉残缺乳房带来的诸多痛苦时，她会毫不犹豫地掀起自己的衣服。成功的乳房再造手术让她原本黯淡无光的人生“活”了起来。

在栾杰看来，乳房再造满足的是女性身份标识和独立人格的需求。随着文化和社会环境的开放，女性的自身意识逐步觉醒。“这种需求在过去是被压抑的。”乳房在中国一直被认为是隐私的、不能在公开场合谈论的部分，也是他人看不到也不可能去关注的部分。“自己的需求又不是露在外面的需求，是没有办法通过现身说法去传播的一个需求。”

一位 60 余岁的女士表达了想做乳房再造的意愿，三次找到栾杰，又三次被家人强行拉回家。她的丈夫和女儿都表示反对：这么大岁数了还有什么必要？他们在医院里发生了激烈的争吵，“一帮人简直要把她杀了一样”，他们指着医生的鼻子说：“你不许给她做再造。”

2013 年，中国抗癌协会乳腺癌专业委员会中的部分专家采用问卷调查的方式对国内乳房重建现状进行了调研。回收的结果显示，32 家三级医院在 2012 年全年共开展乳腺癌乳房切除术 24763 例，而其中行乳房重建术仅 1120 例，重建比例约为 4.5%。

据北京朝阳医院乳腺外科主任蒋宏传介绍，北京朝阳医院回顾性收集了北方 8 家三甲医院 2011—2016 年的乳房重建数据，包括中国医学科学院肿瘤医院、北京肿瘤医院、301 医院、北京朝阳医院、天津肿瘤医院等在内的 8 家医院的乳房重建率只有 1.5%。

就全国来看，栾杰在接受采访时曾说：“中国每年有近 20 万例乳腺癌患者接受了乳腺癌手术治疗，但乳房再造的比例不足 1%。而在欧美发达国家这一比例则超过 30%，日本则达到 17%。”

广东省妇幼保健院副院长、中国抗癌协会乳腺癌专业委员会委员王颀，针对这样的差异说：“相对于经济发达国家，中国病人对生活质量要求还是不高，好死不如赖活着。”这位 30 多年前就开始做乳腺癌手术的医生谈道，中国的乳腺癌手术方法最初是被称为“改良根治”的乳房全切手术，乳腺癌的保乳手术也是从 20 世纪 90 年代才开始。

早上查房前，一位准备乳腺癌手术的女患者在医生办公室前拦住了蒋宏传医生。“蒋大夫，我能抹擦脸油吗？”她在担心护肤品的雌激素刺激了癌细胞的疯狂增长，或许这是诱发她乳腺癌的原因也不一定。任何一个突然遭遇癌症侵袭的女性，都无法淡定自如。活着的意愿被无限放大，对死亡的担心很容易让她们放弃对美丽的追求。

北京朝阳医院乳腺外科每年开展的乳腺癌手术为300~400台，保乳的比例为20%~30%。尽管医学数据早已证明，早期乳腺癌是否保留乳房对患者术后生存率的影响几无差别，但一些符合条件的患者还是要求全切。在中国的民间观念里，只有切除才能痊愈。

“最终是否保留乳房或是重建，是由患者决定，不是由医生决定。中国女性对乳房外观的保留意愿不足，美丽对她们来讲，并没有那么迫切。”蒋宏传医生说。

“美丽和健康只能二选一吗？”舞蹈老师橙子对我抛出的问题沉吟半晌。“这是个次序问题，不是单选题”，她的眉心习惯性地微微一皱。被诊断为恶性程度较高的三阴性乳腺癌，她没有犹豫就做了乳房全切手术。

对死亡的恐惧让她顾不上其他。当她再次体会“生”的滋味，她才发觉，残缺给她带来的诸多不便。在化疗还没有结束时，她就钻进了齐丽芳家的车库，为了一对看起来对称、完美的乳房，她在车库里尝试搭配了整个下午。齐丽芳把她一个人留在了那里，自己的残缺只能自己补。但义乳带来的“瞬间美丽”并没有从根本上解决橙子心理上的残缺感，她甚至问过齐丽芳，有没有抹胸可以在洗澡的时候戴上。

齐丽芳建立的QQ群和微信群中，共有近2万名癌症患者。其中乳腺癌患者占了80%。近些年，她见到太多转移、复发的乳腺癌姐妹，她分布在全国各地的99位义乳品牌代理已经去世了6位。她的重心也由定制义乳转向了帮助大家解决乳腺癌术后的其他问题上。这与中国乳腺癌早期筛查普及不够，许多乳腺癌患者发现即是中晚期有关，很多女性已经错失了乳房再造的机会。

不仅如此，在中国，能开展乳房再造手术的医院也寥寥无几，具有整形外科资质并从事乳房再造的医生屈指可数，而具备高超的乳房再造技术的专家更是凤毛麟角。乳房再造是一项技术要求较高的整形外科治疗项目，而乳腺肿瘤外科与整形外科之间的协作还远远不够。

在中国，绝大部分具备乳房即时再造手术条件的患者，首先面对的是没有整形外科经验的乳腺外科医生，很多患者因此失去了乳房再造的最佳时机。而掌握整形修复技术的整形外科医生们处理的病例，大部分是切除后的延时乳房再造，只能根据乳腺外科医生手术后留下来的“现状”尽量修复乳房形态。

栾杰教授将乳房再造比喻成做衣服：“会做麻袋和能做时装是不一样的，没有经过整形外科培训、没有整形外科资质的医生，再造出来的只能是麻袋。”

是雪中送炭还是雪上加霜，往往只在一台手术的成败之间。

你是谁？为了谁？

这是一场女人间私密的午餐聚会，年龄从60后跨越到80后，全部是乳腺癌术后的女性。谈论的话题和胶东半岛的海鲜一起摆上了桌面：乳房残缺会在多大程度上影响两性关系。

我对在座的每一位女性问了同样一个问题：“乳房残缺会不会影响夫妻感情，甚至导致离婚？”她们的答案竟出奇的一致：“不会。”

如同一颗石子投进平静的湖水，激起了一圈圈涟漪。几分钟后，女人们讨论得太过激烈，我已经无法单独听清哪一位的声音。这位1970年出生的姐姐有着一副好嗓子，她的声音穿透了众语喧嚣：“我老公说，只要他看到我的伤口，就会想起手术室外他和儿子哭成一团，他说，你真是遭罪了。”在她左手边瘦高挺拔的同龄女性接着说：“这么多年的夫妻，左手摸右手，就算没有残缺站在他面前，他也未必有兴趣。”

她们对男性有着普遍共识：中国男人在生活自理方面就是一个巨婴，但他们在面对家庭变故的时候，还是勇于承担责任的。家庭和婚姻远不只性生活这一个方面。自己都觉得不美好的身体，干吗要求“他”去看呢？

“我觉得……可能会影响夫妻关系。”舞蹈老师橙子声音不大，她梳着马尾长发、穿着紫色的蕾丝长裙，语气迟重。她的丈夫是一位钢琴教师，对艺术和审美常有更高的追求。但她的声音很快就被女人们快乐的笑声淹没了。

聚会结束后，我和橙子再次谈起了这个私密话题。她将这份婚姻的不幸归结于相亲介绍的感情基础不牢。曾经出轨的丈夫在她手术后，更是把她视为无物。在这个家庭里，她唯一的价值就是这位巨婴的保姆。“你为什么不离婚呢？”我问她。

“我是不完整的女人，这辈子我都不敢再期盼爱情了。”

29 岁，燕子在乳腺癌手术半年后，主动和丈夫提出了离婚。一次深夜争吵中，丈夫气急败坏地说：“我就要把你气得另一侧也生癌。”这让燕子明白，要想好好活着，就得离开这个男人。他是她的初恋，又高又帅，他们两个都是军官出身。没发现癌症前，他们正在准备要一个孩子。乳腺癌手术后，丈夫唯一一次走进她的化疗病房，对她说的第一句话是：“这要是你给我生了个孩子，我到医院来是什么感觉，现在我又是什么感觉。”

迫于抛弃病妻的道德压力，她的丈夫试图挽回过婚姻。“你就和我凑合过吧，反正你这德性，也没人要了。”

“怎么就没人要了呢？没了乳房，我也不至于没人要啊”，燕子在我面前竟哭了出来。提起往事，她常觉得是在讲另一个人的故事。我和燕子并排坐在下班后的影像科医生办公室里，她是一位做乳腺钼靶检查的医生。

34 岁，燕子再婚了。如今她的孩子已经 4 岁，她的健侧乳房奶水充足，充分行使了女性哺乳的权利。

在我接触的近20位乳腺癌女性中，她们普遍为失去女性特征而感到焦虑。这对女人身体上的器官承载着男性的观看愉悦与婴孩的饱腹满足。她们在经受癌症带来的痛苦的同时，依然对社会对女性身体的规定表示顺从。

玛莉莲·亚隆在《乳房的历史》一书中说："对女人而言，'好'乳房与'坏'乳房的对立，并不是男人经常描绘的母亲、圣女与荡妇、妓女的对抗；也不是精神分析学派所说的，孩童经验世界里哺育的'好'乳房与排拒的'坏'乳房相互对抗。对女人而言，乳房显然象征了厄洛斯（Eros）与死神塔纳托斯（Thanatos）的紧张斗争，是生与死的殊死战场。"

"女人如何看待自己的乳房，不仅是个人自我评价的指标，也是女人总体地位的象征。在东西方历史上女人的乳房是被男人控制的，只有当女性从自己的美学观点来审视自己的乳房，而不再取悦他人，乳房才真正地回归到她们的身体。"

你是谁？为了谁？在疾病与美丽之上，女性对自我的追问，也许才是对那道伤疤的最好安慰。

参考文献

1. 《乳房的历史》，玛丽莲·亚隆著，何颖怡译，华龄出版社2001年版.
2. 《乳房的文化象征意义》，李佩玲等，载《中国性科学》2004年第4期.

糖果屋：百亿保健帝国权健，和它阴影下的中国家庭[①]

2018 年 12 月 12 日，是周洋的三周年忌日。

三年来，周洋的父亲无时无刻不在后悔——他要是让女儿留在北京儿童医院治疗，而不是服用天津权健公司的产品，她是不是还能活着？

曾经介入周洋生前的治疗并带给周家痛苦的权健公司，刚在前一天拿到“亚太直销大健康推广功勋企业”的称号。

女孩的死，丝毫无损于权健的高速成长，它的创始人甚至放言，要在五年内让权健的营业额达到 5000 个亿。

① 本文作者为曾鼎、刘璐。

这家凭借天价保健鞋垫和负离子卫生巾起家的公司，在令人瞠目的7000多家加盟火疗店的掩护下，花了14年，在中国构建起一个年销售额接近200亿元的保健帝国。它许以千千万万个参与者关于健康和财富的梦想，但梦想更像是一场泡影。在帝国的食物链里，参与者不仅搭上钱财，更有人烧伤、致残，甚至丢了性命。

魏则西式的悲剧

人性最大的恶是什么？魏则西在他人生的最后时刻答道：是他在重病垂危之际被欺骗，花费了家人东拼西凑的数十万元，躺在一家被莆田系承包的医疗机构里，进行一项骗人的“高科技疗法”。

是啊，人性最大的恶是什么？如果小周洋还活着，她会怎么回答这个问题呢？

大概是，父亲为了救患有骶尾部恶性生殖细胞瘤的女儿，几乎卖掉了包括房子在内的全部家当。小周洋的治疗不算顺利，经过几次极为痛苦的手术——切除肿瘤、肠穿孔、复发、再切除之后，肿瘤标志物一度接近正常水平。但小周洋的病情并不稳定，北京儿童医院的医生建议继续化疗。然而，一家叫权健的公司介入了女儿的治疗。

一家人都是农民，不忍心看当时才 4 岁的女儿如此痛苦，于是暂时中断了医院的化疗，让女儿吃了两个多月这家公司的“抗癌”产品。女儿的病情却恶化了。就在女儿奄奄一息的时候，她的照片、头像离奇地出现在各大视频网站、论坛、社交媒体上，说她已经在权健重获新生。气不过的父亲把这家价值百亿的保健帝国告上法庭。你猜结果是什么？官司输了。

8 个月后，越来越大的肿瘤瘤体把她的皮肤顶破，伤口溃烂不堪，她在痛苦中离世。死前，连一个道歉都没有得到。

周洋的父亲周二力这辈子最后悔的，就是带女儿去了权健公司。周洋本来在北京儿童医院治疗，进行了 4 次手术，23 次化疗。她的主治医生后来告诉我们，过程很痛苦，治疗不算顺利。但她的肿瘤标志物（甲胎蛋白）一度降到了 20 多（正常数值是 0~20）。

当周洋的故事被央视报道之后，权健的一位联络人找到周二力，将他带到了权健公司的创始人兼董事长束昱辉的面前。

周二力现在想来，权健看起来不像个医疗机构——金碧辉煌的大厅和办公室，来参观考察的人络绎不绝，束昱辉和各种领导的合影挂在办公室墙上。在这个周二力这辈子见过最豪华的办公楼里，他获赠了一本束昱辉的传记——《生命的代价——民间秘方瑰宝铸就当代神医》。

周二力相信了“他们花 8000 万元买的抗癌秘方”。他付了 5000

元现金（权健后来辩称是免费赠送），得到了一款紫草体用精油、一款粉末状固体饮料、一袋没有配方说明的中药制剂（束昱辉开的）。这就是权健公司给周洋的抗癌药。

据周二力说，他被告知，让女儿在这期间不要吃西药也不要化疗。周二力做了一个让他后悔终生的决定——带着周洋出院了。周洋的主治医生试图劝阻过，根据医生的说法，虽然周洋的肿瘤标志物下降了，但她没有正常到可以停药的阶段。那个时候中断治疗，会极大地增加复发的可能性。

周二力说他前前后后去权健公司拿过五次药。服用权健"药物"两个多月后，周洋病情恶化了。周二力又把周洋送回了医院，肿瘤复发并转移了。

正在周二力焦灼之际，更离奇的事情发生了。在周洋病情持续恶化的这段时间，他接到了无数个电话的狂轰滥炸："周洋的病是不是被权健公司的产品治好了？"原来，网上开始流传着一个标题为"周洋生殖细胞瘤被权健秘方治愈"的视频。在其他的网页、博客和论坛里，类似"4 岁患癌女孩小周洋在权健自然医学重获新生！"这样标题的文章被广为传播，配图是周洋一家和公司创始人束昱辉的一张合影。在一本标示权健出品的宣传材料上，也印刷了一页周洋的照片——"内蒙 4 岁女孩小周洋患癌症在权健自然医学重获新生"。

然而当时躺在周二力身边真实的周洋，正承受着癌症复发和转移的痛苦。内蒙古的主治医生找不到好的化疗方案，此时北京的医院也没有办法了。为了让权健公司删除网络相关信息并致歉，周二力把权健告上了法庭。

2015 年 4 月，赤峰市松山区人民法院的判决显示，无法证实这些互联网上的侵权行为（虚假宣传周洋病情，使用周洋的肖像和姓名）出自权健公司官方，因此判决周二力败诉。

周二力没有出席庭审，他陪在虚弱的周洋身边。最后一段时间，周洋用成人剂量十倍的止痛药维持生命。“肚子上一个口子，背后还有一个大窟窿，越来越大的肿瘤瘤体把皮肤顶破，伤口溃烂不堪，连里面的肠子都能看见。”这些全部刻在周二力的脑子里。

2015 年 12 月 12 日，周洋去世了。在她生前，甚至没能得到一个道歉。在法庭上，权健公司将周洋病情的加重归咎于接受媒体采访、过度劳累和不适当的饮食。

天价鞋垫、负离子卫生巾和火疗

周二力说，在跟权健公司周旋期间，他接到过一个威胁电话。“做权健的有几百万人，如果你再这么说，那你就是几百万人共同的敌人。”

权健规模到底有多大，是一个谜。在天津，有一条道路以“权健”二字命名；在中超赛场上，有一支以“权健”命名的足球队。

权健公司的一个宣传片称，有数千万人在使用权健公司的产品，还有遍布在全国各地大街小巷的权健加盟火疗店。

权健的据点从北上广深和各省会城市，一路铺到全国多个县市。根据新京报的报道，新京报记者获取的一份权健内部资料显示，权健集团旗下有 7000 多家火疗养生馆。权健公司创始人束昱辉在传记中说："束昱辉肩负历史使命和责任，衷心系苍生，殷福泽万民。"

束昱辉将权健的成功归功于他搜集的 600 多张中药"秘方"，他一直宣称权健是一家"自然医学"公司，而不是保健品公司。从 2004 年开始起家的权健公司，在短短 14 年的时间内，迅速成长为一个横跨保健品、医疗、化妆品、金融、体育、房地产等多个行业的商业帝国。根据《知识经济 · 中国直销》的估算，权健公司 2013—2017 年的销售业绩分别是 50 亿元、135 亿元、190 亿元、192 亿元、176 亿元。

束昱辉的传记《生命的代价——民间秘方瑰宝铸就当代神医》中提到过"秘方"最初是如何配制成产品的：在天津市区的某个小作坊中，只有一台陈旧的小电扇，酷热难耐；束昱辉和老大爷们组合成了火龙液秘方的生产三人组，他们全天通过手工搅动来复活这个火龙液秘方；束昱辉的体力几乎每天都濒临透支；终于在 2004 年的某一天，世界上第一桶用于火疗的火龙液诞生了。权健的商业帝国，就是从这一项"撼动世界"的发明开始。

2005年，权健的招牌“发明”火疗问世。束昱辉注册了三项发明专利，其中“一种用于火疗的实施流程”发明专利写道：火疗能让脂肪有效转化、分解，有效减肥……按照发明细节的描述：全身哪里都能烧——烧眼，烧鼻部，烧耳部，烧腹部，烧背部，烧胳膊，烧手部，烧腿部，烧脚部……治疗的疾病从脑部萎缩到秃头，从耳聋到宫颈糜烂，从肾虚、阳痿、早泄到面瘫、便秘、肩周炎。如此厉害，权健公司官方的大事记里写道：“火疗一经问世，便呈燎原之势。”

除了火疗，束昱辉同时期的另外两项发明也被写进了权健的大事记——骨正基（售价上千元的一双保健鞋垫）和负离子卫生巾。

十多年以后，权健公司尽管已经开发了更加丰富的产品线，但保健鞋垫和卫生巾这些权健早期的发家产品还是备受推崇。

2014年，权健的经销商曾把央视的记者带进库房参观，展示这双形似鞋垫的“骨正基”，介绍这种产品对O型腿、睡眠不好、心脏病的奇效。

这款鞋垫的发明专利叫作“按摩鞋垫”，没有医疗器械的资质，却卖到1068元一双，经销商们自如地宣称各种疗效。

“权健自然医学之父”束昱辉，同时也是负离子卫生巾的发明人。根据权健官网的大事记，2007年，他们的负离子卫生巾问世。

“采用了负离子磁CPU（中央处理器）芯片，能平衡人体，该产品按食品级卫生标准生产。”束昱辉在当年的专利说明里写道，这款负离子卫生巾有“消灭厌氧菌”“活血化淤”“增强免疫力”的作用。

权健的经销商当初在央视的报道里说，这款卫生巾能治疗前列腺疾病。时隔四年，权健经销商仍告诉我们这款卫生巾可以治疗妇科疾病；卫生巾内还带有芯片，可以防手机辐射。一位经销商甚至当面吃下了卫生巾内的吸水珠，说“这安全到可以吃”。

十多年后，权健公司的产品布局更加多元，有多款产品拿到了保健品的标识。当然，不变的是对产品的包装话术，比如“本草清液”，这是一款以食品生产许可为标准生产的饮品，售价为 1068 元。

根据配料表，一家三甲医院消化内科的主治医生告诉我们：“这款产品本质上就是普通果汁。”

在药监局的网站上，我们根据生产许可证编号搜索到该产品。登记信息显示：“它是一款风味饮料。”但权健的官方客服的电话回复说：“这款产品可以排毒。”服用这款产品后腹泻排出的五颜六色的物质，经销商们说：“这些代表人体不同部位排出的毒素。”

就在很多人觉得荒诞的时候，权健公司已经以全国各地的火疗加盟店为基点，将它的产品源源不断兜售给了全国人民。他们将顾客包裹在塑料膜和毛巾里，点燃酒精的熊熊火焰，劝诫顾客说“湿气很重，多做火疗”。他们卖出了一双双的天价鞋垫，一包包的负离子卫生巾，一瓶瓶的保健排毒饮料。

我们很想知道，数千万使用权健产品的人里面，有多少危重病人？权健的经销商是如何向他们推销这些保健品和食品的？他们有没有像小周洋一家一样因相信权健公司的产品而中断了医院的正规治疗？有没有耽误了病情？

百亿帝国是怎么炼成的？

如果只是鼓吹某种民间疗法，束昱辉的成就可能不会超过各种“神医”。但束昱辉不仅是“神医”，更是打造了一个商业帝国的亿万富翁。

我们参加了一场在天津权健总部的招商会，感受到这种商业模式的巨大吸引力，理解了权健经销商们的狂热。

2018 年 11 月，在一场名为“权健自然医学昱盛体系招商会”的创业说明会中，会场塞了 1000 多个人，参加者都是权健经销商和他们带来希望发展的新人。

会议是各种环节的洗脑。经销商们噙着眼泪，分享权健产品保健治病的传奇，高喊：“我们不是白衣天使，却胜似天使，因为我们让更多人远离病痛和苦难，中华医学的史册上将有我们浓重的一笔。”

经销商们在演说时鼓动观众：未来可能会成为千万富豪、亿万富豪或一方霸主。他们分享通过加盟权健致富的故事——原本家庭经济状况不佳，但加入权健后，他们拿到了每周五万元的封顶奖金，开上了宝马车，实现了购买县城高价房的梦想。

消费 7500 元或更多，你就可以成为权健不同级别的经销商。

成为经销商后，你发展的新成员越多，拿到的奖金也越多。也许你对这种洗脑嗤之以鼻，然而，权健帝国就是这么建立起来的。

我们参加的是“权健昱盛体系招商会”，“昱盛”体系的一位经销商告诉我们，体系内有七万人。这只是权健商业帝国的冰山一角，权健的经销商有几十个不同的体系。根据权健“永和”“牵手”“百合”等体系的宣传，各团队拥有数万到数十万人不等的规模。

2012年，早在权健拿到直销牌照以前，一起发生在吉林蛟河的权健案件，就详细揭露了“权健自然医学发展有限公司”的部分商业模式。

权健公司销售团队“人人系统”的最高领导人孟某某等人，由于“按照一定顺序组成层级，以发展人员的数量作为计酬或者返利依据，骗取财物”，被蛟河市检察院指控为传销。

判决书的信息显示：“人人系统”在两三年内发展下线，涉及人数超过5000人，涉案金额达到720万元。判决书上证人秦某某的证言称：“孟某某对上的领导就是权健创始人束昱辉。”

最后蛟河市人民法院判处包括权健公司“人人系统”的最高领导人孟某某等在内的四个人组织、领导传销罪。

伴随着权健帝国的扩张，越来越多的参与者开始指控它实际上是一种传销模式，洗劫了工薪阶层的家庭财富。

四个总计近5000名成员的名为“权健传销揭秘”的QQ群，每天都有老成员与新人交流，如何帮助家人远离权健。百度贴吧里的

"反权健吧"，累积超过 1.6 万个帖子。各地的市长信箱和工商部门官网，也有不少对权健传销的投诉和举报。当事人常自述是工薪家庭，有家人被洗脑，投入数万元资金，疯狂发展下线，家庭分崩离析。在权健发展的大时代，这些是微弱的刺耳声音。

根据天眼查上的工商信息，束昱辉控制的权健系公司，目前光注册资本就超过 17 亿元，权健系的核心企业和关联企业超过 30 家。直销行业杂志《知识经济 · 中国直销》估算，权健近年的年销售业绩均超过百亿规模。

资金催生出更多的玩法，更精致复杂的包装技巧。2014 年，权健收购天津足球俱乐部。董事长束昱辉曾在接受媒体采访时放话："在中国，没有足够的资金和实力就不要搞足球。"权健帝国的门面变得更好看了。

坠入深渊的受害者和全身而退的权健

周二力后来总怪自己无知，害了女儿，又输了官司。但无力逃脱的并不只是他。

我们在媒体报道和司法判决书里，统计了近年来各地大约 20 起烧伤严重的权健火疗事故，发现了它们的共同点：这些事故揭露了权健火疗可能存在的风险和后果——严重烧伤、高昂的治疗费、可怕的后遗症。经销商通常要为这些事故负责，而权健公司全身而退。

比如山东的许女士，三年前在一次火疗中双腿严重烧伤，花了十多万元治疗，至今双腿难以下蹲。2018 年 7 月，经过两年艰难的官司，法院判决了经销商负赔偿责任，但她的律师告诉我们，后者已经跑路了。

内蒙古一名包姓老人，2016 年在一家火疗馆（权健加盟店）做火疗时，因工作人员操作不当，使其心脏病复发导致死亡。尽管火疗店经营者认为与其“存在挂靠关系”的权健公司也应承担赔偿责任，但最终法院的判决并未予以支持。

不只是在火疗烧伤的受害人起诉的案子里，在全国各地公诉机关起诉传销的案子里，权健公司也用不知情的说法，将责任推给了经销商。

2017 年 12 月，一起权健经销商传销案在贵州六盘水的二审结束，三位权健经销商因传销活动罪被判刑。组织者被控发展下线人员 39 人，组成超过 3 个层级的金字塔传销组织，涉案金额 164 万元。权健公司在案中提供证词称：其是依法设立的直销企业，对加盟商的销售模式不知情。

受害者坠入深渊，而发明、推广并从中得利的权健公司，总是脱身离开。我们只发现了一起例外，这起火疗烧伤事故发生在广东深圳。40 多岁的肖女士在接受火疗时，右上肢、胸腹及后背等多处皮肤被烧伤，住了 24 天院，不得不接受整形治疗。这起官司打了两年，2018 年 5 月，深圳市中级人民法院二审维持原判，权健公司需要和火疗馆一起负责，共计赔偿 27 万元。

从判决书看，本案的争议焦点在于权健公司是否应当承担赔偿责任。辩护时，权健公司表明自己并不提供火疗服务，与经销商没有关系。根据我们获得的约 20 份司法判决书的信息显示：加盟权健，在很多时候不需要签署合同，消费钱款也不是直接缴给权健公司，而是通过经销商转手。这种早有准备的切割方式，在此前的权健火疗案件中屡试不爽，但在深圳却失效了。

深圳市中级人民法院最终认定，给肖女士做火疗的门店招牌里有权健，介绍的也是权健火疗服务，包括微信聊天记录在内的证据都显示，参与者始终自称权健的人，并以此发展下线。法院认为：无论是外部宣传还是内部关系，权健公司都跟火疗店存在重大关联的高度可能。因此，法院判决权健也要承担责任。

肖女士的律师告诉我们，这起官司还没结束，权健目前还在申请再审。如果判决结果落实，这个凭借火疗起家的百亿商业帝国，终于要为火疗烧伤事故负责了。但对于故事开头的周二力一家来说，已经没有机会了。

至今，他把周洋的骨灰留在身边，并保留了几箱周洋和权健相关的资料，上千张照片记录着女孩的欢笑与不幸。

而权健，在 2013 年拿到了直销经营许可证，从此有了护身符。

也是在那一年，束昱辉在接受直销媒体采访时说，要在五年内让权健的营业额达到 5000 个亿。

参考文献

1. 《生命的代价：民间秘方瑰宝铸就当代神医》，本质传媒编，重庆出版社 2012 年版.
2. 《保健品销售乱象》，央视新闻直播间.http://tv.cntv.cn/video/C10616/060f400f105b4db092cb138393bb226b
3. 《“火眼金睛”辨“火疗”》，焦点访谈.http://tv.cntv.cn/video/C10326/fbfdfa6ea18d478f872edad1a5f00540
4. 《一起败诉官司背后的绝症女孩》，健康时报.http://paper.people.com.cn/jksb/html/2016-07/26/content_1699572.htm
5. 经销商涉及的部分传销案和火疗事故判决书：

   传销案

   贵州省六盘水市中级人民法院（2017）黔 02 刑终 257 号

   吉林省蛟河市人民法院（2012）蛟刑初字第 121 号

   山东省临沂市中级人民法院（2014）临刑二终字第 249 号

   火疗事故

   山东省青岛市中级人民法院（2018）鲁 02 民终 4204 号

   广东省深圳市中级人民法院（2018）粤 03 民终 3367 号

   陕西省商洛市中级人民法院（2016）陕 10 刑终字 87 号

   内蒙古科尔沁右翼中旗人民法院（2016）内 2222 民初 1948 号

   湖南省邵阳市中级人民法院（2018）湘 05 民终 1020 号

浙江省义乌市人民法院（2017）浙 0782 民初 1738 号

辽宁省沈阳市和平区人民法院（2014）沈和民一初字第 01326 号

湖南省怀化市鹤城区人民法院（2018）湘 1202 民初 660 号

浙江省丽水市莲都区人民法院（2017）浙 1102 民初 664 号

浙江省温州市鹿城区人民法院（2017）浙 0302 民初 5346 号

Part 02 病魔在人间：与疾病共生

阿尔茨海默病：病人和家人，谁在熬？[①]

这是一场和疾病进行的漫长而艰辛的马拉松，通常的持续时间是 5~10 年，参赛者多是 65 岁以上的老人和他们勉力支撑的家人们。跑道的终点没有鲜花和掌声，持续的过程中泪水多于汗水。这种病症有着一个广为人知但并不友好的名字——老年痴呆症。

医学界一直试图扭转这个不友好的称谓，恢复它原本的学名阿尔兹海默病，但收获寥寥。

智力退化，尊严跌到谷底。这种疾病缓慢而痛苦地带走一个人的认知、思考和行动能力，患者无法正常说话、

① 本文作者为杨洋。

吃饭、找到回家的路。

病人和亲人，谁在熬？一位家属说："十年了，我没有好好睡过一个午觉，我的梦想就是睡个踏实的午觉。"

痛苦不仅来自身体上的劳累。丈夫不再认识妻子、母亲认不出女儿的模样，精神上的打击更是让人难以接受。

关于阿尔兹海默病，太多的误解依然存在。人们一次次提起它，只是将它作为人体衰老的自然现象。更遗憾的是，它常常与"痴傻""疯癫"这样带有耻感的词汇联系在一起。

这种疾病无法治愈或逆转，等待医学突破的过程充满焦虑。患者无法言说，家庭独尝苦果，他们隐身于大众，却经历着真实的病痛与折磨。

根据《柳叶刀》的数据，2010年中国的阿尔兹海默病患者高达569万人。国内的研究人员按照老年人口比例和发病率推测，目前中国阿尔茨海默病患者人数超过800万。

800万庞大数字的背后，是800万个家庭的隐痛。

我们探访了多个患者家庭、阿尔茨海默病的临床专家、专业照护者、养老机构以及提供家庭支持的NGO。他们得出的共识是：希望这些隐身的家庭被看见、被照亮，人们可以像谈论感冒一样谈论这种病症。

你是谁?

王成儒的房间里，镜子用报纸糊了个严实。客厅的46寸液晶电视也被一块台布盖住。这个家里，所有可以成像的东西都被藏了起来。

倘若王成儒在镜子里发现了自己——一个头发花白、眼神涣散、皮肤松弛的老人，他会大喊起来，并用手边可以抓到的任何物品砸向镜子，“破老头儿，破老头儿，你是谁？”

这是王成儒被确诊为阿尔茨海默病的第四年。

“他看见（镜中）自己不接受，怎么是这样一个苍老的人呢。”女儿王戈悦说。

生病前，王成儒定期染发。他是位医生，注重个人形象，也喜欢拍照。照片中的他，黑发从额间向后梳拢，看上去比实际年龄要年轻许多。

现在是春天，但是他的脑袋里还是笼罩着阿尔茨海默病的沉重雾霾。这是一个大脑被侵袭的过程，直到大脑皮层出现广泛而弥漫性的萎缩，像一个干瘪的核桃仁。这也是一个记忆被破坏、精神被撕裂的过程。

阿尔茨海默病患者起初会忘记重要的约会或活动。他们可能忘记自己在哪里，又是怎么到那儿的；随着病情发展，阅读变得无比困难；他们可能在经过一面镜子的时候认为其他人在房间里；他们会把东西放在不适当的地方：把电熨斗放在冰箱里，或把手表放在碗中。

母亲被确诊五年的李蓉蓉说："我妈妈的大脑出现了乱码。"她的母亲在谈话中经常停顿，因想不出合适的用词而生气。患者的情绪和个性也随之改变，变得迷惑、多疑、抑郁、惊惧或焦虑。

王成儒的病情一直在发展。尽管按时就诊服药，他的能力还是依次被破坏：他思考的能力、吃饭的能力、走路的能力、书写的能力、系鞋带的能力、想起自己名字的能力……他完全忘记了自己的名字，只有叫他"王大夫"才会回应。

王成儒和妻子潘桂云有三个子女，被确诊为阿尔茨海默病后，他们与二女儿王戈悦生活在广州。

王戈悦怀孕的时候，父亲已经病重。只要家人劝不住，他就会站在阳台上，对楼下经过的行人开骂。亲家母前来看望怀孕的戈悦，却成了王成儒在家里追骂的"敌人"。王成儒经常大小便失禁，亲家母难掩对气味的嫌恶。

围绕着王成儒的病情，家里的矛盾开始增多。丈夫与王戈悦商量，家庭环境对胎儿不好，能不能分开居住一段时间。王戈悦将父亲换下来的脏裤子泡在水里，眼泪掉下来："我爸把我抚养大，他老了，我怎么能不管他？"最终，王成儒夫妇在女儿对面的小区安顿下来。

王成儒被确诊为阿尔茨海默病后，妻子潘桂云一天也没离开过他。她不再打太极、唱歌或吹笛子，而是每天为王成儒喂饭、喂药、换纸尿裤、清理秽物。烦琐细碎的日常照护，让潘桂云白发丛生。

2016年初，王成儒因脑积水被送进了重症监护室。出院后，家里配备了护理床、吸氧机、防褥疮气垫，把卧室改成了一间家庭病房。

早上8：00，王成儒开始吃早饭，耗时两个小时。

上午10：00，帮他上过厕所后，潘桂云和家里的保姆一起搀扶着王成儒到楼下河边绿地散步。

中午12：00，准时吃午饭，随后是午睡。醒来后，王成儒喜欢站在阳台上哼唱歌曲，潘桂云站在他身后，不时地为他叩背。

傍晚6：00，准时吃晚饭。他在晚饭时会变得紧张和易怒，发起脾气便难以平静。这种情况被称为"日落综合征"，因为它发生于一天的日落时分。他的行为问题也在这一阶段愈发明显地表现出来。王成儒"咿呀"的歌声逐渐高亢，在房间走来走去，偶尔夹杂着几句骂人的话。

"爸，爸，你教我们唱歌吧。"戈悦抱起一岁多的儿子，一面将孩子护起来，一面柔声安抚着父亲。

在中国，800万个阿尔茨海默病患者家庭笼罩在这样的阴影下，身心俱疲。

2014年北京大学医学出版社出版的《聪明的照护者——家庭痴呆照护教练书》一书中提及，"遗憾的是，迄今为止，可以获得的用于治疗、康复的老年期痴呆的医疗资源十分有限。据不完全统计，可以收治老年期痴呆的精神科床位全国仅有近3000张，而能够接受老年痴呆患者的养老机构更是寥寥无几。我国现有的近千万老年痴呆患者绝大多数都是由家属照料，其中多一半由其同样年老的老伴照料，其余由子女或其他亲属照料”。

记忆的荒原

王戈悦无法想象，从小崇拜的父亲逐渐失去对自己和世界的把握时，该是怎样的感受。

六七年前，王成儒经常坐在书桌旁，一张一张地翻看从前的读书笔记，把一段话反复阅读；他蹲下身想把右脚的运动鞋带系好，双手扯着鞋带，就愣在了原地；老年合唱团的队友请他再写一张歌谱，他答应后钻进了自己的书房，随后他闭门不出，喊他吃饭也不回应。妻子走进书房，发现毛笔上的墨汁已经凝干，大红的海报纸上没有一个音符。他总是将自己关在书房里，禁止别人打扰他。

为了隐瞒自己的变化，父亲拒绝去美国看望读博士后的女儿，独自一人留在了国内。他尽力维护一家之主的形象，头脑中的橡皮擦却不断擦拭，最终将他带往遗忘的荒原。

荷兰记者斯黛拉·布拉姆在其《我患有老年痴呆症——我父亲的故事》一书中，记录了自己的父亲面对阿尔茨海默病的无力感。她的父亲是一名心理学家和作家，在77岁时得了阿尔茨海默病，得病四年后去世。

“纸条应该可以救他。雷内整天都在写小纸条，记录所有新来的邮件，也在其他的领域寻找可能性——例如对抗健忘的练习。但他把这张纸条也弄丢了，即便他后来又找到了它，面对的也会是一个谜语……他的笔记和他一起得了痴呆症。字母首当其冲，他常会在较长的单词中间添加连接线。”

阿尔茨海默病缓慢地带走了王成儒的认知能力。情绪的变化让女儿看到他的自卑和绝望。母亲要去逛街，就对晚出门的父亲说，先去商场等他。可是父亲并没有在商场出现，等了许久的母亲回到家里，发现他根本就没有出门。嘴硬的父亲无法解释到底是自己忘记了出门，还是找不到去商场的路。

王成儒一直是婚姻里的主导者、大家庭的决策者、妻子的保护伞，现在却像个任性的孩子。

他对前来劝架的女儿说：“我就是一个没用的老头儿！”糟糕的记忆让他的生活一片混乱，越来越多的事情让他害怕。

让女儿王戈悦心中难过的，是发现父亲变得冷漠。女儿的住房曾经是父亲的一块心病。“小丫读书这么久，还没有一个自己的家”，他难过地流泪，想倾尽所有帮女儿买房。

回国后，父亲日常电话连句对女儿的问候也没有。父亲的爱哪儿去了？

在王戈悦心里，父亲是一座山，她一步一步跟随着父亲的脚步，博士毕业后，她在一所985高校从事药物基因组学研究。

父亲确诊后，王戈悦用灰暗、无望形容当时的心情，她担心爸爸终有一天认不出自己，“最熟悉的陌生人”听上去刺耳剜心。

“研究表明：在约200名痴呆症患者中，超过90%的病人（表现出）一种精神疾病的症状；60%的病人具有抑郁心理或者冷漠。……同样的，性格的改变也是常态，而不是例外。”这是斯黛拉·布拉姆在书中给出的数据。

王戈悦逐渐接受了父亲的变化，“爸爸依然爱我，只是他病了”。

母亲潘桂云有一本日记，记录的是一个生命加速衰老的过程。在塑料封面的笔记本里，潘桂云用圆珠笔记下了王成儒被确诊的日子、入院治疗的经过、日常用药和排便等情况。潘桂云把这本日记叫作流水账。

只是，她的心里有另一本日记，里面是她不愿向儿女吐露的心事。在很长一段时间里，潘桂云接受不了丈夫的病。

以前，丈夫是潘桂云的向导和地图。北京、桂林、阳朔、五台山、三亚，“他带着我走，到哪儿都不会迷路”。丈夫见识广博，总是老年大学里的焦点人物。丈夫喜欢唱歌，上台演唱被评价为专业水平。她仰视了一生的丈夫，怎么可以和“痴呆”画上等号呢？

王成儒安静的晚年生活因为阿尔茨海默病改变了。一向自信的他毫无根据地怀疑妻子的忠诚，他觉得妻子不喜欢他，更是拒绝和妻子一同外出。随着病情的加重，他记不起妻子的名字，也认不出她。他像个孩子一样，拉扯着妻子的衣角，叫着“妈妈”。

“我是你的老伴儿，不是你妈！”潘桂云一次次地纠正丈夫。

2 月 14 日情人节这一天，潘桂云还是像往常一样照料王成儒吃早饭。王成儒已经认不出共同生活了几十年的妻子，更不会给她任何反馈。她把美金刚的白色药片用玻璃瓶的底部研成粉末，放在王成儒的粥里。王成儒不再懂得饥饱，饭量完全由老伴控制。他丧失了部分语言能力，一天的大部分时间都在哼唱。唱歌是王成儒以前最大的爱好，显然，他还没有完全忘记。

这对已经一起生活近半个世纪的夫妻并不过情人节，但是潘桂云还是特意换了个发型。她拿出退休后两人补照的结婚照，照片里王成儒穿着中式长袍马褂，倚靠在妻子身边。

王成儒走过来，向她喊，“妈妈”，她很自然地答应着，心里感到安慰的是，在被确诊为阿尔茨海默病的那次诊断中，王成儒唯一记住的就是两个人结婚的日子。

潘桂云经常擦拭贴有全家福的相框，或是独自翻开家庭相册。王成儒已经无法与她分享过去的时光。潘桂云将目光长久停留在一张老照片上，这张照片摄于 1973 年沈阳的一家照相馆，当时王戈悦只有几个月大。33 岁的王成儒穿着洗得发白的蓝色制服，和 23 岁的妻子簇拥着女儿。王成儒有时也会拿起照片，这与拿起一张纸或是一个勺子没有区别。他还是用细碎的步子在房间里走动，嘴里哼着不成曲调的歌。

十岁的年龄差，相遇相知的因缘际会。“王大夫，你还记得吗？”潘桂云喃喃地问。坐在沙发上的王成儒已经闭上眼睛，打起了瞌睡。

第二个病人

在母亲被确诊为阿尔茨海默病后，李蓉蓉已经到了抑郁的边缘。

2012 年，世界卫生组织的一份报告曾指出：当一个家庭成员被诊断患有阿尔茨海默病后，其照护服务提供者很容易成为第二个病人。

照料患有阿尔茨海默病的老人，是一场注定失败的战斗。不仅是因为它的终点是死亡，更因为患者与疾病站在一方，把照料的亲人拉向绝望的深潭。

李蓉蓉没想到母亲会怀疑她、提防她、冤枉她。和母亲旷日持久的拉锯战中，她脆弱的神经几近崩溃。

父亲去世后，要强的母亲还是要求一个人独居。李蓉蓉几次三番劝解也无济于事。母亲甚至以死相逼，也要回到脏乱的家里。

没过几天，母亲却换了门锁，就是为了防她进门。李蓉蓉问母亲为什么换锁，她把一张纸拍在桌上，生气地说：“你把我重要的东西都拿走，不是要断了我的后路吗？”李蓉蓉一看，正是她列给母亲的单子。母亲经常找不到东西，李蓉蓉就把她的身份证、户口簿、房产证等重要证件都收好，然后给母亲写了一份清单。

强忍着委屈，李蓉蓉问家里的现金要不要存银行，母亲立起眼睛：“我不是跟你一起去银行把钱存给你女儿了吗？20万元啊！”

李蓉蓉确实陪母亲去工行挂失过近20万元的两个存折。当时母亲说放在她手里，将来给外孙女用。几件事被母亲凑一起，就成了她脑子里的臆想。

母亲逢人便说女儿拿走了自己的20万元，还给所有亲近的老战友打电话诉苦。看着李蓉蓉长大的阿姨们说：“这孩子怎么变成这样了？”

顶着巨大的心理压力，她陪着母亲两次去银行，咨询工作人员，但母亲就是不相信，李蓉蓉甚至想自己拿20万元给她。母亲不要钱，就是要较这个真，“最后往往就是一句，我记得清清楚楚，我要是有半句假话，出门让车撞死！”

臆想在患有阿尔茨海默病的老人身上非常普遍。这种错误会让他们把身边的亲人当成敌人。在一次次的误解和中伤下，照料者的精力和耐心被一点点消耗殆尽。

阿尔茨海默病作为痴呆症中最常见的一种，很早之前就进入专业研究领域。这种以德国神经科医师阿尔茨海默命名的疾病已经被发现了一百余年，今天，人类依然要面对这种疾病无法治愈、研发新药不断失败的现实。

中国市场上的常规药物多数是在15~20年前研发出来的，它们主要作用于大脑的传输媒介，协助日趋减少的健康的神经细胞间的交流沟通。但这些药物只能缓解阿尔茨海默病的部分症状，药效很短，并不能控制病情的发展，更谈不上治愈二字。

李蓉蓉已经不能安心工作。她在园林领域颇有建树，却为了母亲不得不关闭了自己的设计工作室。

2014年端午假期，母亲走失了。那天一早，母亲打来电话，说自己的电话本丢在了医院门口打公共电话的地方，她要去找，放下电话就走了。

李蓉蓉冲出门，以最快的速度赶往母亲家，遇到邻居，说根本拦不住。她直奔医院，哪里有母亲的影子。

下午4点，李蓉蓉才回到了母亲居住的干休所。邻居们看到她，都来安慰，一再说，“孩子你真是不容易”。李蓉蓉强忍着泪水，继续等。快6点了，就听大院门口一阵喧哗，喊着：“回来了！回来了！”

李蓉蓉往门口跑，看到母亲笑嘻嘻地与人说话。邻居说是警车给送回来的，放下人就走了。看到母亲好好地回来，李蓉蓉再也忍不住，抱着头蹲下大哭起来。母亲一脸茫然，完全不知道发生过什么。

每天晚上，李蓉蓉都失眠，她没办法控制母亲的行踪。她教过母亲用最简单的老人手机，也买过定位器放在包里。但母亲换包或者手机没电怎么办？

在过去的四年里，王成儒走丢过三次。最危险的一次，他走失在马来西亚的酒店里。刚关电梯门，潘桂云便发现丈夫没有跟进来。语言不通，他又可能坐着电梯走到任何一层，恐惧瞬间蔓延了她的全身。在接下来的几分钟里，潘桂云强作镇定，回到一楼大堂寻找。她看见王成儒站在原地没动，才发觉自己脚下绵软，几乎站不住。怕丈夫走丢，潘桂云在家里把房门反锁，外出时，更是与丈夫寸步不离。

在今日头条与民政部联合发布的《中国老年人走失状况白皮书》中，阿尔茨海默病是老人走失的重要原因之一。走失老人中，72%的老人出现过记忆力障碍情况，其中，经过医院确诊的阿尔茨海默病患者占到总比例的 25%。

阿尔茨海默病是“头条寻人”为老人发布寻人启事时，看到的最多的一个词，很多家属在老人走失后都将原因归结为阿尔茨海默病，但只有不到一半的家属选择了带老人就医。

走失的最坏结果，是死亡。安徽灵璧 76 岁的曹昭亮患有老年痴呆症和帕金森症，走失四天后，在离家 13 公里的一条旱沟里被找到。他的尸体向下摊着，清早被放牛的村民发现。医院检查报告显示，老人死于饥饿与干渴。

养老院难题

“大多数阿尔兹海默病患者最终都会住到某个养老院里。以六年患病时间来看，平均前四年住在家里。根据估计，20%的患者在家中或医院去世。80%的患者去世前在老人院中居住的时间平均为两年。”

这是荷兰记者斯黛拉·布拉姆在其书中介绍的数据。

在中国，情况有所不同。2015年，来自中国老龄科学研究中心的《老年痴呆患者的照护问题研究》指出，我国养老机构近年来发生的重大责任事故多数与痴呆症有关，引起的法律纠纷有增多趋势。然而，目前我国尚没有专门针对老年人在养老院看护下发生事故后责任认定的法律。很多民营养老院直接拒收痴呆患者等高危老年人，以便更大程度地降低风险。

中国的阿尔茨海默病患者主要生活在家里，由家人和保姆照顾。直到家属的精力与耐心甚至是健康消磨殆尽，自身不再具备照料条件，才会为老人寻找养老院。

谷莉是北京千禾养老院回龙观院的院长。她介绍说，院里目前有250名老人入住，其中2/3是失能失智老人。将这两类老人放在一起统计，是因为失智到了后期必然出现失能。

不到万不得已，不把患有阿尔茨海默病的父母送到养老院，这是绝大多数子女的内心想法。他们带着内疚为父母寻找最好的养老机构，不怕花钱，却很难找到合适的。

为了能给患有阿尔茨海默病的母亲找到一家医养结合的养老机构，燕燕用两部手机在三个半小时内，打了北京周边整整100家老人院的电话，“越打心越寒，我和我哥哥觉得，我妈这回是送不出去了”。

这些老人院里，88家有临终关怀专区，是对临近生命终点的失能老人的照护，但是并没有专门针对普通阿尔茨海默病老人的专区。一听说燕燕的母亲有暴力倾向，电话那端的语气明显冷淡下来：“呦，还有暴力倾向呐？我们没有暴力倾向的失智老人都不想收。”

颐和园附近看了两家，八大处附近看了四家，大兴、顺义各看了两家，还有昌平、海淀、广外，所有的养老院都以暴力倾向的理由拒绝了燕燕的母亲。燕燕和她哥哥甚至开始考虑精神病院了。

激越行为是阿尔茨海默病患者较常见的行为问题，也是照护者最难应对的问题之一。国外学者将激越行为归纳为攻击行为、身体非攻击行为和语言激越行为。老年痴呆患者出现激越行为的比例高达89%。阿尔茨海默病老人除了需要日常生活方面的一般照护外，还需要安全、精神病症和心理方面的特殊照护。

燕燕52岁，为了照顾母亲，她将干部身份改为工人，提前退了休。把母亲送到养老院，对燕燕这一代儿女来说，心里总是不落忍。“我们真的没有能力照顾了，不论送得对还是错，我们都得这么做了。”

母亲在髋关节手术后，出现了谵妄，时常打人。燕燕的身上被打得青一块紫一块，一个夏天都没穿过短袖。

上海尽美长者服务中心是一家为患有认知症的长者及其家庭提供支持的NGO。他们会收到一些来自养老机构的咨询：如何更好地照顾老人。

认知症是对痴呆症的友好称谓，阿尔茨海默病是认知症中最常见的一种类型。

在总干事顾春玲看来，中国的养老机构对于认知症老人的照护资源严重不足。顾春玲介绍道："其实养老院只是没有统计，他们照顾的老人中有相当大的比例本身就已经是失智状态，只不过是不知道，或者是没有归类。是没有照顾吗？也在照顾，只是没有用更针对的方法在照顾"。

一些高端养老机构开始引进国外的照护理念，价格不菲。个别的养老服务培训机构开设了认知症照护的课程，每次培训几十人的规模，对认知症患者千万级规模的人群来说，远远不够。

因为母亲早期乳腺癌术后休养，李蓉蓉不得不把母亲送到专门的养老机构照料。她将母亲送到了千禾回龙观院，这里有专门的失智关怀专区，属于中端价位的养老机构。她说，"在家里弄不了，也弄不好"。

一年多以后，母亲因为脑梗住进了医院。她的情况已经不适合住在千禾养老院，李蓉蓉将母亲安置在另一家价格昂贵的老年公寓，每月费用高达上万元，这并非普通家庭所能承受。

“2016 年夏天，我过得特别不好，快崩溃了。”李蓉蓉在 2017 年除夕的上午坐在这家老年公寓的活动区回忆说。脑梗住院、不吃饭住院、胃出血住院，李蓉蓉历数母亲去年住院的经历，“现在慢慢踏实了，才能过个年，陪她一起吃个饭”。

李蓉蓉的母亲，坐在活动区与人聊天，刚刚见过女儿，便忘记了她来过，还将女儿错认成了自己的妹妹。母亲穿着写有福、寿的大红袄。李蓉蓉说：“今年是她 80 大寿，但是对她来讲，已经没有意义了。”

床头柜上，摆放着一张李蓉蓉母亲年轻时跳孔雀舞的舞台照，青春靓丽、风华正茂。她至今记得在中南海陪中央首长跳舞的经历。

隐身的家庭

中国社会对于阿尔茨海默病患者的救助，一端是家庭，一端是医院，中间地带却很薄弱。在阿尔茨海默病恶化的整个周期中，非药物干预这个中间地带最能发挥作用，关系着患者能在多大程度上维持有尊严的生活。

当上海尽美长者服务中心准备向这些家庭提供上门服务时，总干事顾春玲发现，寻找的过程非常痛苦。因为疾病带来的耻感，患者家庭往往会隐瞒病情，社区更是缺乏数据。“你看不到他们，他们把自己藏起来了。”

在《老年痴呆患者的照护问题研究》中，一项针对五省市、6071名老年居民的问卷调查发现，老年痴呆未诊断水平高达93.98%。轻度痴呆症患者的就诊率为14%，重度痴呆症患者的就诊率仅为34%。

“由于缺乏有关痴呆症的知识，人们通常认为痴呆症不是病，而是理所当然地认为，人老了，糊涂是正常的。47%的老年痴呆患者的照料者认为，病人的状况是自然衰老的结果。更有人觉得痴呆是一件让人羞耻的事情，很多患者及其家属都不愿意面对这个问题。”

尽美长者服务中心总干事顾春玲说，在认知症发病的早期和中期，家属往往把患者藏在家里。邻居们都很难发现。尽美的志愿者联系患者家庭做上门关爱，照护者担心地说：“你们别过来，我上你们那儿去。”一位照顾丈夫的老夫人很怕被人指指点点，连家门都不敢出。志愿者提出带老先生出门走走，老夫人考虑了很久，最终拒绝了。

洪立是国内认知症照护领域的专家，经常在一线工作，深感中国认知症照护资源的不足。近年来，虽然专业服务能力有所好转，但整体情况并不乐观。她将中国的认知症照护总结为三个服务模式：监狱模式，限制老人的活动空间，封闭在一个区域里，少有外出活动的机会，处于一种隔离的状态；医院模式，从原来的医疗护理模式发展而来，关注大脑缺损和身体机能，但忽视心理需求；宾馆模式，豪华的设施，巨大的公共空间，宾馆式的服务，老人却没有归属感。

“我们想要的其实是像家一样的照护模式。在你的家里你拥有自由，可以做自己喜欢的事情，可以交朋友。但照护文化的改变需要时间。”

上海尽美长者服务中心过去两年的工作核心就是提供面向认知症长者的家庭支持，包括家属俱乐部沙龙及上门关爱，喘息服务等。一月一次的专家面对面的三人谈主题沙龙，每期一个主题三位嘉宾，探讨家庭照料者最关心的问题，从就诊到吃药，从吃喝拉撒到法律财务问题，颇受好评。

对于需要做上门关爱的认知症家庭，志愿者们两人一组，进入家庭服务。对于早期患病的长者，志愿者主要是陪老人做家务、剥豆子、看照片，家属则可以一起聊天或在家里做自己的事情。对于患病五年以上的中、晚期认知症长者家庭，志愿者主要是进行家属陪伴和简单心理疏导，遇到过于严重的心理问题，则需要更专业的心理干预。

然而专门从事认知症家庭支持的社工和志愿者数量极其有限，对于认知症长者家庭来说，仍旧是杯水车薪。

2016 年，洪立牵头发起的“认知症好朋友”项目在上海启动，倡导公众主动学习认知症的知识，消除恐惧、病耻和歧视，成为认知症友好型社会的一分子。

除了宣传活动，洪立还建立了一个500人的“认知症好朋友群”，这是一个由专业照护工作者和家庭照料者共同组成的微信群。一些孤立无援的隐身家庭找到了组织，可以倾诉和得到免费的照护指导。

“不要预设认知症一定很惨。如果这样，我们照护工作和努力还有什么意义？痛苦不是它的全部。这是患者、家庭照料者和专业工作者共同成长的过程。”洪立说。

不久前，尽美在家属群里做了一个摸底调研。调研结果显示，呼声最高的不是家庭关爱，而是养老院和入户阿姨。顾春玲说，“对于这些家庭来说，越是往后端发展，越需要寻求专业的照料。这才是他们最大的心病”。

尽美长者服务中心正在上海推动认知症友好化社区模型的构建。在理想的社区模型里，有养老志愿者团队、老年协会、老年大学等成熟的机构和组织，还有日托、养老院、居家服务这些服务机构。尽美通过不断地整理数据，筛查、寻找目标对象，匹配对应的服务，把整个社区服务作为一个模型串起来。

“我们看到很多对阿尔茨海默病的科普，但是热闹背后还是不敢看病，还是不敢走出家门，原因是没有解决方案在后面。所以我们希望能够在社区看到更多的服务，阿尔茨海默病的患者家庭可以安心地待在社区里。”顾春玲说。

李蓉蓉的母亲朱阿姨长久站立在老人院五楼的窗边。外面是车水马龙的街道，对面有一个小型商场和一片住宅区。她说："这里哪儿都好，就是不让出去。"

王成儒开始哼唱只有潘桂云能听得懂的歌曲。午饭后，老两口依靠在一起，随着歌声慢慢摇摆。

女儿王戈悦幻想着父母还能出门到近郊走走。

尽美的总干事顾春玲说，他们为这样的家庭提供喘息服务，可以在医生、社工和志愿者的陪同下，带这样的家庭去春游。

希望每一个遭遇阿尔茨海默病的家庭都被温柔以待。

（部分采访对象为化名）

参考文献

1. 《聪明的照护者：痴呆家庭照护教练书》，洪立、王华丽主编，北京大学医学出版社 2014 年版.
2. 《我患有老年痴呆症：我父亲的故事》，斯黛拉 · 布拉姆著，姚丽群译，花城出版社 2012 年版.
3. Chan, K. Y., Wang, W., Wu, J. J.，et al. "Epidemiology of Alzheimer's disease and other forms of dementia in China,1990–2010: A systematic review and analysis", *The Lancet*，2013.
4. 《老年痴呆患者的照护问题研究》，徐勤，载《老龄科学研究》2015 年第 6 期.
5. 《中国五省（市）老年痴呆症未诊断水平及影响因素》，任琦等，载《中国公共卫生》2013 年第 5 期.
6. 《老年痴呆患者走失行为的研究进展》，陈妮、张彩华，载《护理学杂志（综合版）》2013 年第 1 期.
7. 《养老机构老年痴呆患者神经精神症状的调查分析》，成林平、李玉梅等，载《中国民康医学》2012 年第 19 期.
8. 《对老年痴呆患者的主要照顾者照顾性行为的现状调查》，秋红梅、陆虹，载《护理管理杂志》2008 年第 1 期.
9. 《老年性痴呆激越行为的常见表现及护理》，张秀璞，载《基层医学论坛》2007 年第 14 期.

你好，抑郁！[1]

自杀

西谚说：自杀也是防御，而且是一种终极防御。对于抑郁症患者中的自杀者，这是他们最终反抗，他们用这个行为，向疾病，向黑暗，向阴郁宣告："你们，我的敌人，再也不能伤害我了。"

作为最摧残和消耗人类的疾病之一，专业书籍中那些有关抑郁症状的机械的描述——一种精神疾患、食欲睡眠紊乱、丧失兴趣、持续的心境低落，并不能悉数传达抑郁的可怕之处。

"不可能开心起来了，完全感知不到世间的任何美好和乐趣，很恐怖，四面都是黑暗，哪怕你开着灯。"作家李西闽说，他是一位重度抑郁症患者，2014 年服下整瓶安眠药自杀后获救，"委屈、

---

① 本文作者为徐卓君、沈玎。

愤怒、绝望、不解的情绪找不到出口，泪水又流不出来，门一推，就跳下去了”。

弗尼吉亚·伍尔夫跳下去了，这位意识流小说的代表人物，常年被抑郁症困扰。在抗抑郁药还没有面世的1941年，伍尔夫在口袋中塞满石子，跳进了寓所附近的欧塞河中。

在留给丈夫的遗书中，她描述了面对这种疾病的无力：“我们无法再一次经历那种可怕的时刻，我不会痊愈了。我开始幻听，心神无法集中。你已给予我最大可能的幸福，我相信，在这种可怕的疾病来临之前，没有哪两个人能像我们这样幸福。我再也无力和它战斗了……”

自杀意念，是抑郁症最为可怕的症状，无论对个人、家庭或是社会。

北京大学临床心理学博士徐凯文说：“在我15年的心理健康和危机干预的经历中，没有一个自杀者的家人不崩溃，没有一个自杀幸存者不后悔。”

自杀率高，恰恰又是抑郁症的特点。自杀意念是很多不同的国家和组织拟定的抑郁症诊断手册中的主要症状之一。根据宾夕法尼亚大学的精神病学专家亚伦·贝克的研究，25%的轻度抑郁症病人产生过自杀的念头，在重度抑郁症患者中，这个比例高达75%。

2007年北京心理危机研究与干预中心的报告显示，中国每年有28.7万人死于自杀，63%的自杀者有精神障碍，40%患有抑郁症。

抑郁患者为什么会频繁地产生自杀的念头？如果和他们深入交谈，你就能明白，他们的脑海里都是悲观的想法，回溯过去，只有痛苦和压抑的时光；当下，没有任何事或是人能引起他们一丝一毫的兴趣；未来，都是灰色，他们永远不会再快乐起来。

抑郁症患者诉说的，是完全不同的语言，只有经历过的人才懂得，所有的精神生活都因它而坍塌，任何语言都不足以表达这些痛苦。

抑郁症对人的摧残，不只是停留在心理层面，病人的生理机能和社会功能，也会因此受损甚至是丧失。

“我不能坐在这儿，我不能对不起我的家人，我不能不上班啊……我应该早起给我前夫做好早餐……都是我不好，我连累了别人……”王丫米回忆起抑郁症时期的自己，不想吃东西，瘦得只剩 80 多斤，裸着身子的时候，肋骨一根一根清晰可见。

那时候，她最怕人家说，“你抑郁啊？你这就是文化病，富贵病”。她不敢跟别人说自己抑郁了，特别怕别人讽刺，尽力不让旁人看出来。有人聊天，她就装模作样地听着，但其实她不想听到那些话，也不想影响大家的情绪。

“赶紧结束吧，赶紧结束吧”，王丫米就一直想着，不停地想逃离。每次跟人一谈完，王丫米都出一身汗，“强撑着见人，像被强奸一样”。对她来说，沉默是最好的语言。

王丫米原本是一个比较有耐心和理性的人，但抑郁时就特别容易愤怒，和的士司机吵，和同事也吵。并且她特别希望领导对她说，“丫米，你别做这个工作了，我把你开掉了”。

她的感觉也变得迟钝，她曾开过 13 年的汽车，从来没有追过尾，但抑郁的半个月里，就追尾了两次。“那时候我想，如果天上掉下 500 万元，我会高兴吗？还有我这样的人，谁会和我恋爱啊？”

也有人好心劝解，“你去喝点牛奶，去泡个澡睡一觉”。但是别人不能理解，王丫米从床上起来，甚至上个厕所都要做很长时间的心理建设。

美国作家安德鲁 · 所罗门在《忧郁》一书中对此有过精准的描写：“我四肢僵硬地躺在床上哭泣，因为太害怕而无法起来洗澡，但同时，心里又知道洗澡其实没什么可害怕的。我在心里复述着一连串动作：起身然后把脚放到地上，站起来，走到浴室，打开浴室门，走到浴缸旁边，打开水龙头，站到水下，用肥皂抹身体，冲洗干净，站出来，擦干，走到床边，十二个步骤，对我来说就像经历耶稣的艰险历程一样困难。我用全身的力气坐起来，转身，把脚放到地上，但是之后觉得万念俱灰，害怕得又转过身躺回床上，但脚却还在地上。然后我又开始哭泣，不仅因为我没办法完成日常生活中最简单的事，而且还因为这样让我觉得自己愚蠢无比。”

这不只是人的主观感受，2013 年发表在医学期刊 PLOS 上的一份研究报告称，抑郁症能使人失去行动能力，已经成为全球第二大致残原因。北京市卫生局 2005 年的一组数据显示，30 万抑郁障碍患者中，有 56.6% 的人被评定为残疾。

在传统的认知里，癌症、心脑血管疾病、糖尿病这样的躯体疾病才是人类社会的心腹大患。实际上，根据世界卫生组织的统计，单相抑郁症[①]已经成为第三大负担疾病。

自救

这个遍布全球的、致残的、造成了沉重的经济负担的疾病之所以横行，并不是因为它的绝对威力。

和精神分裂症、癫痫等其他大脑疾病相比，医生并不惧怕抑郁症，虽然还不能确认它的发病机制，但已经有一整套行之有效的疗法。

在现代医学的工具箱里，有改变大脑化学失衡的抗抑郁药，有解决情绪剧变和创伤的认知疗法，还有能快速缓解重症病人症状的电痉挛疗法。

遗憾的是，在全球 3.5 亿抑郁症患者中，只有不到一半的人接受了有效治疗。

中国的数据更加令人触目惊心：根据加拿大学者费立鹏在2001—2005 年间的调研，中国抑郁症的发病率为 6.1%——根据这个发病率计算，中国有抑郁症患者近 9000 万人。

---

① 指无躁狂发作的单纯抑郁发作的病例。——编者注

在这9000万的抑郁症患者中，有多少人得到了治疗呢？被广为引用的两个数字分别是5%和10%。

而造成这个糟糕的局面的重要原因是，社会对包括抑郁症在内的精神类疾病的污名化，和对这一疾病缺乏恰当的理解，使得多数人既不愿意寻求帮助，也不信任专业帮助。

在中世纪，抑郁症被看成一种罪恶，因为病人的绝望并没有因为信仰上帝而得到救赎。文艺复兴时期，抑郁症被浪漫化，它代表了深邃、感伤、复杂，甚至是天赋。

在现代，虽然人类已经学会用细致的新手法来发现抑郁症，有一群专业的精神科医生诊断并且治疗它，但在公众眼中，它仍然是一团迷雾。

作为精神疾病的一种，抑郁症被一些人视为精神病——在中国的语境中，这只是负面意味极强的词语，和“疯子”没什么区别。

徐凯文说：“告诉别人会被认为是疯子、不正常的、低人一等的，所以有些抑郁症病人宁可自己熬着，甚至自杀，都不愿意去寻求帮助。”

抑郁症还被认为是中产阶级或文化人的疾病，实际上，抑郁症具有普遍性，不分年龄、性别抑或职业。贫困人群的发病率甚至要高于平均水平，只是这群人在公众和大众媒体视野之外，他们中的绝大多数甚至不知道自己罹患这种疾病。

在所有的误读中，将抑郁症看成一种单纯的心理疾病，恐怕是流传最广、影响最大的解读。抑郁症患者以为靠自己就能“走出来”，从而拒绝精神科医生和药物的帮助。

“抑郁症是一种身心疾病，影像学提示，抑郁症患者的脑部和正常人有不一样的地方”，上海东方医院心身医学科主任、同济大学医学院教授赵旭东说，“虽然肉眼还无法看到结构性的病变，但在生物化学的层面，已经有很多证据证明，抑郁症患者的大脑中，一种或多种神经递质系统的活性有改变，比如5-羟色胺在减少。”

抑郁症的性质决定了它不是人的意志、勇气所能克服的疾病。专业的精神科医生是诊断抑郁症，排除其他精神障碍，并提供可行的治疗方案的最佳人选。

上海精神卫生中心精神科主任医师颜文伟撰文指出，经过治疗，50%的抑郁症患者一辈子只发作一次，治愈后可以完完全全恢复正常，50%的患者有可能再次复发，但每次仍能治愈。

虽然极少的抑郁症是患者自身的因素所致，但几乎所有的抑郁症都需要患者自己的努力才能治愈，愿意自救的人，医生才能救他——毕竟患者自己才是决定是否走进医院的那个人，是决定服下抗抑郁药并熬过它的不良反应的那个人，是克制住自杀的念头相信爱和被爱是活下去的勇气的那个人。

心理医生玛莎·曼宁是重度抑郁症患者，某一天她打算买把枪结束自己的生命。她在《暗潮下》中写道，“我每天都把耳朵贴在女儿的门上偷听她唱歌，她十一岁，洗澡时总喜欢唱歌，那是要我多活一天的恳求。我不害怕任何事情，但是一想到若真的拿到枪，扣下扳机，这个孩子就永远不会歌唱了，她会因我而沉默。就在那天，我去接受了电痉挛疗法”。

神经递质

大脑和情绪之间的关系仍然是一个未解之谜。人类大体知道大脑掌管了情绪，但对它的运作方式知之甚少。情绪崩溃时，你既不知道大脑发生了什么反应，也不知道如何用外力控制它。

北京安定医院精神科主任医师姜涛说：“如果用历史的进程打比方，人类对糖尿病的了解相当于近代，对抑郁症的了解还处于公元前的世纪里。”

抑郁症是在什么情况下产生的？它的发病机制是什么？为什么百忧解[①]能治疗抑郁症？在同样的压力下，为什么一些人会被抑郁症困扰，另一些人能逃过劫难？

答案都是“不知道”。

为了确定抑郁症的根源，生物学家和心理学家几乎争吵了几个世纪。心理学家认为，是童年创伤或社会压力导致了抑郁症的发

① 一种抗抑郁药。——编者注

生，而生物学家认为基因和脑部化学反应才是抑郁症的罪魁祸首。

科学界已经不再为这个问题争吵，基因和外部环境共同影响了抑郁症的理论已经确认，虽然还不知道哪个因素的作用更大。对于双相情感障碍而言，基因的作用似乎更加明显，一对同卵双胞胎，如果一个有双相情感障碍，另一个的患病概率高达 60%；如果是父母患有这种疾病，子女的患病风险大约是 10%。

双相情感障碍兼具抑郁和躁狂发作，区别于只有抑郁发作的单相抑郁，在一般概念里，两者都可被称为抑郁症。

几乎每隔一阵子，科学界总会昭告天下，发现了一种和抑郁症相关的基因。目前科学界已经发现了数十种基因和抑郁症相关，遗憾的是，和多数疾病一样，关于这些基因是如何相互作用调控这种疾病，如何筛查控制这些基因，我们还有极其漫长的路要走。

按照美国约翰霍普金斯大学医学院精神病学系教授凯·杰米森的说法，抑郁症患者的体质是天生的，那些携带抑郁症易感基因的人，“就像是干燥又易碎的柴堆无法躲过生命中四处飞窜、无可避免的火花而被点燃”。

你很难知道，是这一次的失恋，还是那一次的失业，抑或只是一次迟到事件，就会点燃抑郁症的火花。有的时候，压力事件接踵而至，脑部经历了一次又一次的抑郁情绪，量变引起了质变，过了某一个临界点，引发了大脑化学性或是器质性的改变。

虽然关于抑郁症发病机制的研究有太多的争议、假说和不确定。但科学家们在大脑的化学层面还是取得了一些进展。

神经递质是在神经元之间传递信息的化学分子。神经元之间有一个充满了液体的区域，被称作突触。一个神经元释放出神经递质，神经递质携带着要释放的信息，游过突触，和另一个神经元结合，把信息释放给它。

不同的神经元会使用不同的神经递质，大脑掌管情绪的部分是边缘系统，这个系统经常使用的神经递质是 5–羟色胺、去甲肾上腺素和多巴胺。

在健康的大脑中，神经元细胞会分泌足够的神经递质以保证人的认知能力和情绪的稳定。但是在一些抑郁症患者体内，它出现了失衡。病理学家在对抑郁症患者的尸体进行解剖时发现，他们大脑中的 5 – 羟色胺、去甲肾上腺素和多巴胺的含量低于常人。

因此，科学家推测，抑郁症是由于大脑中缺乏一种或多种神经递质所致。这是迄今最为科学界所认同的抑郁症发病机制的一种假说，抑郁症治疗药物的开发，都集中于增加神经递质的浓度或活性。

这个理论可靠吗？有证据吗？实际上，它还只是一种假说，科学家目前还找不到令人信服的证据，并且还面临着不少疑问：神经递质的失衡是抑郁症的原因还是结果？为什么抗抑郁药能立刻改变大脑中的神经递质的浓度，但患者的情绪却要 2~4 周才能好转？

要知道，对大脑结构与功能的理解是人类对自身认知的终极挑战。正如美国国家心理卫生研究院的罗伯特·波斯特所说，每个人都有 120 亿个神经细胞，每个神经细胞有 1000 到 10000 个突触，如果让它们都按照我们的意志运转，人类就能获得永恒的快乐，但我们离这个目标还很远。

飞镖盘

抑郁症的神奇在于，虽然我们对它的机理一无所知，但高效的药物从来不少。

服用抗抑郁药之后，60%~80% 的患者的症状会得到缓解，药物起作用的时间一般是 2~4 周之后。

接受采访的抑郁症患者虽然对痛苦的描述千差万别，但对于治疗的方法和过程几乎是异口同声：一位专业的精神科医生，适合自己的药物，短则数周，长则数月，症状可以得到缓解。

病人们的故事如此之简单，以至于让人产生错觉，抑郁症的治疗和感冒差不多，只要吃几片百忧解，等上 2~4 周，就能药到病除了。

实际上，治疗的第一步，找到一位专业的精神科医生，就不容易。“中国太缺精神科医生了”，赵旭东感叹。

据 2009 年中国疾病预防控制中心公布的数据，中国有执业资格的精神科医生是 2 万人，与之对应的是庞大的病人群体，各类精神障碍的患者有 1 亿多，其中重症精神类疾病病人 1600 万。

王刚说："仅有的这些资源，还集中在有限的城市的有限的医院里。像北京的安定医院，将近一半的病人来自外地。"

他所在的安定医院，曾经有 70%~80% 的病人是精神分裂症患者，如今，超过一半的病人因为抑郁症而来。安定医院也因此在 2006 年特别开设了抑郁症研究中心。

从医 22 年的精神科医生姜涛说，病人越来越多，最多的时候一天 12 个小时门诊，从早八点到晚八点，一天一百多个病人。

虽然抗抑郁药的有效率最高能达到 80%，但只有不到 50% 的病人对第一次服用的药物有反应。

财新传媒常务副主编张进在博客中分享过他服用抗抑郁药的经历，他最初服用的是罗拉劳拉西泮片、氢溴酸西酞普兰片、三辰佐匹克隆片，两个月后，情绪、思维和行动能力没有改善，后来医生为他新加了一种药以后仍不见效；在更换主治医生之后，医生为他重新选择了四种药物，这一次，终于见效了，正如他说："重新恢复了情感能力。"

这是典型的试错法。由于对疾病的机制、药物的作用途径完全摸不着头脑，精神类的疾病大多采用这种试错法进行治疗。

安德鲁 · 所罗门在《忧郁》中写道，这种试药的方式"让你觉得自己就像一个飞镖盘"。

除了试错的疗法，还有不听话的病人。李橙自 2007 年被诊断有抑郁症，七年来五次复发。在前三次抑郁症发作时，当症状得到缓解后，她没有征求医生的意见，自行停止了药物治疗。

李橙说："我不知道这个病需要长期吃药，以为病好了，就不用吃药了，谁知道这个病这么变态，会不停地复发。我把我的经历写成帖子，在论坛里分享给大家，没有血泪的教训根本记不住的。"

姜涛说："在所有疾病中，减肥和抑郁症的依从性是最差的。"人们极度抗拒长期甚至终身服药，就好像抗抑郁药是毒品或其他什么会上瘾的东西。实际上，新型的抗抑郁药的副作用已经大幅降低，而且不听医生劝告的结局显而易见——变成慢性、迁延性的抑郁症，抑郁发作的痛苦周而复始，脑部发生不可逆转的伤害。

为什么人们能接受长期用药物控制自己的血糖血压，但是却拒绝用抗抑郁药帮助自己的大脑呢？

你好，抑郁！

和其他所有疾病一样，病人们抱怨医生的时间太少。菠萝科学奖的策划人王丫米对自己在北京一家综合性三甲医院精神科的就诊经历记忆犹新。

"我做了巨大的心理建设，去看精神科医生，我在外面战战兢兢地排了三小时队，想了半天怎么跟医生说，要不要追溯童年，我以为会和医生聊很多，医生会问我很多"，王丫米说，"他就问你睡眠怎么样，情绪怎么样，谈了三分钟，给我一个有一百来个问题的表格，测试完，告诉我是中度抑郁，给开了药，完全和我看感冒是一样的。”

药物治疗固然是抑郁症的基础性治疗，但仅有它是不够的。人的社会功能的恢复单纯靠药物治疗是不充分的，它需要一个由精神科医生、心理医生、护理人员、社会工作者，甚至包括患者和家属共同组成的治疗联盟。

一位不愿意透露姓名的精神科医生说，中国不但精神科医生奇缺，心理从业人员的专业素质也参差不齐。

王丫米找过心理医生，那是一位40来岁看起来像政工干部的男性，用小时候父母的口吻和她对话。

“没聊两分钟，他就直接给我下判断了，说我没那么严重。我没有办法对他产生信任感，那是一段特别不愉快的经历。”

找到合适的心理医生，从来不易。安德鲁·所罗门在6个月之内换了十一个心理治疗师，每换一个治疗师，他就得把自己的痛苦重新讲一遍。

他在《忧郁》中有一段风趣的记录：

“有一位女治疗师说她从不相信情绪，而一位男治疗师则宣称他除了情绪什么都不相信。还有一位唯心论者；看病时一直在啃指甲的弗洛伊德信徒；荣格的信徒和自学成材的心理医生……有个男治疗师不停地打断我的话，说我跟他一模一样。”

在王刚看来，现实的情况是，抑郁症的治疗基本上就是医生和患者的事，跟别人没关系。大量的心理从业人员，没有医学背景，和医疗机构是脱离的，没能构建一个治疗的联盟。

“我们治的是病，不是人，”王刚说，“医生更关注的是你的症状有没有消失，而不是作为一个人的社会功能的恢复。”

王丫米说她要感谢抑郁症，如果不是抑郁症，她会一辈子在主流体系里稳稳当当的，不会想到要自我实现，不会在感情出现问题时结束婚姻，而是凑合过下去。

和抑郁症为伴的那段日子，正是她人生观推倒重来的时候。当时，她每天写宏大的计划为公司融资，感觉自己的工作就是吹牛。她陷入了对自我的怀疑：“我的工作有意义吗？我的价值在哪儿？人活着是为了什么？”

她后来加入了科学松鼠会和果壳网，也是在这里找到适合自己的医生和心理治疗师。我们见面那天，她坐在浙江省科技馆的玻璃天台上，张罗着第三届中国的“搞笑版诺贝尔奖”——菠萝科学奖，她是这个活动的策划人。

虽然经历过常人没有经历过的痛苦，但那些正在和抑郁症搏斗或是已经从抑郁症中爬起来的人，未必不比你我幸运。

在赵旭东教授看来，焦虑、抑郁是人性的必然成分，不可能清除掉。因为只要人类存在，一定会有抑郁的情绪，当抑郁的情绪影响了你正常的社会功能时，它才会被人定义为抑郁症——实际上是人的一种主观建构。

正如安德鲁·所罗门在《忧郁》中写的，“欣然接受痛苦，因为你可以从中学习。将来我们也许会通过化学方法锁定、控制和消除使大脑受苦的电路系统。但我希望那天永远不要到来”。

“情绪作为一个复杂的整体，它比内部任何一种单一成分都更有价值，若拿掉一部分，会让我们的经验变得扁平，人为改变它的成分，也是令人难过的事。我宁愿永远活在悲伤的迷雾中，也不要放弃感受痛苦的能力。”

当然从另一个层面来说，我们也不能把人们的很多问题都归结于抑郁症，抑郁症是结果不是原因。

“比如孩子的抑郁，可能有教育体制、父母教育方式的问题；如果职员抑郁的话，要看到工作压力的问题；如果官员抑郁的话，你要看到官场的文化和体制对人的压力。”徐凯文告诉记者，“我们不能说一个人跳楼了，因为他是抑郁症，好了这个问题就解决了，找到原因了，不是的，抑郁症是结果不是原因。不要把抑郁症当狗皮膏药一样到处贴，这样的话实际上就是用抑郁症掩盖实际存在的问题。”

不是每一棵树都要挺直地生长：精神疾病与这个世界[1]

一

有段时间，我经常去大柳树医院待着。

这是一家民营的精神专科医院，在北京东四环再偏东一点的位置。医院一公里以外就是欢乐谷和一些新建的密集型住宅小区。但大柳树医院和它的周边，却处于一种摇摇欲坠的破败中——废弃的车站、临时搭建的板房和不间断的尘土飞扬。在北京，大多数精神专科医院都处在城市的边缘地带。

这里比我想象中宽松、和谐。随意进出的大门，让我卸下了戒备，没有那些所谓精神病院奇观的东西。一位女病人正顶着略为夸

① 本文作者为刘璐。

张的妆容在厨房准备这天的晚饭，会五国语言的男病人也正安静地坐着晒太阳，就在他坐的地方，曾经有位病人用粉笔在地上用C语言写了一段程序。

在后来的日子里，陈顺水成为我在这里最好的朋友。

在我们见面的第一个小时，他就告诉我："我不觉得所有的疯狂都是不好的，我的一些疯狂帮我建立了我的生命体系。"我后来告诉他，福柯和他说过差不多的话，福柯觉得，不应该把疯狂看成一种疾病，疯狂是人类真相的一部分，就像死亡也是人类在时间领域的真相一样。

陈顺水是一位在24岁时就被诊断为精神分裂症的患者，我见到他的时候他已经47岁了。我坐在他的房间里，他告诉我，他的目标是未来他能控制自己，想出院的时候就出院。

同屋的室友，被诊断为双向情感障碍的王大哥，嗤笑一声，他或许觉得，陈顺水过于自信了。过去的二十几年里，陈顺水在精神病院进进出出，他始终无法完全控制自己，甚至有一次在自己的生日派对上，亲戚朋友欢聚一堂，他突然就指着电视里的人物开始骂起来。

生日之后，他又被送进医院。这是陈顺水人生中的第四次，母亲拿他没有办法。

王大哥和陈顺水同住一个病房十一年，面对精神分裂的陈顺水，王大哥会用更接近理性世界的逻辑劝告他，别冲动，要学会忍。

几年前，当两个人还穿着病号服在另一个病房住时，陈顺水打过一个护士。他告诉我这个故事的时候，房间里的气氛莫名兴奋起来，陈顺水开始向我展示他的肌肉。用他的话说，护士在病房里“欺负”一个病人，他看不惯，就对护士出了手。结果可想而知，接下来的三天他都被约束在床上。

王大哥也还记得那个场面，就像回忆起一件年轻时的趣事，他们并不觉得这场“疯狂”需要用缄默隐藏起来。陈顺水甚至觉得，自己不过是做了一件正义的事情，但在医院里，因为他的精神病人的身份，这件正义的事情就永远正义不起来。

陈顺水最喜欢的书是约翰·罗尔斯的《正义论》，读完那本书，他得出的结论是“正义需要两次证明”。

王大哥认可他的正义，但并不认可他的方式。如果是他自己，他更愿意为了长久的自由放弃这些个人化的情绪。

在大柳树医院采访的日子里，一些病人向我袒露自己的面貌与心扉。这是一个有医生、有护士、有各种各样病人的场所，这个场域里充满了不同角色在立场、欲望和权力之间的拉扯张力。

有人告诉我他在这里过得很好、睡眠充足；有人告诉我他想回家却回不去；有人告诉我自己有了喜欢的人；有人对着忽闪忽闪的电视信号告诉我中兴快不行了；也有人跟我说，这里的人不过都是在自私地为自己活着。

二

精神科医生曾奇峰说精神分裂症患者的自救，是整个人类寻求自救的一部分，而且一定是最惨烈、最辉煌的一部分。

最初被诊断为精神分裂症的时候，陈顺水委屈极了。他恨父母、恨医院，也恨医院里的其他病人。父亲无法接受这个事实，几乎放弃了当时还很年轻的陈顺水。两个人都度过了一些难熬的时光，很多年之后，陈顺水才用行动为自己争取回来一些信任和自由。

他开始重新审视自己的父亲，并不再羞于承认自己是一个精神病人。他向我强调自己作为精神病人的主体性，比如他会坐在宿舍外的凳子上，打开iPad（苹果平板电脑）大声放一首《夜空中最亮的星》，试图给理性世界的人造成一些冲击，“我们是存在的，他们改变不了这个事实”。

陈顺水是一个普通又典型的精神病人，他反复经历的磨难和治愈，很多人也在经历。

药物让他迟钝、无精打采，但拒绝药物他就有陷入疯狂的风险。二十多年过来，目前他遇到了最适合自己的药物利培酮[①]，这种药只是偶尔会让他做一些奇怪的梦，或者半夜醒来口干舌燥。

每一次离开医院，陈顺水都会找一种方式证明自己的生命力仍

① 用于治疗急性和慢性精神分裂症的药物。——编者注

然存在。他疯狂跑步。有一次他和朋友一起去爬长城，虽然他的双腿因为药物副作用毫无力气，但他拼命扶着栏杆也要往上爬，他告诉我这是在和药物副作用做抗争。

他有一个iPad，一个iPhone（苹果手机），他用十指撑地的方式做俯卧撑，每天抽两包烟，和母亲视频一次，在YouTube看台湾节目，打游戏，拥有一个原力觉醒机器人，床头摆着一本《大江大海1949》，他可以为医院的病友解决大部分电子产品的问题。

四年前的某个晚上，陈顺水用iPad对着宿舍外的几棵柳树拍了一张漆黑的照片，发布在脸书，他为这张图片配上了文字——“光明的起点”。

美国南加州大学古尔德法学院的教授，同时也是精神分裂症患者的艾琳 · R.萨克斯，可能是为数不多的成功的自救者。

萨克斯教授出生在美丽的迈阿密，成长在一个幸福、殷实的家庭，她的大半生都在和精神分裂症进行搏斗。

但这并不妨碍她同样可以拥有自己想要的人生，除了是一个关注精神病人权利的法学教授以外，萨克斯还是美国加州大学圣地亚哥医学院精神病学兼职教授。她还有一个爱她的丈夫（曾经她以为这是不可能的事情），丈夫说，她身上的一些品质，包括聪慧、热情，远远超过了她的精神疾病。虽然为了获得这些，萨克斯经历了漫长又痛苦的和自己的战争。

《美国精神病学杂志》说萨克斯不断从浩瀚的治疗宇宙中的许

多角落搜集光亮，最终自己也变成了一颗耀眼的星星。萨克斯不是第一个在这场暴风雨中艰难航行的人，但她的故事指引后人同样可以去经历这一场漫长的洗礼。

即便到现在，萨克斯也仍然面临不定期陷入疯狂状态的问题，但最重要的是她已经找到了自己的生活。

陈顺水告诉过我差不多的话，说他并不遗憾自己这一生与精神疾病相伴。他错过了一些，但没有完全错过（这也是他的爱情观）。一些对普通人来说重要的东西，对他来说也依然重要，比如一些好朋友、一份工作、一些意义。他感受到身边的病友因为互相陪伴和理解，产生了一些好的变化，他们不追求康复，只追求找到自己的生活。

三

每一个弱势群体都有一部自己的抗争史，试图打破理性世界秩序下的偏见。但精神分裂症的病人还没有过这样的机会。

精神分裂症是一种与工业发展相伴而生的疾病，在工业世界，疯癫毫无价值，最终它呈现为被隔离、被管理。大多数时候，人们把患病的人看成不可控制的、无法医治的疯子。

在 18 世纪末，疯狂被确定为一种精神疾病，“有理性的人让医生去对付疯狂”，法律赋予了一个人（监护人或者是医生）对另一个人的全部控制权。

从医学研究的角度看，生物学的因素在所有导致精神分裂症的因素中占的比例是70%，性格、家庭、心理状态占的比例不大。但这种比例研究对个体患者来说没有太大意义。一位状况良好，但仍然住在医院的病人告诉我："我虽然是个唯物主义者，但我也得承认，这是命。"

在中国，很多精神病人都没办法真正回到社会，精神病院有一道"旋转门"：住院—回家—再次发病住院，有一些病人只有靠死亡这种方式才能真正离开精神病院。

张医生在大柳树医院工作了二十多年，他的一位病人在出院之后，自己找到了一份停车场管理员的工作，有一次因为在工作中强烈要求一位领导把车停进白线内，让领导不开心了，结果被开除。张医生跑到这家公司去为病人维权，一方面他觉得病人在职责上并没有错，另一方面他觉得这个工作机会对病人来说太不容易了。

维权并不是医生的职责，但张医生把病人当成和他同命运的朋友，他们彼此映照，"我们就算痛，也想要痛并快乐地活下去"。

已经出院的病人，回到家之后需要面对药物的不确定性、外界环境的刺激，以及一些不可预知和不可抗拒的因素，每一个都有可能激发疯狂。

在中国的精神病康复领域，农疗和工疗从20世纪90年代开始被尝试，作为一种旨在保持病人社会能力的康复方式。在大柳树医院，病人们就自己养过兔子、孔雀、鸡等动物。这里的病人还在附近的小工厂集体工作过，现在，他们有一间自己的餐具包装车间，病人们每天定时上班，包装筷子。

陈顺水就在餐具包装车间工作，在这里，他不被限制自由，工作台上摆了一个iPad，他翻墙在YouTube看节目，我在的时候，怕我无聊，他也用iPad为我放周杰伦的歌。累了，他就去外面的葡萄架下抽烟。

这看起来欣欣向荣的局面，对陈顺水而言，并不代表迈向未来的希望。这不过是他争取当下自由的方式罢了，比如上面这些自由，就是他在这个医院十一年的生活方式。

知道这个事实，我有些吃惊。也就是说，无论是农疗，还是工疗，它可能产生的效果都不如想象中大，只不过是病人在院康复的生活方式。关于这一点，病人和医生的意见都惊人地一致。为了有更多自由，陈顺水配合了这种方式。

陈顺水争取到的最大自由是乘飞机旅行。前两年，大柳树医院开始组织病人一起出去旅游，陈顺水的第一趟旅程是去云南。飞机起飞的那一刻，陈顺水觉得自己达到了一生中的极乐体验。在第一次通过飞机涉足远方之后，陈顺水突然觉得，自己可以活在当下了，未来是什么样不重要，当下已经足够美好。在那之后，陈顺水又和医院的医生以及其他病人一起去了韩国、柬埔寨、福建、江西等其他地方。

在中国，无论社区还是家庭都还没有强大到知道应该怎么应对精神病人。人们是以一种更技术化的方法来应对各种状况，如果你“发病”了，那你就吃药或待在医院。

病人不掌握自主权，权力在监护人手里，所有亲密关系都需要再经历一次检验。

一位精神科医生提起了很久以前的“解锁”行动，为了防止病人“滋事”或者仅仅是为了掩盖“家丑”，家人把病人锁在房间，甚至笼子里——这些病人往往终生被铁链锁在笼子里。

北京一家精神卫生防治院曾对住院患者进行调查，其中一半的人是符合出院条件的。医院召开家属座谈会却发现，家属全都坚决反对患者出院。

那些在医院一待就是 5 年、10 年、20 年的病人，在人生的大多数时候，没有选择余地地被遗弃了。萨克斯教授在患病之初有过一个朴素的愿望，“假如我真的要成为一个精神病病人的话，至少这是我自己的选择，并非他人的选择”。

四

在所谓回归理性社会的方法，所谓理性与非理性的界限，所谓疯狂的含义这些问题上，我迷惑不已。我把这几个问题抛向了中国最好的精神科医生之一、北京大学第六医院的姚贵忠，他从 20 世纪90年代开始就以最前沿、先锋的姿态来探索精神病人回归社会的方法。

2004年，姚贵忠的同事耿彤，在姚贵忠的热情与理念影响下，在病人康复基地附近的一个小区租了一套公寓，也开始自己的尝试。这套公寓有三个房间和一个客厅，耿彤带着三个病人住了进去，他睡在客厅的折叠床。

三个人都是年轻的精神分裂症患者，有各自的幻听和妄想。每天，耿彤和他们坐公交车往返于公寓和康复基地之间，傍晚的时候，一起去超市购物，再回家一起做饭，“刀一直在厨房，我从来都不收起来”，有问题的时候就吃药。耿彤希望这样一个实验可以对病人真正回到社会起作用，他不希望病人们永远徘徊在精神病院这个“旋转门”周围。

这是件当时只有医院康复科内部人员知道的事情，从体制内的规章制度来说，存在太多微妙的风险，耿彤说：“我是医生，他们是病人，如果出了问题，医院也不管，是我个人的责任。”

最终，三个病人以不同的方式和耿彤告了别。一个被父母接回家，另外两个不辞而别，有一个病人告诉他，“这不是我想要的生活”。

姚贵忠大学毕业之后自己选了去精神科，老专家问他为什么选择精神科，姚贵忠说其他科他都尝试过了，答不上来为什么，就是很喜欢精神科。30年之后，姚贵忠被评为“全国十佳优秀精神科医生”，他在那个时候似乎终于知道了问题的答案，在“界面 · 正午”的采访中，姚贵忠说，“精神科医生，拥有上帝赋予的特权，可以进入别人的内心世界，世界上任何其他行业都不可以与之比拟。病人敞开心扉，甚至内心很龌龊的想法都告诉我。我在帮助病人，同时也在丰富我自己”。

我把我的问题发给姚贵忠，很久之后才得到他的回复，他说：“你的问题有意思，我们科决定开个研讨会讨论一下，你来吗？”

姚贵忠说过，不是每一棵树都要挺直地生长。

即便是最好的医生，也说不清楚精神疾病在当下这个世界到底是一个什么样的角色。也就是说，理性还没有办法解释非理性，但非理性却在理性的统治下陷入失语状态。

更激进的福柯则坚信，“任何精神病理学概念都不能为疯狂发挥提纲挈领的作用”，与其说福柯在反精神病学，不如说福柯提供的是一种思维方式，避免这个社会走向理性的极端。

有一本叫《天才在左，疯子在右》的书，是一本精神病人访谈记录，虽然作者承认自己杜撰了不少，但也不难看出，那些关于精神病人的描写仍然能勾起大众的兴趣。那好像是可以超越平庸日常的某个出口，那些理性世界未能探索到的地方，有些非理性的人帮你先行了一步；也好像是对理性世界的某种宣泄和抗拒，疯狂成为人类探索和拓宽自己生命体验的某种已知途径。

在很多文学作品里，疯狂都具有某种浪漫的能力。法国作家米歇尔·图尼埃说，人是归功于自己的黑暗核心才有了自己的色彩。我把他说的黑暗核心理解为理性事物之外的部分。

比如陈顺水，他做了一个时间修改意见书，想要挑战现有的时间制度。在这个意见书里，他修改了现行时间的24小时制，也修改了每个小时、每分钟、每秒的时长。

修改时间制度，意味着什么，会有什么后果，我问过陈顺水很多次，可是我们也讨论不出个结果来。

或者说，时间本身意味着什么。这漫长的20年，这个过程中的1年、1个月，里面的1天、1个小时，对陈顺水来说，又意味着什么。

他总不断地向我重复一句李宗盛写的歌词，他认为这是他的人生写照，“一生涓滴意念，侥幸汇成河”，时间修改意见书让他这一生没有什么遗憾，如果下辈子也必须这么过的话，他也愿意。

他把这个意见书打印、复印了上百份，放在衣柜里，遇见值得信任的人，他会毫不吝啬将其作为一个礼物送出去。不过，他的主治医生并没有得到这份礼物，他经过别人之手拿到这份意见书，将它和陈顺水的病历放在一起，意见书在此刻必须接受医生的审判（诊断），后者拿着陈顺水的这张人生成果，说这是一种思维障碍。

我想，我们在看待时间这个问题时，就是用的不同方式。

在马莉导演的纪录片《囚》的最后，一个年轻的精神病人不断追问身边的人，“你能解释吃是什么吗”，没有人能告诉他，他有些生气了。纪录片中还有一个沮丧的老头，他在“文化大革命”期间被打为“黑五类”，他一生没有朋友没有家庭没有后代，早已为自己在理性世界被视为遗憾的一生下好了结论：“我的一生太平凡了，只有像我一样平凡的人，才能理解我的人生。”

一个早晨，陈顺水拜托外出的病友把他的时间修改意见书带到邮局，寄给了NASA（美国国家航天航空局），这一天，他向太空探索者发去了他的意见。

（为保护隐私，陈顺水为化名）

参考文献

1. 《与精神病人共处》，罗洁琪，界面 · 正午.https://www.jiemian.com/article/689050.html?_t=t
2. 《我穿越疯狂的旅程：一个精神分裂症患者的故事》，艾琳 · R.萨克斯著，李慧君、王建平译，中国轻工业出版社 2013 年版.

童年的梦魇：那些统一被打上“笨”的标签的孩子们[①]

一个全世界阅读障碍者共同的故事：一个聪明的孩子，假设是个男孩子，进入学校时满怀生命力与热情，和其他孩子一样努力学习阅读，但和其他人不同的是，他似乎学不会阅读。父母告诉他，试着再努力一些，老师说他“没有发挥潜力”，其他孩子则说他是“智障”或者“笨蛋”……儿童如果有好几年不断失败的经验，常常会对生活感到恐惧……成年后无论赢得多少奖项，或拥有多少车子和飞机，他仍然无法真正认同自己，童年的梦魇实在太长了。

——节选自《普鲁斯特与乌贼》

① 本文作者为李珊珊。

知乎上，有人提了一个问题：“为什么在中国很少听说阅读障碍？”

有人回答说：“因为他们直接被当作‘智障’对待，没分这么细。”

也有人说：“在中国，我们把各种障碍症统称为‘笨’。”

一位社区精神科的医生告诉我：“阅读障碍是最被忽视的儿童心理问题之一。”

在中国有多少这样的孩子？

我去翻查资料。对于阅读障碍的发生率，中国并没有官方公布的数据，只有学术论文中的抽样调查：台湾地区的数据显示，汉语的平均阅读障碍发生率为 7.9%，而对北京学龄儿童的调查则显示，发病率大约在 5%~8% 之间。

“按每个班级 30 人算，平均每班有两人以上？”

一位参与调查的专家肯定了我的猜测。这让我想起我小时候班里总有那么两三个不爱读书的孩子。他们有的被评价为聪明却不爱读书，有的则被直接安排到教室的最后一排，无人理睬。

那是我的一个初中同学。他上课从不举手回答问题，有着黑黑的袖子与长长的鼻涕。各科成绩都差，唯一存在的意义就是被文艺委员抓去为班级的黑板报勾边。对，他擅长画各种花边，还会用粉笔画各色美人，没人知道他是从哪里学的。不出意外地，他没能考上高中。我并不清楚他算不算这 7.9% 中的一个，也不知道他现在正在以何谋生，他还会画画吗？

在网络上，我找不到这一类人发出的声音。想想也没错，这些孩子中的大部分，勉强完成九年制义务教育之后，在工地上找一份工作，他们的一生终于可以不再和读写有任何联系了。一位医生告诉我："这些孩子，不会发出声音了。"

极少数在网络上发出声音的阅读障碍者，一般都有海外留学经历。在西方社会，阅读障碍是个全民熟知的概念。在那里，对阅读障碍的早期识别与干预深入人心。

一位"一直被老师各种责骂，最后读到博士"的学霸吐槽，在美国，他的导师建议他去参加测试——"你错得这么离谱，已经不在正常范围了"。结果，他被检出确实患有阅读障碍。回想自己小时候，他说，在考试中，因为阅读障碍，他的平均出错率在10%左右，努力检查缩减到了5%，但死活不能再低了。"我一直以为大家都这样，后来才发现，就我自己是这样。"

我试图去理解阅读障碍者阅读时的感受。

"文字在跳舞，是像坐在颠簸的三轮车上看报纸吗？"

"也许吧。"

那"阅读如同沉入深海""读一会就头疼""很容易疲倦"，是怎么回事儿？

"想想你在读一本原版的莎士比亚戏剧"，有人提醒我。

通过研究者，或是在网络上，我到处寻找，希望能找到阅读障碍者的病友组织，或是焦虑的家长们组成的联络群——家长们最爱抱团取暖了。

然而，这次的搜寻，几乎无果。“我们跟家长提到孩子的情况时都会比较谨慎”，一位进行过阅读障碍儿童筛查的心理学博士告诉我。家长们的态度很矛盾：一方面，他们渴望有办法可以帮他们改变现状；另一方面，他们又不希望孩子被贴上阅读障碍的标签。

在一个相对活跃的贴吧里，我找到一个阅读障碍干预机构的电话。当我打通电话，对方告诉我：“欢迎前来进行免费检测，我们这里有美国引进的先进方法……”（而专业人士告诉我，象形文字下的阅读障碍与拼音文字下的阅读障碍之间存在很多不同，想把字母文字的训练方法直接用在汉语阅读障碍的孩子身上有很大的困难。）

这些有阅读障碍的孩子的家长们是什么样子？

舒华告诉我：“很多家长很痛苦，很多人几乎放弃。那些孩子在学校根本没法学习，老师对孩子也没什么办法。而孩子自己，最初可能只是语文学不好，后来就变成全都学不好，甚至体育也不好。整个情绪、状态、个性、与人交流的方式都变了，老被人瞧不起嘛。”

舒华是北京师范大学认知神经科学与学习国家重点实验室的研究员。在她刚刚接触阅读障碍的研究时，认为“汉字不存在阅读障碍”的错误说法还在流行。当时的研究者们在争论：汉字究竟是“好学好用，难学好用，还是难学难用”。

在网络上，关于阅读障碍的个人故事大多是孩子们长大后回想起自己小时候的孤独与无助，他们身上普遍的标签是“粗心”“不认真学习”“脑子不好”“天生不是学习的料”……

所有这些故事中，我几乎找不到家长们对自家有个阅读障碍孩子的关注，更没有各种或励志或充满爱心的日记故事。在一堆吐槽学校与原生家庭的故事中，皮医生的故事显得尤为突出。那是一个妈妈如何帮助孩子克服阅读障碍的故事，就像大多数相关的研究者和医生告诉我的，目前在中国，在几乎没有政策性帮助，也缺乏专业机构的情况下，“阅读障碍的孩子，能走出来，大概只能靠他们的妈妈”。

你见过哪个小孩不到 10 岁会画器官解剖图谱？

皮医生故事的开头说：“总有一些人，存在的意义是衬托隔壁家孩子的聪明。我的意义，大概也是如此。直到 8 岁，我还是个文盲，连自己的名字都写不下来，全靠画。”

小学美术课上，这个妇科医生的儿子很认真地为美术老师画了自己最熟悉的阴唇——妈妈的妇科图鉴，他看得最熟了。孩子被斥之为流氓，老师向妈妈告状，妈妈回家问孩子，你还会画什么？孩子拿笔从女性生殖系统一路画到了骨骼肌肉……

大概是从那个时候开始，这位妈妈就下定了决心，一定要让自己的儿子上大学、做医生。从那时候起，每当孩子的老师告诉这位妈妈，孩子的智力有问题时，这位“彪悍”的妈妈就回答：“我儿子很聪明，你们见过哪个小孩不到 10 岁就会画器官解剖图谱的？只有我儿子！你要教不通，我们自己教。”

妈妈给孩子补课学拼音，因为集中注意力非常困难，学十几分钟，孩子就去外面跑一阵再回来继续，用了半年的时间，孩子终于学会了拼音。因为对文字的记忆力实在太差，孩子觉得“背课文就像用钝刀子割我的肉一样要命”，妈妈自创了把课本画成图画的办法。这样，看到图，孩子便可以记住课本中的梗概了。“读中学时记的内容全是妈妈画的图，因为，我只能记住图片。”靠着图形化教科书的本领，他考上了医科大学，并如愿成为了医生。

很多年后，已经成为皮医生的那个孩子遇见了一位心理医生，他提出了自己的困惑：“我是不是弱智，为什么读书于我，就像被凌迟处死的感觉？”医生告诉他，他的症状符合发展性阅读障碍症的临床定义。

这个诊断凝结成了皮医生在自己的公号“Skin 与性”中的一个插图，画面是个跳舞的小人儿，旁边粗体字写道：“自从知道我有病，整个人轻松了不少。”

阅读的真相

从专业的角度看，发展性阅读障碍症（Developmental Dyslexia）大多表现为认字与记字困难重重。刚学过的字马上忘记，难以理解所读文字，常伴有多动、注意力不集中，辨析距离、方向时困难，记忆力差等症状。

在《普鲁斯特与乌贼》一书中，塔夫茨大学的心理学教授沃尔夫，也是一位阅读障碍男孩的妈妈，提到了那个全世界阅读障碍者共同的故事："一个聪明的孩子，假设是个男孩子，进入学校时满怀生命力与热情，和其他孩子一样努力学习阅读，但和其他人不同的是，他似乎学不会阅读。父母告诉他，试着再努力一些，老师说他'没有发挥潜力'，其他孩子则说他是'智障'或者'笨蛋'。"她说，阅读障碍者身上兼具强悍和极度软弱的特质。"儿童如果有好几年不断失败的经验，常常会对生活感到恐惧……成年后无论他赢得多少奖项，或拥有多少车子和飞机，他仍然无法真正认同自己，童年的梦魇实在太长了。"

我问一位相关实验室的博士："你们实验室研究阅读障碍？"对方告诉我："其实，我们研究的是阅读。"

剥去所有的文化内涵，与语言、手势类似，读和写也是人类在进化过程中出现的一种信息交流的方式。这种方式出现得比较晚，以至于人类大脑中并没有一块随着年龄自然成熟的专门负责阅读的区域。阅读过程非常复杂，视觉信号首先被识别、解码，转换为声音信息。然后这个信息被传送至包括被称作布洛卡区的语言相关脑区进行解读。阅读时，我们实际上是在调动所有储备的知识并将其应用到眼睛看到的文本上。熟练的阅读者在进行阅读时，大脑内部专门化区域的运转速度非常高，并且可以达到自动化的程度。而观察幼儿阅读时的脑成像图就会发现，他们的大脑激活并没有成人那般集中。

关于大脑的这项复杂运动，普鲁斯特说过一句很美妙的话。他说，“阅读是一个在全然的孤独之中，仍令人心满意足的沟通奇迹”。

在希腊三杰的时代，苏格拉底曾强烈反对人们在未经指导的情况下就随意使用文字；柏拉图用文字把那位老师的话忠实地记录了下来；而年轻的亚里士多德很早就养成了阅读的习惯。苏格拉底反对阅读，他认为，虽然阅读极大地提高了文化的集体记忆，但付出的代价是个体记忆力的降低。我们记笔记究竟是为了记住什么，还是为了不记住什么？

而今天的研究者，譬如沃尔夫则更强调，“阅读不仅反映了大脑超越原有设计结构的潜能，也反映了读者超越文本或作者所赋予内容的潜能”。这可能也是为什么读者们总是在抱怨书籍翻拍的影视作品不如原著的主要原因。

然而，所有这一切，阅读障碍者很难体会。这也就意味着，如果你患有阅读障碍，除了学业受到影响，你也无法去体会一本真正的《战争与和平》。

不需要阅读的国度

阅读障碍的产生与多个基因相关，其发病既有遗传的原因，也有环境的原因。而阅读本身又是一件与整个社会的生态密切相关的活动。

网络上，一份初中语文模拟题让孩子们就两份材料发表自己的感想。材料一说：北京师范大学的舒华研究员认为，很多孩子的学习问题是由阅读问题引起的，很多智力正常的孩子存在不同程度的阅读困难，严重的已经发展成阅读障碍，阅读困难不仅会使孩子的语文学习产生困难，也会影响到其他学科的学习。材料二说：随着音像制品的迅速普及，“读图”已逐渐成为未成年人获取知识的重要形式；有关媒体调查表明，相当一部分中学生用影视、漫画来代替名著，不少孩子对图像产生依赖心理，逐渐降低乃至失去了对文字阅读的兴趣。对图像的过量摄入，导致了语言表达能力的大幅下降。

我拿这两份材料咨询了一位研究阅读障碍的姑娘。她告诉我，根据香港大学神经语言学系谭力海教授2012年发表在《美国科学院院刊》上的一份覆盖了2800个汉语儿童的研究报告，孩子们的阅读水平确有降低，但原因在于拼音输入法的使用和书写的减少，并非“读图”。而另一方面，孩子的阅读水平与他们的家庭环境之间存在着密切的关系。在过去的几十年，关于子女阅读能力与家庭语言环境乃至家庭经济状况的研究已有很多。孩子三岁时，家长在餐桌上讨论的内容，所用的词汇会对子女二年级的阅读能力有很大影响。而舒华课题组在今年6月发表的一份长达八年多的跟踪研究显示，早期的家庭语言环境，只能解释五年级识字能力差异的

20%~34%。这是个让人振奋的结果，由家庭语言环境导致的语言能力落后有可能在学校教育中被填补，只要我们的学校注重阅读。

利用一套精妙的工具，西方学界把阅读分为解码阅读、流畅阅读等阅读阶段。而那位只是阅读“有点慢”的孩子被认为是处理速率型阅读障碍，即难以达到流畅阅读的水平，所以需要得到特别的帮助。沃尔夫在书中说，卡在流畅阅读前夜的孩子大概占美国儿童的 40%。这些人中的一部分，同样需要干预。在书中，她提到了一个例子：对于一个被学校老师认为是“阅读能力很好，只是有点慢而已”的孩子，沃尔夫的同事在正式测试后评价道：“从未测试过这样的儿童，在认识字母和阅读单词上需要花如此长的时间……智力和他的阅读测试成绩之间的落差相当惊人。”

而中文的阅读也会区分这些阶段吗？“并没有，我们没有划分”，相关研究者回答我。

阅读给大脑带来刺激，让你调动全部的知识和经验去重构文字所构建的那个世界，让大脑的思考一次比一次深入。而那些不会阅读的孩子，就如同“不会游泳的小乌贼”，我们得教会他们游泳，即使他们游不快游不好。

在欧美，保护这些阅读障碍的孩子，帮助他们体会阅读的乐趣早已被写进法律。根据法规，有阅读障碍的孩子可以享受免费和无偏见的测评，以及免费的特殊教育服务。这其中包括：一个专业医生的定期指导，考试时比正常孩子拥有更长的考试时间，甚至可以派人帮忙阅读题目。对阅读障碍的孩子，整个社会的氛围是关注、帮助，而不是嘲笑、放弃，那里有着随处可及的筛查系统，随时准备着提供帮助。

而在这个曾经敬惜字纸的国家，从奥数、英语挂帅的教育体系到天上飘着风口上的猪的整个社会，那种一次比一次更深入的思考成了奢侈品。我们的阅读经验越来越少，我们似乎越来越不需要阅读。

于是，我们想不到要找办法教孩子们阅读。在中国，只有很少的干预机构，几乎没有规范的干预方法。舒华教授告诉我，目前的状况下，阅读障碍的确诊是件让家长感到尴尬的事情。他们希望找到问题（成绩差）的原因并努力解决。然而，结果往往是原因找到了，却由于种种条件的限制——包括家长的、经费上的、专业人员上的——孩子最终没有得到有效的帮助。

游得不快的乌贼们为什么可以活下来？

没有应对方法，阅读障碍为孩子们带来的，是“放弃”。先是老师放弃了，然后家长放弃了。最终，孩子自己也放弃了，接受了自己是一个“笨”且“不认真”的差生。不放弃这些孩子，最功利的一个原因可能是：阅读障碍者那颗不同于常人的大脑在导致阅读障碍的同时也蕴藏着独一无二的优势——这推测也许有道理。想象一下，游得不快的乌贼们为什么可以活下来？

荷兰画家埃舍尔在“不可能的世界”创作中，利用视觉错觉，做出了很多第一眼看上去一般，细思却绝无可能发生的喷泉、楼梯与建筑。威斯康星大学的一个研究小组曾找了一批人，让他们辨识混在一块儿的“不可能”的三维图像与合理的图像，他们惊异地发现，有一批人对这类图像的辨识速度远高于一般人。而且在这些可以快速发现“不可能世界”的人中，阅读障碍者占有相当高的比例。

一个哈佛大学的研究小组，找来了被诊断为阅读障碍的大学生，以及作为对照组的普通学生。两组人都需记住一批类似X射线的模糊图像——这种特质在科学与医学中是非常有用的。再一次，阅读障碍组在这个视觉任务中表现出优势。

在NHK（日本放送协会）拍摄的纪录片《阅读障碍》中，他们请到了一位只需徒手一转，就能想象出精妙的空间构型的建筑师，一位极其擅长从恐龙化石推导出有血有肉的恐龙的科学家……纪录片总结道，多数阅读障碍者有超乎常人的空间想象力。

乔布斯在传记中提到，自己小时候曾受困于阅读障碍。根据一些存世的资料，人们推断，爱因斯坦、达·芬奇等人小时候也曾受阅读障碍症的困扰。在美国耶鲁大学的阅读障碍与创造性中心的网站上，列出了一大批曾受困于阅读障碍的在世名人。除了艺术家、医生与科学家，里面还有5位律师和11位记者作家。

基于这些事实，有人甚至大胆地推测说，因为对图形和空间维度更敏锐，在未来的数字时代，面对以声光电为载体的信息，也许阅读障碍者会比适合文字信息的普通人更容易适应。

然而，“这些孩子最困难的阶段是小学”，舒华教授说，“如果我们能够帮助他们渡过小学阶段——就是让他们跟着大家走，不要要求太高，但也能够凑合过去——等他们上中学，特别是高中、大学后，会找到自己的诀窍，找到策略来对付这个问题。此时，他们的特长，绘画或是口才，便可以发挥作用了”。

舒华教授讲起她碰到过的一个孩子，这个孩子在北京的公立学校读不下去，去了国际学校，孩子的妈妈很小心地帮助他读到了中学，保持了他的自信心。“那孩子口头表达能力非常好，他高中去了加拿大。在那里，这个读写困难，却擅长口头交流的孩子如鱼得水。学校每周有专门配备的心理老师与他见面，进行交流，提供帮助。那里有专门为阅读障碍者提供的字间距特别大的书，有丰富的有声读物资源，还有相应的软件帮助他提高拼写能力。此外，他还能享受到部分作业免交以及考试时间延长的待遇”。目前，这个孩子申请到了芝加哥附近的西北大学，他还时常与舒华教授的实验室联系，希望将来毕业后可以帮到中国的阅读障碍儿童。

在考上医科大学后，皮医生像小时候一样把教科书画成画，他几乎可以用一张图画出一种病所有的临床表现，“看过我画的麻风病人，没有不说恶心的，但都觉得形象”。最终，他选择了皮肤科，成了一名皮肤医生——对于一个擅长读图的孩子，那是一个再适合不过的科室。在人工智能领域，使用图形识别技术诊断皮肤疾病正是当前的热门方向。

目前，皮医生在运营着一个叫作“Skin与性”的微信公众号。

与一位阅读障碍者合作开设公众号感觉如何？

和他一起轮流负责文案撰写的另一位医生告诉我：“他随和友善，是一个负责的医生，一个值得信赖的朋友。”

参考资料

1. 《普鲁斯特与乌贼》，玛丽安娜·沃尔夫著，王惟芬等译，中国人民大学出版社 2012 年版.
2. 《不会阅读的孩子》，刘翔平编，华东师范大学出版社2008年版.
3. 《汉语儿童阅读障碍研究》，孟祥芝、舒华，载《心理发展与教育》1999 年第 3 期.
4. 《西方发展性阅读障碍研究进展》，孟祥芝、舒华，载《心理学动态》1999 年第 4 期.
5. China's language input system in the digital age affects children's reading development，Tan，L.H.，etal.PNAS，2012.
6. The influence of early linguistic skills and family factors on literacy acquisition in Chinese children:Follow-up from age 3 to age 11，Mengmeng Su，Franck Ramus，Hua Shu，Learning and Instruction，2017.

我感染了艾滋，然后生了个孩子①

一位艾滋妈妈回忆说:“我几乎不敢进那个产房，但同时我又很想进到那里面，因为我想尽快看到自己的孩子。产房的门打开的时候，我开始哭起来，我忽然有一种感觉，那扇门是一扇生死之门。”

三年多前，我怀孕的时候，在网络上莫名地追起了一个HIV（人类免疫缺陷病毒）阳性的“小鱼妈妈”的日常播报，她讲自己怀孕的经历，妊娠反应与抗病毒药的药物反应合并的痛苦，讲可以感受到胎动时的欢欣，讲找妇产医院时的一波三折，生产时的惊心动魄。

---

① 本文作者为李珊珊。

她生了个女儿，刚出生的女儿包着嫩黄的襁褓，有黑黑的头发。然后，她讲自己忐忑的等待，三个月、一岁、一岁半，孩子的检测结果出来，HIV阴性，她每一次的汇报，下面都是一片祝贺。这故事，看得本就在孕期焦虑中的我心惊肉跳，那也是我第一次认识到，艾滋与一个女人成为母亲的权利其实并不冲突。

在人类发现艾滋病的最初几年，一对感染者夫妻想要孩子，多数只能靠领养，医生不建议他们去生育孩子。

20 世纪 90 年代后期开始，只有男性是感染者的单阳夫妻可以选择进行人工授精或者试管婴儿手术，男方的精子需要“洗”一下，确保不携带病毒，才能进行授精。

而时至今日，“鸡尾酒疗法”把患者的病毒载量控制到了相当低的水平，使用抗病毒药物后，这样的夫妇可以放心地进行无保护的性行为、怀孕，通过母婴阻断技术生育一个健康的孩子。

在规范进行母婴阻断的前提下，一个感染了艾滋的妈妈生下健康孩子的概率超过 95%，在发达国家，因为阻断药物的广泛使用，母婴传播的概率已经降到了 2%以下，在中国，艾滋母婴阻断的成功甚至还启发了抗病毒药物在乙肝母婴阻断中的使用。

2015 年，根据中国疾病预防控制中心的上报数据，中国两岁以下新增感染HIV的宝宝只有 200 例左右。然而，2016 年的一项网络调查中，对感染了艾滋的母亲能不能生出正常孩子的问题，有 34%的网友认为不能。

女性在HIV感染者中本来就是少数，决定生育的女性，更是小众中的小众。

联合国艾滋病规划署（UNAIDS）的文件中说：与男性相比，感染HIV的女性需要承受更多的社会压力，其中一项很重要的压力就来自对生育的预期。

在这本小册子中，一位39岁的艾滋妈妈回忆道，为了肚子里的孩子，她的9个兄弟姐妹召开过家庭会议。大姐反对留下这个孩子，“即使孩子是健康的，你也不知道你还能照顾他多久”。而妈妈站出来支持她留下这个孩子，因为，“女人要有一个完整的人生，日子总会越过越好的”。

一位艾滋妈妈回忆起自己生产的时刻，她说：“我几乎不敢进那个产房，但同时我又很想进到那里面，因为我想尽快看到自己的孩子。产房的门打开的时候，我开始哭起来，我忽然有一种感觉，那扇门就是一扇生死之门。”

在BBC（英国广播公司）一部关于艾滋妈妈的纪录片《艾滋与怀孕》的开头，艾滋妈妈贝基目光坚定，脖子上戴着一个指甲盖大小的水滴形琥珀挂件，她说：“那种担忧的感觉，和每个普通的妈妈一样，但因为艾滋的原因，我的担忧会多上十倍。”那位体型高大，有着一头茂密金发的妈妈说：“那是非常巨大的责任，我未出世孩子的健康，如果出任何问题，都是我的责任。这太残酷了，但愿不会如此。”

几年前，我曾尝试联系那位“小鱼妈妈”，问她：“等我生完宝宝，可以过去看你，当面听听你的故事吗？”考虑数天后，她婉拒了面对面的采访。

这些做了妈妈的感染者们比一般感染者更小心地保护着自己的隐私，她们勇敢地选择要一个孩子，“而孩子让她们更害怕失去，这都是可以理解的”，一位医生告诉我。

在公共场合，碰见经常前来就诊、复诊的感染者，大家都非常默契，“如果她们不主动打招呼，我们也扮作陌生人”。碰见这种时候，医生会远远地望着，心里想着自己手里出生的那个孩子，“活泼健康，很好”。

只有很少的人肯向我——一个陌生人——说出自己的故事。

哪怕是隔着电话线，也能够感受到那种坚定和乐观。与这种疾病遭遇之后，她们大都已经走出了对疾病的恐惧和对自己的否定，进入一种淡然又温和的状态，每天按部就班地生活。

“打定主意要孩子的人，她心理相对来讲是比较成熟和健康的。心要宽很多，能接受很多东西，不会额外去对很多事情特别敏感。那种对（艾滋）这事儿太过于敏感和担心的可能也不会走要孩子这条路吧。”一位妈妈告诉我，她生活在北方的一个二三线城市，有房有车，几年前跟老公一起开了个公司，正处于创业发展期。

“除了定时去医院和每日服药，我觉得我的生活和过去没什么不同，（艾滋）基本上没有打乱我们的生活规划”，菲妈告诉我。她是在孕检时忽然发现自己感染了艾滋，“晴天霹雳，整个人傻了”。

她没有高危行为，丈夫也不是感染者，她的感染原因至今是个谜，然而，这些都不重要了，她记得，拿着诊断证明的她去问丈夫何时离婚的那一刻，那个男人很镇定地跟她说：“没关系，这就是个富贵病，你以后不要太辛苦就行了。”她记得孩子出生三个月的检测，发现完完全全没有感染的那天，她跟老公一起去外面吃了顿饭，“心里一块大石头落地的感觉，忽然间觉得，生活还算比较美好的”。

在接受我采访的感染者之中，有为了怀孕提前一年咨询病友和医生的双阳（感染者）夫妻，两人在备孕前的半年调了药，仅仅因为爸爸常用的某种药物可能有一定的胎儿致畸概率，“必须要百分之百稳妥嘛”。整个生孩子的过程不慌不忙，按部就班，这对夫妻对孩子能够免于HIV感染极具信心，那位妈妈像医学专家一样条理清晰地向我解释：“你知道，很多病毒是不能穿过胎盘的，孩子在母体的时候，基本上都是健康的，母婴感染大部分发生在生产的时候，或者母乳喂养的时候。正常不吃药的话，母婴感染的概率也只有38.4%，而母婴阻断失败的很多情况是用药太晚，母亲在生产时的病毒载量并没有降下来。”

一位医生跟我提到过一个在群里很活跃和乐观的妈妈，“男的潇洒，女的漂亮，孩子上小学了”，其中男的是非感染者，女的是感染者。然而，当我去联系时得知，他们半年前婚姻破裂，妈妈一个人带着孩子，不想接受采访。

在另一个故事中，月子中婆婆发现媳妇在服用抗艾药物，妈妈和刚出生的女儿被赶出家门，孩子的爸爸坚定地站在了孩子和妈妈的一边，一家三口与爷爷奶奶僵持了近一年，终于在孩子的周岁生日时，一家人坐到了一张餐桌上。

孩子让这些妈妈们更强大也更脆弱，大部分接受我采访的艾滋妈妈们带孩子的方式都是“自己带”。极少见的，一位医生告诉我她见到过的一对父母，孩子出生后不短的时间里孩子的父母不敢碰自己的孩子，“他们害怕自己会把病毒传染给孩子，很长一段时间，他们过不了心里那道坎，到现在不敢随便亲孩子”。

一位受访者跟我讲起了她在疾控中心拿药时碰到的一个带着小女孩的妈妈，每次都在疾控现场把药从药盒里拿出来放到她的小药盒里——“我开始以为她是跟公婆同住，不想让老人知道，结果问了一下，她说并没有，家里只有她跟她老公两个人。当时我就觉得特别不能理解，难道她老公也不知道她感染的事情？”

我问这些妈妈们，有没有担心过感染艾滋对寿命的影响，怕不怕不能陪孩子长大？

“据我了解，正常服药的话，活到五六十岁的可能性还是比较大的，也就是说基本上活到孩子成年是没有问题的。我们目前就是给孩子买好保险，然后顺利地往前看就好了，没有因为这方面的问题去单独打算，因为我们心态一直都比较好。”

“可能因为是学医的，知道感染之后我没有特别担心会死去，甚至我还教育过我先生，每个人，从生下来开始就是在等死，这只是个过程，得学会享受过程。至于孩子，我没什么特别的期待，就是希望人生的大起大落不要落到他身上，平平安安地生活，找个老婆，生个小孩。”

我嫁给了那个把艾滋传染给我的男人

女儿半岁，确诊艾滋 9 年

以前我已经认了，人活一世，生老病死都是正常，但自从有了孩子之后，我就特别害怕死亡。我觉得，如果有一天，我不在了，这个孩子将来结婚的时候，她姥姥姥爷可能也都不在了，她就孤零零一个人，将来有一天，她也生孩子，到时候可能一个到场的亲属都没有，我这几天就总想这个问题，最近其实每天都在祈祷，我不要求活到岁数有多大，能看到我孩子的婚礼，还能陪她进个产房就行了，就可以了。

2008 年，我 21 岁，大三暑假，我去餐厅打工，遇到了他。他比我大十几岁，我见他时是他最落魄的时候，生意失败，父亲去世，钱被前女友骗走，通过朋友找了厨师的工作糊口。他平时也不说话，老一个人待着，还会莫名其妙地在走廊上高声唱歌，我就是觉得这人跟别人不一样，挺有意思的，没事儿接触接触，聊聊天，自然而然两人就在一起了。后来我怀孕了，检出了（HIV阳性），是他传染给我的。

最开始是绝望和怨恨，晚上，我会特别想掐死这个跟我睡在一起的男人。我还曾经半夜独自走到镜子前，狠狠抽自己的耳光。我试过跟他分手，有人给我介绍过一个男朋友，也是感染者，同性恋。也有我的中学同学追我，那人条件挺好的，但我后来冷静想想，真的很难想象跟这样一个人睡在一张床上、过一辈子，都是缘分吧。最后我还是跟他结婚了。

孩子是个意外。我吃了避孕药，但验孕棒还是显示出了两道杠。我当时有点傻了，惊慌失措，我第一个电话打给了医生，先问："这孩子会不会感染HIV？"再问："避孕药会不会对孩子有影响？"

生孩子的医院不太好找，我现在住的地方比较偏僻，当地医院几乎没见过我这种病例，他们有的是因为害怕而拒诊，有的是因为不知道怎么处理而拒诊。后来，由李辉老师帮我联系好了医院，我去产检时，医生桌上就摆了一堆的HIV和怀孕的书，很多东西他们也要现学。

有个医生人蛮好的，我在产房时她一直安慰我，不要紧张什么的。当时我脚上长了汗疱疹，她看见了，就问我是怎么回事儿，我就告诉她，没关系，这就是普通的汗疱疹，不过后来我生产时她就不见了……可以理解吧。

孩子带来的，首先是安定，我大学是学护理的，本来的计划是毕业后进医院，过朝九晚五的生活，检测出感染后我就转行了，一直在各大城市辗转，北京上海都去过。年轻时候觉得这样挺不错的，现在年纪大了，确实也开始向往安静的生活，现在我们在一个海边小城买了房，还把父母接过来帮忙照顾孩子，这地方不繁华，但日常过日子挺好。

我爸有时候会问我为什么老吃药，我就说我体质不好，身体免疫力低，所以需要吃药。有一阵他问得勤了，老是问我，这是什么灵丹妙药呀，要天天吃，我就说，不吃这药我就死了。我不知道他有没有猜到，当时，他就是摇了摇头说："没那么严重吧，那你就吃吧。"现在，到了服药的时间，他还学会了提醒我："今天你吃药了吗？"

小时候我爸对我特别严，从来没有夸过我，我感觉在爸爸眼里我就没有优点，因此我特别没有安全感，自卑。自从有了宝宝，爸爸虽然嘴上不说，但行动上对我特别关心。宝宝出生之后，他对孩子的那种喜欢，达到爱不释手的程度。我感觉，对他那么多年的怨恨，一下子就没有了。

婆婆暴怒，要把我赶出家门

女儿6岁，确诊艾滋第7年

我曾经是性工作者，我婆婆一直很抗拒我嫁到家里来，幸亏我老公非常坚持，我公婆终于接受了我，然而，孕检的时候我检出了艾滋。

那时候我每天都在哭，因为之前我已经怀孕流产过四次，如果这个孩子不要，将来要孩子的机会就很小了。最后在医生的建议下，我跟我老公决定留下这个孩子，刚开始把我生病这事儿在我公婆那边瞒下来。

就这样，我女儿出生了，很健康，也很漂亮。

从医院回家，我婆婆把孩子照顾得特别好，对我的态度也改善了很多，每天都给我做鸡汤和蛋羹。直到我婆婆发现了我在吃抗艾药，她几乎是暴怒，当场就要把我赶出家门，让我老公跟我离婚。

我不太想让老公太为难，就搬了出来，但我跟我老公一直在努力改善我们俩跟公婆的关系。

随着女儿一天天长大，而且非常聪明、漂亮，我婆婆也开始过来我们这儿一起跟孩子过过周岁生日什么的，最终，他们也允许我们回家了。我觉得，是孩子的出生，改变了我的生活，给了我一个完整的家庭。不久前，我公婆甚至出钱帮我们开一个小超市，做点买卖。我女儿现在已经上小学了，她在学校成绩很好，我公婆都很为这个孙女骄傲。

老公对我说：就是个富贵病，你不要太辛苦就行

儿子 3 岁，确诊艾滋第 4 年

我是孕检时被检出艾滋病的，当时就觉得晴天霹雳，整个人都

傻掉了。我结婚时的婚前检查没问题，备孕时做过一次孕前检查也没问题，而且没有任何高危行为。我先生后来也去检查，是阴性，我的感染至今是个谜。

我记得从医院出来，我跟我老公说："我想告诉你一件事情，然后你告诉我咱们俩什么时候离婚。"他就问我："到底什么事情？"我说："医生说我得了艾滋。"他说："这不可能，肯定是他们搞错了。"

然后他马上开车带我到当地的疾控中心去了。在疾控中心确认完离开的时候，他跟我讲："没关系，这就是个富贵病，你以后不要太辛苦就行了。"检出之后，我们去咨询了医生，我是高龄产妇，有这么个孩子不容易，就决定要了。我大概花了三个月的时间来消化这个消息。

当时也是特别怕，孩子被感染的话怎么办呀？但孩子生下来，发现完完全全没有感染的时候，忽然间就觉得，生活还算比较美好的。

最害怕的事情没有发生，是心里一块大石头落地的感觉，那天晚上，我跟我老公还特意去吃饭庆祝。

这两年，除了每天吃药和定时上医院之外，我觉得我的生活没有特别大的改变。包括药物反应，有些人觉得吃了之后会迷迷糊糊，没有力气之类的，这些感觉我身上都没有产生过。我觉得我跟从前一样，甚至感冒都很少。

我没有加一些艾滋的聊天群之类的，跟类似情况的人的接触主要是在医院拿药的时候，可能潜意识里希望用不接触的办法，让这件事情远离自己吧。

儿子说：生活就像一场战争

儿子 10 岁，确诊艾滋第 11 年

2007 年，我怀孕了，孕检时检出了艾滋病毒。

最终，我决定把孩子生下来，有个跟你相关的小生命诞生的兴奋是没法用言语形容的。同时，我心里也充满了矛盾。

我感染了艾滋，需要接受治疗，那我儿子呢，他会不会生下就是个感染者？医生向我解释了母婴阻断，给我看了些成功的案例，鼓励我把这个孩子留下来。不过，我觉得，这种情况下，每一个人怎么做都是出于各自的本能吧。

为了把孩子留下来，我开始吃药。儿子刚出生时有七斤一两，母婴阻断非常成功，医生和护士都挺开心。

几年后，我跟我丈夫离婚，成了一个单亲妈妈，跟儿子两个人过，前夫还老是拖欠抚养费。

我儿子现在上小学了，喜欢画画和做模型，有一天他说，他要发明宇宙飞船。儿子是我的希望和唯一的慰藉。有这么一个妈妈，我儿子比同龄的孩子更成熟，也更让我心疼。我手机里存了很多他发给我的信息：

生活就像一场战争。

深呼吸，冷静，冷静。

妈妈，宝宝爱你，那些男人只会害你。

不管你是什么样的，你永远是我妈妈。

下一步家庭计划是要个二胎，买个学区房

26 岁，查出艾滋第 5 年

我和先生是感染之后在一个QQ群里认识的，结婚之前我们是打算不要孩子的，结婚两三年之后就是觉得（经济）条件也还行，身边有好几个类似的朋友也都要上了孩子，我们就想要不也试一下。

准备怀孕的时候，我已经服药四年多了，孩子爸爸服药五年多，之前我们把想怀孕这事儿告诉了我们的主治医生，做了一下调药，我的药没问题，不需要换，孩子爸爸吃的药里有一个依非韦伦，它是所有（抗艾）药物里面唯一可能导致胎儿畸形的。当然，因为是孩子爸爸的药，不换药也是可以的，但会有一定的概率，没人会冒这个风险的，必须要百分之百稳妥嘛。

我们咨询时QQ群里还碰见过一例，因为妈妈在偏远农村，生产时不知道自己是感染者，母乳喂养，大概六七岁的时候孩子去世了，挺遗憾的，也算是个教训吧。

我们当时咨询了很多医生、病友，有一个判断，我们这种情况（病毒载量长期维持在检测不出的水平），基本上没什么好担心的，正常来说孩子是不会被感染的。因为很有信心，我们后来拿到孩子阴性的检查结果也没有特别兴奋。

照顾孩子我们基本上是自己来的，去医院生产的时候孩子爸爸陪，最开始请了一个月的月嫂，老人过来帮了两个月忙，剩下的都是我亲自带。我们俩要孩子这事儿算是顺其自然，也没有想太多，二胎是在计划之中，估计三四年之后吧。

我跟孩子爸爸都是本科学历，他学的是机械，比较有主见，乐观，我学的是财会，我们自己开了个小公司，两三年了，处于创业的发展期。现在家里也买了房买了车，可能算是中产阶层，生活还算稳定，我也能抽出时间来照顾孩子。目前家庭经济方面后期的计划就是买个学区房，尽可能给孩子更好的教育。

[部分案例来源于UNAIDS（联合国艾滋病联合规划署）的My Child and I（我的孩子和我），文中案例因为隐私保护的需要对部分细节进行了模糊处理。

感谢济南市市中区疾病预防控制中心艾滋病防治科科长李辉医

生，复旦大学产科学教授、上海市危重孕产妇会诊抢救中心主任蒋佩茹医生，上海市普陀区疾病预防控制中心艾性科后永春医生，对本文的帮助，没有他们，就没有这篇文章。

如果有艾滋方面的疑虑，后永春医生开发的一个微信小程序“艾查查”可以找到附近的艾滋病检测及治疗机构。]

绝境或生门：我的儿子患有多动症[①]

四年前的一个夏天，北京的天气少见的阴沉。

从北京儿童医院神经内科走出来，我坐在马路边哭着给朋友打电话，告诉她："我儿子被确诊为多动症了。"

放下电话后，我在马路边坐了很久，发呆。儿子不知发生了什么，平时总是嘻嘻哈哈的他，也觉察到有什么不对劲，格外安静。那年，他 6 岁，刚上小学一年级。

我开始拼命地回忆在他成长的过程中，是不是有我忽视的异样，他确实有过几次不对劲：在他十个月体检时，面对盘子里摆的各种色彩鲜艳的小物件，他用小手去抓，手指总是抓不住，社区医院的体检医生看了看，并没说什么；在他上幼儿园的时期，有几次

---

① 本文作者为苏珊。

家长观看小朋友们表演节目，别的小朋友积极地跟随老师唱跳的时候，他发现自己什么都不会，要流眼泪，幼儿园老师留下我说，觉得他不是一个正常的孩子，让我多注意一下；在体育运动上，他一直学不会拍球，跳绳……

坐在那里短短十几分钟，越来越多他不算正常的线索涌进了我的脑海，但我之前却一直没有意识到他是多动症，因为他在行为上并没有特别多的反常状态。

“草把路杀死了”

现在想来，“多动症”这种随意的叫法容易让人误解，它正确的叫法是ADHD（注意缺陷多动障碍），是儿童期常见的一类心理障碍，表现为与年龄和发育水平不相称的注意力不集中和注意时间短暂、活动过度和冲动，常伴有学习困难、品行障碍和适应不良的症状。

注意力缺陷是这种疾病的核心，而多动只是注意力缺陷的表现之一。有的孩子多动表现得很明显，而另一些孩子行动上没有异常，但同样无法集中注意力——而这部分行为上“不多动”的孩子往往会被忽略有这方面的问题。

其实，还有一个更重要的指标，我当时也没有在意——孩子的语言能力发展比较迟缓。儿子说话比较晚，三岁多才学会说话，家人把这归因于男孩子就是说话晚，或者是家里带他的人使用多种方言，他不知学哪个好。

而我，只惊喜于他学会说话之后，运用语言的精准。我还记得他三岁说的第一个长句子时的情景，他走在杂草中，忽然回头说了一句："草把路都杀死了。"

后来我常常记录他的语出惊人，却没有想到他运用语言之所以让人惊喜，是因为他的思维特点，但他掌握语言这种工具所费的时间过长，确实是有问题的。

我最终意识到他可能注意力有问题，是在他上学后。老师反映他上课总是不认真听讲，自己写写画画。

我试着教他拼音，发现他怎么也学不会，而且b和d，p和q，总是混淆。我开始发火，他很害怕，但还是学不会。我开始上网搜，找儿童神经领域的医生，家长们说最好的是北京儿童医院的一位医生——态度好，和蔼。

我知道北京大学第六医院和安定医院可能在精神科方面更专业，但潜意识里是不愿意把他往专业的精神医院送的，还是先去了北京儿童医院。

北京儿童医院的医生确实非常和蔼，问了儿子好多问题，他回答问题时开始天马行空。医生让我带他到一个地下室，做专门的注意力测试。他走进了那扇门，一个小时后，测试做了一半，里面的医务人员探出头来，摇着头对我说："你孩子学习肯定不行，集中不了（注意力）啊。”

她应该是北京本地人，热情又实诚。我带着测试结果找主治医师，她让我别着急，又让儿子拿起笔来随便画画，那时，他迷上了植物大战僵尸的游戏，所以抬笔就画了植物和僵尸。医生认真地看了一会儿他的画，说，他内心非常孤独，因为他的画里没有太阳和花朵。

她没有详细谈进一步的治疗方案，只是让我多观察，但我心里已经知道这件事情无法再拖延，必须正视。

在马路上坐了大约 30 分钟，儿子有点害怕了，抱着我问：“妈妈，我们什么时候走呀？”我们出来的那个院门不是正门，是在一条破旧的小巷里。加上阴天的缘故，一切景物都是灰色的。紧张状态的儿子，安静得让人难过。我也抱着他，说马上就走。那一刻，我心里非常坚定：一定要治好他。

家里人知道我带他进医院检查出多动症后，纷纷抗议，他们的论点还是“男孩子都是这样”，“就是调皮”，“长大了就好了”。

我告诉他们，调皮的正常小孩，不可能连拼音字母都学不会的。他们还是按照自己的经验判断，不以为然。

我理解他们，他们都爱孩子，不愿意认为自己的孩子是不正常的，会回避并且为他的异常找借口。但回避这个问题并没有用，它依然存在，不会消失，还很可能会延误治疗的最佳时机。

后来，我带他去了擅长精神科的北京大学第六医院，又给他做了一次非常详细的测试。从早上九点，一直做到下午两点，儿子和其他等待ADHD测试的孩子一起，在项目间隙，兴冲冲地跑来跑去。

不识愁滋味的他们和忧心忡忡的家长形成了鲜明的对比。我忘不了儿童精神诊断区的氛围，如果一个孩子被诊断有了问题，将是整个家庭的悲剧。

我还记得，有一个孩子被确诊为孤独症。这种病症尚无特效药可以治疗，孩子可能一生都不会有正常的生活。孩子的妈妈拿着诊断书呆呆地站着，爸爸吼叫："呆着有什么用。"吼完，他也呆在那里，一动不动。两个人就这样在楼梯口站了很久。

孩子的世界也有等级制度

北京大学第六医院的测试的结果和北京儿童医院一样——ADHD，儿子的主治医生是国内儿童精神疾病领域最好的专家之一，她看着孩子的病历，也是说让我先观察，说他年龄太小，不着急吃药。

北京大学第六医院开展了一个免费的家长培训课程，以帮助家长更好地了解ADHD，学习正确地管理孩子ADHD行为的方法。负责召集家长培训的医生非常热心，每周六下午都会打电话邀请每一个家长参加培训，而这个集会最终成为了家长的诉苦大会。

每次回来我的心情都特别压抑。一回家，看着窜来窜去、不好好写作业的儿子，就更加火冒三丈。训练中学到的方法，比如要耐心、要进入他的思维去了解他等等，全都被抛到脑后了。

那段时间，他的状态，并无太大改进。而且随着学习程度的加深，他的问题越来越明显。孩子的班主任，是一个刚从师范类院校毕业的姑娘，对他的状态非常关心，常常找我讨论他的情况。每次，看到手机上又有儿子学校的电话，我心里都非常紧张。每次去学校，老师会拿他的试卷给我看，分数都“保持”在个位数。

儿子对此浑然不觉，有朋友问他：“期末考试考得怎么样啊？”他笑嘻嘻地反问：“你猜！”见对方沉默不知如何应对时，他非常贴心地说：“给你个提示，是个位数”，让人哭笑不得。

很快，儿子升了二年级，随着年级的增长，北京市教委对班级教学的考核越来越严，对不及格的比例严格控制。儿子的成绩成了一个巨大的问题，老师再宽容，也无法扛住上级检查的压力，难免对不听话的小孩发脾气。

儿子的课桌被一位负责任的老师调到了第一排，但他还是管不住自己，有一次，一位愤怒的老师直接把他的书包扔到了窗外。

老师找我谈话时，也非常难过和内疚，她告诉我：“这孩子无论我批评他多厉害，每次他看到我，还是很开心地叫我。”但教委对教学质量的考核是把学生成绩放在第一位的，成绩不过关，压力只会越来越大。

很快，孩子会到六年级，面临的将是非常残酷的“小升初”的竞争，他的成绩如果赶不上，只能上非常差的初中，随后是差的高中，最后很可能考不上大学。老师和学生只是巨大的升学压力中的个体，在这个运转迅速的庞大教育体制里，人与人之间基本的温暖和爱，很快会被异化。

儿子回家偶尔会告诉我，哪个老师不喜欢他，开始讨厌他了。我告诉他要反思自己：“你的成绩不好，不守纪律，没有人会喜欢你的。”看着他垂下的脑袋，小声但微弱地抗议道：“可是我人好。”

我无言以对。

社会规则是残酷的，在哪里生活，就要遵循哪里的游戏规则。儿子依旧努力让老师喜欢他，他偶尔发现有一次擦黑板得到了老师的表扬，没有能力改善自己学习状态的他，就拼命地去擦黑板，争取被表扬的机会。有一次他回家，情绪低落，我问他怎么了，他抬起头，眼里含着泪说：“老师不让我擦黑板了。”

小孩子们的世界也有着严格的等级制度，谁学习好，谁学习不好，受到的对待难免有差别。一个总是被老师批评的孩子，在同学面前很难有尊严。他的一年级生日聚会，许多同学来家里参加，他非常开心。等到二年级，被邀请的同学有的就不愿意来了。

随着儿子越来越懂事，他的自尊心也开始萌芽，他依旧很难控制住自己的注意力。要强的性格，加上总是上不去的成绩，和长期被老师、家长批评的状态，他有时开始说谎，变得不自信和怯懦。

我在理性上将这定义为是一种追求完美的性格，和与之不匹配的能力之间的冲突，但感性上，却控制不了自己去批评他，去要求他。

后悔是没有用的

在此期间，我看了许多有关ADHD的文章去了解这种病的成因，结论大都是大脑内神经化学递质失衡，有学者提出了多巴胺、去甲肾上腺素及5–羟色胺假说，但尚没有哪一种假说能完全解释ADHD的病因和发生机制。

在ADHD家长培训班里，大多数家长拒绝让孩子吃药，因为担心副作用，担心孩子一旦吃了药就要终身服药。大家的认知出奇的一致，如果是发烧、感冒等物理性疾病，吃药是很自然的选择；但如果是精神类的问题，家长们往往抗拒药物。

但我认为，如果是生理性原因导致他集中不了注意力，那么只能用医学的方式解决。这就像抑郁症一样。

在他升三年级的那个夏天，我去了安定医院询问用药的可行性，安定医院的专家告诉我，ADHD患者的治疗大多是用药控制，而且吃了药是马上有效的。但治疗ADHD的一线药物利他林，有一个副作用是抑制孩子食欲，会影响孩子的生长发育。儿子那时的体重只有50多磅（1磅约为0.45千克），非常轻，医生不建议马上用药，等他到10岁，看看体重增长的情况，再决定是否用药。

他还说了一句话，让我非常后悔没有尽早带儿子去确诊ADHD，他说多动症的最佳治疗期是2~6岁，那时不需要药物治疗，心理和感统①训练就会有效果。

后悔是没有用的，很多事情不能重新来一次，我们能做的只有往前看。

在美国治疗ADHD

在他上三年级的那个冬天，我有了一个去美国的机会，顺便了解了一下美国的ADHD的治疗情况，我吃惊地发现，美国4~17岁的儿童，被诊断为ADHD的占11%，其中43%的儿童使用药物治疗，还有相当比例的儿童采用药物和行为治疗结合进行的方法。

在那里，ADHD并不是一个疑难杂症，有的医生甚至不认为这是一种疾病，而是一种性格状态。他们认为患有ADHD的小孩，对自己感兴趣的事情会非常专注，许多天才都是ADHD患者。

我虽然因此感到轻松，但不会拿“天才”一事自我安慰。能成为天才的只是极少数，而因为ADHD蒙受损失的人却是大多数，至少这种缺陷，不能让他们之中的绝大多数发挥自己所有的才能。

---

① 又称感觉统合理论，指人体通过自己的感觉——诸如视觉、嗅觉、味觉、触觉、前庭和本体觉等，对外界环境进行感知，将处理后的信息输入大脑，大脑对输入信息进行加工处理并做出适应性反应的能力。——编者注

幸运的是，单亲妈妈的我遇到了现在的先生，他鼓励我带孩子来美国治疗，并接他过来一起生活，他认为一个和谐的家庭环境，对我儿子的成长和治疗是有帮助的。我深深感动于他在有关我的所有事情上体现出的善良、宽厚和责任感。

2016 年冬天，9 岁的儿子来到了洛杉矶。我在洛杉矶机场接他的时候，正遇见人们进行反特朗普驱赶非法移民的游行，儿子非常好奇地围观。我看着他小小的背影，不知一句英文也不会说的他能不能融入这个陌生的环境。

先生把家搬到了一所小学的旁边，儿子顺利进入那所小学，那个小学的评分是九分，算是非常不错的学校。负责接待新生的老师告诉我，他不用降级，可以直接读三年级。我担心他的英语不够好，老师非常有信心地告诉我，没关系的，他很快就会学好英语的。

美国小学的教育环境非常宽松，分数并不是唯一重要的教育标准。学生们早上 8：20 到校，下午 3 点就放学，孩子们一大半的时间都在进行体育活动。学校的操场，铺满了整齐的绿草，占整个学校 3/4 的面积，每次经过学校，都能看到小孩子们在操场上玩耍。儿子虽然不会说英语，但很快就在体育活动中交到了几个好朋友。

加州大学洛杉矶分校的诊所，是整个加州地区治疗精神疾病最权威的诊所之一。儿子来美一个月后，我帮他预约了加州大学洛杉矶分校 ADHD 诊所的医生，儿子的医保不覆盖这家诊所的费用，因此第一次检查的费用是我们自费的，高达 800 美元。接待我们的医生用英文和我聊了一个小时儿子的情况，在对他进行测试时，发现他无法用英文沟通，她马上给我们推荐了离我们住所比较近的华人医生。

她告诉我，ADHD 在美国非常普遍，一般的儿科精神科诊所就可以治疗，没有必要到这里的诊所。我们走的时候，她让工作人员把所有的费用都退给了我。

她推荐的医生姓黄，是台湾人。他只有周末出诊，其余的时间，在加州儿童监狱做心理医生。

第一次确诊大约用了一个小时，他给了儿子一支笔让他画画。儿子只用了五分钟就画满了整个画纸，画的线条极其幼稚，弯弯曲曲。随后，他把医生给他玩的弹珠滚得满地都是。黄医生非常耐心地了解了他的情况，测试了他的身高和体重，决定让他先服用一个月最小剂量的利他林——这是美国诊所治疗 ADHD 使用最多的药物，如果合适的话，再慢慢加药。

我记得他第一次服用药的那个下午，给他吃药之后，我去超市。我出发的时候，他正拿一本写给儿童的历史书在看，三个小时后，我回来，发现他还在看。不知为什么，我的眼泪马上就流了出来。随后，我又有些担心，认为历史是他感兴趣的事物，也许不用药，他也能专注那么久。随后的一个月，我拿数学题来测试，在一个小时内，他做了一百道非常简单的加减乘除题目，即使题目非常简单，做这么大的量，也需要注意力非常集中。然后是他最不感兴趣的英语，以前背一个单词，他都要磨蹭半个多小时，但服药后背单词的速度是一分钟一个。看到治疗效果，我百感交集，那个不自信的小孩，开始变得越来越自信。

我去接儿子放学时，发现这个小学有“special education”（特殊教育），一些脑瘫儿童被老师用轮椅推着抵达校门。我想了解是否ADHD儿童也需要特殊教育。去开家长会的时候，他的班主任霍特小姐，非常开心地告诉我，他是一个非常可爱的男孩，数学很棒，很擅长交朋友。我谈到他的ADHD问题，问他是否需要特殊教育。霍特小姐告诉我，ADHD在美国小学非常普遍，完全不需要特殊教育。那次家长会，是我在儿子上学后，开过的最开心的家长会。

但他在服药后，食量明显降低。集中注意力不是问题了之后，吃饭成了他最严重的问题，我换着法子给他做糖醋排骨、小笼包、红烧肉……这些之前他听到就要流口水的菜，现在却动也不动一下。而且服药的另一个副作用是血压增高，儿子的血压增高得也很快，第二次复诊的时候，医生说这种药可能不适合他。

在朋友的建议下，我又换了另一个医生，这个医生有二十几年治疗ADHD的经验，他一开始就反对用利他林这种一线药物进行治疗。他认为利他林的副作用会对儿童的生长发育产生负面影响。他建议用盐酸胍法辛进行治疗，这种药是一种肾上腺激素抑制剂，2009年获得美国FDA（食品药品监督管理局）批准上市，成为治疗儿童及青少年ADHD的又一种非中枢兴奋药。

儿子试用这种药之后，食欲有了显著的改善，但注意力不如服用利他林时改善明显。他的治疗还在进行当中，医生告诉我，盐酸胍法辛这种药会随着他年龄增长，疗效变弱，那时还会有其他的替代方案。

走出防御状态

两位医生都谈到，用药之后，ADHD孩子的注意力和正常孩子没什么区别，而且许多孩子在他们高中时就可以自然痊愈。我问医生，如果不治疗，等到高中他是否会自然痊愈。医生告诉我，那在他的成长过程中会遭遇许多心理问题，需要家长时刻关注，运用心理治疗的方法帮助他。

我确实发现，在儿子之前的经历中，因为多动症总是招致他人批评的他，在社交中心理会出现一种防御状态，在和他人产生冲突时，容易觉得别人针对他。有一次，他在学校哭了，因为觉得别的同学欺负他，反复问我是不是因为他是中国人，他们才故意对他不好。

我直觉上觉得不太可能，因为这个小学有不同种族的人，孩子们都习惯了同学们是不同的种族。我约霍特小姐聊了一下，霍特小姐说他们只是普通的玩耍，然后打闹过程中会碰疼，这是很正常的。

他的这种心理状态，医生认为虽然不是ADHD的直接症状表现，但ADHD儿童往往会出现这种反应，因为在他们的成长环境中，受到外界和家庭的指责比较多，导致心理上出现防御状态，这是药物难以解决的。他马上推荐了一个心理辅导师给我们。药物治疗和心理干预结合，是美国ADHD治疗的常规途径。

那一刻，我真的非常庆幸在儿子还算小的年纪，接受了ADHD的治疗。如果他继续留在国内，没有系统治疗，他很可能从小到大都被贴上一个“差生”的标签，会被认为笨或者不努力，被同龄人排斥，没有信心，心理问题可能会越来越严重……我不敢深想。

儿子现在来美国已经一年多了，他已经是小学四年级的学生，交到了许多好朋友。学校和老师对孩子是鼓励式教育，老师几乎天天称赞他们。分数不是重要的指标。

有一次，老师跟我讨论儿子的问题，是因为发现他笑一个脱衣服脱不下来的小男孩，小男孩因此哭了。老师告诉我，应该教育他，在别人有困难的时候要帮助，而不是嘲笑。随后，她又加了一句，不要责怪他，只需要告诉他应该怎么做，他是个好孩子。

有时，和他走在街上，听到有熟悉的同学兴奋地叫他的英文名字，他也兴奋地跑过去打招呼。以前对他来说千难万难的做作业，他竟然很轻松地就完成了，而且为了考一百分，也会反复地复习。当他发现他的努力可以达到他想要的结果时，他开始用努力的、正面的方式追求完美。当没有学业和分数的压力时，他性格深处的一些柔软的、积极的部分开始慢慢生长。我发现他性格中的善良、敏感在一个充满友善的环境中会让他变得越来越有力量，而不是越来越脆弱扭曲。

当大环境不再追求分数、不再追求高升学率时，我的心态也逐渐放松，愿意慢慢地和他沟通，给他讲作业时也比以前有耐心了许多。他说：“妈妈，你以前脾气特别大，你一发火我脑子里就一片空白。现在，感觉好多了。”

这一年，也是我和他相处最密切的一段时期。之前的我，总是认为人生的自我实现只有工作，现在我认为做一个负责任的妈妈、妻子也是非常重要的，与儿子的相处让我看待这个世界、看待他人的角度都会有改变，让我可以更柔和、更有层次地去理解这个世界。我很享受用更多的时间陪伴他，了解他的思维、情感，和他一起面对这个陌生的环境的过程。而美国小学宽松的教育环境，医学界对ADHD系统化的治疗，以及整个社会对儿童的爱护，都帮助我们越来越有信心地面对不可知的未来。

明星病人：国内存活最久的艾滋病患者[①]

作为国内存活最久的艾滋病人之一，孟林有意无意地被打造成为这个领域的明星，他参与和见证了中国抗击艾滋病事业大跃进式的十年，改变了一些人和事，也因此割断了他的前半生和后半生。

明星病人前传

坐在佑安医院太平间旁的一间小平房里，孟林抬头望向一根大烟囱，他为自己做过最坏的打算——“把骨灰往马桶里一冲就完事”。

这是 1996 年的初春，孟林 35 岁，佑安医院在这个废弃多年的

---

① 本文作者为刘璐。

麻风病房里开展了一次针对艾滋病的中药试验，和孟林一起的，还有另外四个艾滋病人。

20 世纪 90 年代对艾滋病来说是最黑暗的年代，在医学界，艾滋病约等于死刑，20 世纪最重要的发明之一——鸡尾酒疗法，还在美籍华人何大一博士位于纽约洛克菲勒大学艾伦 · 戴蒙德艾滋病研究中心的试验室里；在公众眼里，作为一种经由性和血液传播的疾病，艾滋病和淫乱联系在一起，被认为是肮脏的、见不得人的疾病。

孟林有一次因为生意上的某个问题，被公检法机关的工作人员找到。他们拉着孟林走在街上，对着路上的行人喊，“大家离他远点，这人是艾滋病”。

“艾滋是‘资产阶级腐朽生活方式的产物’”，“同性恋是一种需要治疗的疾病”，20 世纪的孟林也是这么想的，第一次与男性性交时，孟林甚至流下了屈辱的眼泪。

一些医生穿着严实的防护服，如临大敌。病房旁边就是太平间，死离得很近，生离得太远。

和孟林一起参与试验的病友，一位来自重庆，因为吸毒感染艾滋；一位日语翻译，有老婆和孩子；一位是舞蹈家；还有一位，是援助非洲期间拔牙感染的，被判定为工伤。孟林的标签是“没人管的”，检查出艾滋之后，他就和家人决裂了。

家里的大哥问他：“你打算怎么办？”孟林想，滚蛋的饺子留客的面，就对哥哥说："我想吃饺子。"饺子煮好后，孟林用塑料袋包上碗筷，拿着行李就要出门。

母亲出了屋，问他要去哪儿，他说要出国。母亲什么也没说，看着他提起行李，离开了家。

孟林逃一样地下了楼，跑得飞快，想着自己反正要死了，就把铺盖卷也扔了。很多年之后，孟林才知道，他离开之后放在家里的所有东西都被烧了，几个星期，楼道里都是刺鼻的消毒水味。

只有徐莲芝一直给孟林发短信，嘱咐他多吃苦瓜、香菇和鸡肉。

徐莲芝是孟林的主治医生，鸡尾酒疗法问世后，出于医务工作者的本能，徐莲芝想看看，这个药对中国的艾滋病人到底有没有用。徐莲芝问了当时住在佑安医院的5位病人，有没有人愿意一年花20万元，吃这个药来试试看有没有效果。

很奇怪，得了艾滋病之后，活下来竟然变成了孟林唯一的追求——从前，他可是因为自己的同性恋身份而吞药自杀过。

孟林要做的选择非常简单粗暴，要么吃，要么死。在做出了这个选择之后，孟林将看到自己的命运和同吃同住的病友们走上两条完全不同的道路。

那段时间，他拼命赚钱，经营公司，每天最多有三四个小时的睡眠时间，白天跑市场，夜里盘点一天的销售情况，调整备货清单，想方设法让有限的资金最大效能地流转起来。那是孟林人生最富有的时候，只不过他全部的钱都要用来买药保命。

但徐莲芝也没法肯定，这个药一定就能帮到孟林，为此，佑安医院还和孟林签了“生死状”。孟林又一次成为小白鼠，只不过，这次他是一只特别的小白鼠，他如果成功了，将会有很多人的命运因此改变。

1996 年底，孟林把 10 万元人民币换成美元交给邵一鸣，邵一鸣去美国开会帮他把药带回来。

邵一鸣原本在位于日内瓦的世界卫生组织总部工作，享受着高薪和外交官待遇。这位年轻的中国顾问提出了一个宏大计划——利用各国的实验室建立全球HIV分离与鉴定网，追踪世界各地HIV-1的变异，以掌控艾滋病在全球的流行趋势，为诊断试剂的更新换代和疫苗研究提供指导。

在 20 世纪 90 年代初，中国的艾滋病疫情出现蔓延之势，邵一鸣选择回到中国，即便当时全世界都还不知道怎么应对艾滋病。

作为早期病人，孟林获得了来自这个后来成为中国疾病预防控制中心艾滋病首席专家的庇护，当药品被海关扣押，邵一鸣说这是科研用药。

1997 年 1 月 20 日，孟林拿到了药，“漂洋过海，历经周折，粒粒如金，贵重无比”，这意味着他的人生可能即将被改变，孟林又一次痛哭起来。

药物给孟林带来了巨大的副作用，恶心、呕吐、视力模糊，一到晚上就头痛欲裂，医生、护士和病友都听到他不停地撞墙。即便是这样，孟林也不会让病友知道，更不会当着他们的面吃这些药，“这对于他们来说太残忍了，等于是让他们看着我有机会活下来，而他们没有”。

很快，他和病友的命运就产生了分歧。

药物在孟林身上的副作用减轻了，他知道自己得救了。

随后和孟林一起入院的舞蹈家去世了。半年之后，日语翻译也走了。离开的前一天，日语翻译的家人戴着手套，远远站着，孟林走到他身边，拉起他的手。

越来越多认识的人因为感染艾滋离开。再后来，就传来戴哥快不行了的消息，戴哥和孟林曾经有过亲密关系，他们互相都不追究到底是谁传染了谁。和日语翻译一样，戴哥躺在床上等死，他双目已经失明，头发稀疏，完全不像年轻时那么帅气。孟林抚摸着他的手臂，讲起他们以前的故事，戴哥偶尔还会露出微笑回应他。戴哥的伴侣王永站在旁边，轻轻对他说：“你就安心走吧。”

孟林给戴哥的家人打电话，对方说：“你们好事做到底，直接给他处理了吧。”护士隋雪英和戴哥关系很好，她打破沉默，上前为戴哥擦拭身体。她是老北京，懂得如何让离开的人走得体面，她帮他刮了胡子，换上新的中山装。孟林和王永在旁边，流着泪告诉隋雪英，如果他们走了，她也要这样为他们送行。

在那样的社会环境下，即便是亲人也不愿再抚摸他们一下，他们总是被迅速推进旁边的太平间，随后化成轻烟。孟林为此感到难过。

大跃进式抗艾运动

孟林继续吃药。

直到2001年9月11日，纽约世贸中心发生恐怖袭击，从此孟林再也联系不上为他提供药物的美国医生，孟林的药物来源断了。

2002年，孟林的一位英国朋友去香港出差，顺便帮他从英国捎上一些药物。他们约在香港见面，孟林到香港第一天，就接到家人的电话——母亲病危，他没等拿到药物就往回赶，但还是没能见到母亲最后一面，这是他终生的遗憾。

也是在2001年，联合国艾滋病中国专题组发表了一份“泰坦尼克”报告，报告估计，中国当时的艾滋病病毒感染者有80万~150万人，到2010年将达到1000万人。

联合国向中国发出了一个大红色的警告：“中国正处在艾滋病灾难的边缘，一艘巨轮正在撞向冰山。”

“1000万”这个数字不断重复在中国的政府官员、卫生防疫系统官员，以及媒体口中，对中国人对艾滋的认识产生了巨大影响。

和它相提并论的例子是“乌干达因国民感染艾滋病致使国民生产总值下降30%，泰国因国民感染艾滋病致使国内生产总值下降

20%，乌干达、赞比亚、津巴布韦、博茨瓦纳和南非等国人均预期寿命下降二三十岁”，这些信息极大影响了公众对艾滋的认识——“艾滋病防治关系经济发展、社会稳定、国家安全和民族兴衰”。

但很快有人意识到恐慌的漏洞。根据清华大学公共管理学院社会政策研究所执行所长李楯的统计，从艾滋病传播进入增长期的1995年算起，10年时间，中国的国民生产总值并没有像联合国报道里那样出现大幅下降，相反，国内生产总值快速增长了一倍，即便在艾滋流行较为严重的河南和云南，经济增长也和国家整体保持一致水平。2006年，中国卫生部、联合国艾滋病规划署和世界卫生组织对艾滋现状进行了联合评估——中国的HIV感染者和艾滋病人数为65万人。

对此，李楯抛出了一个触及根本的问题，这个问题至今还没有得到一个准确的答复：“是因为艾滋病危及人的生命和健康，哪怕是非主流社会的，处于边缘的，选择了为主流社会所不赞同的生存方式的人（使用毒品的人和多性伴——如从事性产业工作的人）的生命和健康，必须关注艾滋病问题，去帮助那些不管是因为什么原因不幸感染了艾滋病的人和有可能感染艾滋病的人，还是因为艾滋病会危及经济增长才去关注艾滋病问题？”

艾滋问题在中国的社会性被忽视了，但艾滋恰好又因为它的社会性而得到如此多关注：

疾控部门会关心女性性工作者是否会感染艾滋病，这是基于项目里具体的指标要求，但女性性工作者是否被抓，是否被打，是否没有饭吃，性产业与其具体存在的社会的关系等问题无人问津。

无论如何，中国政府对艾滋防控做了大力投入，胡锦涛主席和温家宝总理看望了艾滋病人，温家宝总理更是在河南和艾滋病人及其家属一起度过了农历新年，国务院发布通知，表示"艾滋病防治关系经济发展、社会稳定、国家安全和民族兴衰"。中国在艾滋病的政策和法律的推进、资金的投入，与国际和国外机构的合作，及对感染者及病人的救治方面，力度都是空前的。

21 世纪的头几年，中国和世界都发生着巨大的变化，中国逐渐开放并和国际社会达成一些合作与认同，但在这种合作间又存在着某些理念上的错位。

从"泰坦尼克"报告开始，国际组织就试图将一些理念带入中国，比如，反歧视，不应将艾滋病只作为"医学问题来对待"。这个过程自然产生了一些不适，导致一些理念被中国政府拒绝。国际组织也放弃了自己的立场，最终两者在对抗艾滋上达成了一个共识，局面变成李楯说的——"过于狭窄和过于医学化的"中国艾滋病防治工作。

相关医疗机构和协会都一头扎进其中，中国从 2003 年开始得到"全球基金"（全称为"全球艾滋病、结核病和疟疾基金项目"，于 2000 年在八国首脑会议上提出，为应对世界性的艾滋病、结核病和疟疾的肆虐设立的一个筹资机制）的资助，仅仅两年时间，中国就从“全球基金”得到 3.9 亿美元的资助。

这场针对艾滋病的事业到最后所拥有的内涵远远超过了它起初的期望。它本来是和结核、疟疾并列出现的一个疾病，到最后却因为它涉及的社会群体之复杂，金额之巨大而发生了转变。

它被提升到政治和经济上的显赫地位，这个显赫地位为这个疾病的患病者带来了好处。从 2004 年开始，中国的艾滋病人能吃上免费药品了。

然而孟林不行，孟林是在免费药物出现的那年夏天被邵一鸣诊断为全面耐药的，国外还有最后一组药可以救他，如果不行，就真的无药可救了。

孟林在日记里写：“我再也没有办法将这个可以致死的病毒从我的躯体内赶出去，十年来，我用了将近两百万人民币来行贿死神，才得以苟延残喘到今天。两百万元对中国人来说意味着什么？意味着倾其毕生也未必能及的天文数字！而我却拱手送给了我看不见摸不着但却真真切切时时刻刻都在威逼着我的死神。时至今日，我仍没有满足它的胃口，只要我活着，我就要不断地向它进贡，我想当我一切合法的以及不合法的收入都消耗殆尽时，也必将是我的生命终结之日。”

孟林的药物来源一直不稳定，他想办法从印度买仿制药，这个渠道不稳定，时常断药，他又全国各地托关系看谁在服一样的药，到处周转。其中一个叫托马斯的广州人，在好几次孟林情况危急时，都为他提供了药。

孟林就这样一直活到了 2004 年，他竭尽全力平常地活着。但当死不再是最大的恐惧，生却又变成了难题，孟林又开始酗酒、赌博、纵欲，以纸醉金迷的生活麻木自己。孟林已经 43 岁了，如果真的死了，他觉得自己的灵魂都不愿意回看这具躯壳一眼，他就像随意的一粒沙，或者一片树叶。

为了药

在西方国家的经验里，如果一个疾病要得到社会的关注，它会选择和公众产生一种强烈的情感联结作为手段。明星病人是其中一个有效介质。

1948 年，在一个温暖的星期六的夜晚，波士顿一位充满野心但缺乏资金的肿瘤医生西德尼 · 法伯通过电台节目把吉米——一个身材瘦高、金发蓝眼、天真无邪，却在肠内长有一种罕见的淋巴瘤的男孩介绍给了美国听众，吉米坐在病床上接通了主持人爱德华兹的电话，他告诉爱德华兹自己是个棒球迷。

在法伯的安排下，吉米喜欢的棒球明星们也参与了这档节目，他们给了吉米一个惊喜，突然出现在他的病床前，用高亢、热烈，但不怎么在调上的歌声为他演唱了一首歌：

带我去看棒球比赛，

带我跟大伙儿在一起。

给我买点花生和爆米花，

我不在乎是否回得了家。

演播厅为此沸腾，最后两句歌词暗含的心酸也让很多人落泪。

这次节目持续了8分钟，吉米说了12句话，他极少提及的“癌症”像幽灵一样潜伏在听众心中。听众的反应让人惊讶，不到一周时间，滚滚而来的捐款就已经达到23万美元。在闷热的夏日夜晚，身着球衣的少年棒球联盟的队员们带着锡罐挨家挨户募捐，棒球场的四周也摆满了为吉米募捐的锡罐。

这件事情让癌症走到了公众的聚光灯下，改变了这个疾病在人类社会的轨迹。

法伯认识到：“针对癌症的运动就像一场政治运动：它需要偶像、吉祥物、形象和口号；它既需要广告策略，又需要科研方法。任何疾病，想要提升到政治层面上的显赫地位，就得进行推销，正像政治运动需要推销一样。一种疾病，要想实现在科学层面的转变，首先需要政治层面的转变。”

在更早之前，对美国人来说，有一个更赫赫有名的明星病人也起到了这样的作用——他们的总统富兰克林·罗斯福先生。罗斯福是小儿麻痹症的受害者，起初，作为总统候选人的罗斯福展示在公众面前的形象都是被精心策划后的腰部以上形象。1936 年，罗斯福以惊人的选票数连任，胜利带来的信心让罗斯福有勇气重返他的初衷，他启动了小儿麻痹症国家基金会项目，这是一个为促进小儿麻痹症研究和宣传而设的支持组织。

这个组织推动了小儿麻痹症的研究热潮，好莱坞和百老汇的明星们也加入了募捐活动。十年之后，美国的医疗工作者研究出了第一剂针对小儿麻痹症的疫苗。

这种让人热血沸腾，有公众参与的奇迹般的发展进程在中国不曾有过。当外国组织进入中国时，他们基于本能地在中国寻找这样一个明星病人。

孟林看上去并不像一个艾滋病人。至少人们不会把他和媒体上千疮百孔的艾滋病人形象联系在一起。他绝对不是一个底层的形象，穿得体面讲究，面容白净帅气，也很会逗人开心。这样的形象，在同志圈里不难找到伴侣，也有过一些女性追求他，甚至想和他结婚。至少佑安医院的护士隋雪英第一次见孟林时，没想到这样一个人会得艾滋病，他看起来不像会做“那些事”的人。

最重要的是，当时的孟林是一个活了 10 多年的艾滋病感染者，他是中国第一批吃到抗病毒药物的人。无论是对于国际组织，还是中国政府，他都是一个极有价值的存在。越来越多的人劝孟林走出来，他能说会道，有能力，会“忽悠”，各个机构都在挖掘这样一个感染者。

像孟林一样存活下来的感染者不止一个，但正是因为孟林的良好形象，政府需要他出来说些什么。相比起来，感染者更愿意听感染者的经验，而不是看官员们居高临下地站着说话。只要你听听孟林是怎么做的，你就可以活得像他一样好。

孟林对此一开始并没有什么远大的计划，甚至有些逃避这份工作，他不想“艾滋病”的标签影响他的生意，也影响他的个人生活。

一个20世纪50年代出生的北京男性，家住在王府井边上，有慈祥的母亲和沉默的父亲，家里人对他的殷切希望是结婚生子、事业有成。作为一个同性恋，这已经让他觉得罪孽深重了。

孟林本来不是一个对公共事务热心的人，更多时候他都靠一种本能的需求来生活，这也是他早年大多时间都在酒吧、酒店待着的原因之一。他是在东单公园约会被“逮捕”的同性恋之一，当李银河和王小波找到他时，他不想被一帮学者当成研究对象，他认为自己是一个实用主义者，对自己有用的，他才愿意尝试。

有一天隋雪英带孟林去了郊外的一个关怀艾滋病毒感染者的民间团体。孟林戴着墨镜，遮遮掩掩，和他们分享自己如何吃药，怎么活下来的，需要多少钱，有什么副作用，如何养生。看到那么多迷茫的感染者对自己说的话充满渴望，孟林有一种把自己压抑多年的生活一吐为快的感觉，同时，他意识到这些话对他人的生活是有益处的。孟林终于感觉到自己的人生有了一点意义。

孟林并不否认，最终让他下定决心真正走出来的，还是药。多个国际NGO表示愿意给孟林提供二线药物。

孟林对此心怀感激，也在徐莲芝、隋雪英的鼓励下，他下定决心，一定要为艾滋病人做点什么。孟林是在这个背景下被推入这场轰轰烈烈的运动中的。他犹犹豫豫，各种情绪交织，当然，药还是他最主要的目的。

明星病人

项目。项目。

中国的艾滋防控事业就是在一个个项目中被展开的。

无数的项目在那几年比雨后春笋冒出得还快，有段时间，作为感染者的孟林，竟然能直接拿到政府拨下来的款项，来找孟林的人络绎不绝。

各种组织开始来找孟林，希望他能参与他们的论坛或活动。孟林开始全国各地到处飞，做培训、发表演讲。他也开始接受无数国内外媒体的采访，虽然他说“我的回答大部分都是在胡说八道”。

孟林成立了自己的公益组织“爱之方舟”，还拥有了一间办公室，就在佑安医院，和隋雪英共享。从前，作为感染者，在诊断室里，孟林他们和医务人员都被严格分配了各自的椅子，不能随便乱坐。当然，后来隋雪英回忆说，官方这样安排，也是为了方便监管孟林。

隋雪英已经退休7年了，我们坐在佑安医院附近的一个茶馆里，她向我回忆起自己这段和艾滋相关的人生经历。她怀念1996年到2000年的这段日子，2000年之后，涌进来的钱多了，一切都变了味，让她痛苦又难忘。

孟林是她的好朋友，他们曾经许过关于死亡的承诺。用隋雪英的话来说，孟林这样一个感染者，是“千呼万唤”才出来的。“当时的项目书里，多少个都带着孟林的名字，去四川也叫他，去云南也叫他，去山西也叫他，孟林是一个香饽饽，所有人都想听他讲话。”

就在那间办公室，南来北往的人，希望能和孟林达成同盟，一起为艾滋病人做点什么。孟林手里有做不完的项目，隋雪英坐在一旁，作为朋友，提醒孟林，“有的人只是冲着你的钱来的”。

那个时期，对于孟林来说，意义重大，他走出了曾经那间阴暗陈旧的病房，走进了一个新的天地，虽然这里仍然离太平间不远，但这个办公室阳光充足，光明正大，再也没有人像恐惧病毒一样恐惧他了。隋雪英说：“孟林成气候了。”

虽然都是明星病人，但癌症病人和小儿麻痹症患者身上没有“原罪”，他们大都善良无辜，是命运不幸的可怜人，而艾滋病却处在社会污名的最中央。

孟林作为一个“明星”，同时更深沉的一个身份是病人，对于这种行动中的双重性更有体会。

当孟林接受了中英项目戴闽的邀请，到疾控中心下属的中国健康教育所工作时，中国的艾滋防控事业已经初具雏形，至少，官方已经在国外NGO的“教育”下全面宣发了“反歧视”的口号。

上班第一天的中午，孟林像一个普通职工一样往职工食堂走去，却被一位领导叫住，“孟林啊，你就不要去食堂吃饭了”。那个时刻，让本有些得意的孟林又陷入窘境中，他不得不回到现实面对这些尖锐、刺痛的打击。孟林气愤难抑，转身离开。

每个艾滋病人都要面对这样的打击。

2004年，在搜狐十大新闻评选颁奖礼上，新任“预防艾滋病宣传员”央视主持人周涛说：“我们能够成为宣传员，一方面说明我们都是幸运的健康者，没有传染上这种可怕的病毒。另一方面说明我们的生活检点，没有那些不良嗜好。”

这无疑是往艾滋病人群中扔去了一颗炸弹。

孟林去张家界参加过一个会议，闲聊时，一位从事艾滋病防控工作的参会者说：“国家花那么多的钱给艾滋病人治疗，不死不活的，还不如他们都死光了，好把这些钱用来帮助可怜的下岗工人。他们早点死了，我们的工作也好做了，流行是零了，也就不用做什么干预了。”

孟林很生气，在他主管的感染者论坛上发布了这个事情。一些部门和机构的领导也很生气，不过他们是针对孟林的行为，最终他们以各种方式表达对孟林的不满，并严词要求他删除帖子。中英项目的主管领导也受到来自各方的压力，对孟林进行严厉批评，并要求他立即删除论坛上的帖子，孟林都一一拒绝了。

李楯问过这样一个问题：“在艾滋病的防治中，以‘关怀’为名的种种行动，在‘不歧视’‘保护隐私’旗号下的种种做法，是基于‘策略’的考虑，还是基于价值理念的必然？”

孟林对成为一个公众人物感到情绪复杂，一方面，他固然能享受到一些好处和便利，但这也代表着他必须放弃静悄悄活着的权利，必须把自己暴露在人前。

真身被曝光是一个意外。

作为代表，孟林要在“世界艾滋病日”发表一个讲话，有电视台来拍摄，孟林不想露面，事前他找好了一个扮演他的演员。但演员在讲话之前因为紧张临阵脱逃了，孟林只好戴着墨镜和帽子亲自上阵。更大的意外是，他没想到自己的发言未经任何处理，就被电视台播出了。

在很长一段时间里，孟林提起这个事情都咬牙切齿。那一天他的电话被打爆了，曾经生意上的伙伴纷纷打电话来责问他，一些人语气粗暴，言辞中的惊恐与歧视非常明显。

孟林是在一种被迫的状态下，不得不和自己的前半生切断了联系。

被迫离开了生意圈的孟林，经济来源被切断。但孟林没有追究电视台的责任，虽然他创建的艾滋NGO“爱之方舟”正是倡导病人维护自己权利的组织，可他个人还是放弃了维权，他害怕更大范围的伤害。

但更长一段时间之后，他承认这个事情让他彻底卸下心理包袱，可以更痛快地投入艾滋防控的事业里了。

不想当吉祥物的明星病人

孟林的激昂、能言善辩、心怀远大愿景是在后来才被激发出来的。他并不想就这样被当成一个漂亮的吉祥物或传话筒来使用。

可以说，投入抗艾事业，对于孟林来说，从最初的“想拿点药”，到后来变成了他的全部精神世界。

那几年，孟林付出很多精力和金钱在抗艾事业上。他从一个成功的商人，变成一个要学习所有与治疗艾滋有关的事物，阅读政府下发的所有有关艾滋的文件的社会活动参与者。他创办的公益组织走南闯北，尝试从具体事务上帮助其他艾滋病患者。

不知道这是不是陀思妥耶夫斯基说的“我不能成为没有别人的自我。我应该在他人身上找到自我，在我身上发现别人”。

但有的人不喜欢孟林，他做事不懂规则，说话露骨，带有明显的江湖气，讨厌他的人甚至觉得这是他素质不高的表现。他不像学者那样满腹经纶，也不像南方人那么委婉客气，有时候看起来就是毫无章法。

李楯是身怀家国理想的学者，有一次他对孟林说：“在这片土地上，没有了中国传统的君子，也没有英国那样的绅士、美国那样的公民，有的只是一些流氓、无赖。”孟林却嬉皮笑脸地回答：“我就是无赖。”

而且在几年轰轰烈烈的抗艾运动之后，中国的艾滋病在医学层面得到了控制——至少它不再暗藏经济垮掉的危机。

那么艾滋作为一个社会问题已经成为翻篇的历史了吗？2017 年底，在盖茨基金会举办的一场艾滋早期检测的会议上，我问了疾控专家吴尊友这个问题，他没有给我明确的答复。

现在已经和 1995 年有了很大不同。医学的进步让艾滋病不再和死刑画上等号，中国艾滋病人的社会结构也和当年有了很大不同。在一定的科普和社会关注下，这个疾病已经不让人那么绝望了。

孟林现在处于半退休状态，平静地过着自己的日子，艾滋病毒安静地驻扎在他体内，很多年下来，没有出现什么大毛病。

不过，就像“大跃进”不解决根本问题，艾滋病人仍然有各自的困境，例如，孟林仍然赶着在退休前往全国各地地跑，感染者的手术权利等问题还面临困难。

孟林一直在回避旧日的朋友，唯有一次发小的聚会，孟林开车到了聚会的饭店，但他突然改变方向，跟发小打电话说：“不行，有特别急的事情……”装出忙忙碌碌的样子。

他不知道见面后能跟朋友们聊点什么，他不能告诉朋友们，他经历了什么，也无法面对“你结婚了没？”“孩子呢？”“做什么工作？”这类最基本的社交问题。

孟林和我坐在北三环一个装修颇为讲究的茶馆里谈及往事，音响里放着琵琶弹奏版的《青花瓷》，离这里不远的一个地方有北京最大的同性恋公益组织，他们也做维护HIV感染者权益的工作。再远一点的东三环，有中国最大的男同性恋社交软件公司，他们拥有几千万用户，广告铺到伦敦和巴黎的地铁，未来的愿景是到美国敲钟，他们希望利用自己的平台优势，把“互联网＋HIV防控”措施向海外推广。

一切都不一样了，一切似乎也没什么不一样。

乙肝："中国第一病"25 年兴衰史[①]

不管是从对整个社会影响的广度还是深度来讲，乙肝是当之无愧的"中国第一病"。

《柳叶刀 · 胃肠病学与肝脏病学》上 2018 年发表的一项研究称，以 2016 年为时间节点，全球有近 3 亿乙肝感染者。根据这份研究所建立的模型估算，中国大陆仍有 8600 万名乙肝感染者，感染率 6.1%。

得益于乙肝疫苗的普及，比起 20 世纪 90 年代高峰时期 1.2 亿名乙肝感染者、近 10% 的感染率，中国大陆无论是感染率，还是绝对的感染者人数都有所下降，整个中国从乙肝的高流行区进入了中流行区。

---

① 本文作者为李珊珊。

乙肝是一种现代病，然而它的大规模传播，却往往是因为现代化进行得不够。

这种数百年来默默无闻的病毒因不安全注射、输血的流行而兴起，也因为一次性器械的使用，全人群的大规模疫苗接种而走向衰亡。

而我们今天所面临的恰是这种病毒的传播史上最微妙的转型期——可预防、可检出，却仍无法根治。

一个更让人忧心的数据是，在全球范围内，目前需要进行抗病毒治疗的感染者9400万，但仅有5%，也就是480万乙肝感染者接受了有效的抗病毒治疗。未经治疗的乙肝病毒会导致肝脏的纤维化、肝硬化和肝癌。

把疫苗接种作为这个阶段控制乙肝病毒传播的主要手段是一个理性的选择，然而，如何对待那些已检出却尚不能根治的感染者却在考验着这个社会的文明程度。

“等我们这一代人去世了，（中国的乙肝病毒携带率）就跟西方一样了”，一位乙肝感染者这样对我说。

1.2亿，笼罩在乙肝阴影下的大国

缪晓辉的诊室里没有消毒水的味道，诊室里不那么素白的墙面，不那么冷冰冰的座椅，医生桌上偶尔放着的鲜榨果汁，和那套先进的远程会诊系统都在彰示着这是一间非常现代化的诊室，然而，诊室里这位知名的乙肝专家医生的问诊，却会莫名地让人有一种回到了20世纪七八十年代的感觉。一整个下午，这里的病人大多出生于20世纪70年代末和80年代初。乙肝携带史几乎与他们的年龄相当，距离他们第一次发病也有二三十年了。

在每位病人至少30分钟的专家门诊里，我听到医生让助手在病历上写上："父母严重肝病史对患者有较强的负面影响……"

若未得到适当治疗，20%~30%的慢性乙肝会发展为肝硬化和（或）肝癌。

在全球的肝硬化和肝癌患者中，因乙肝引起的约占30%~45%，而在中国，这两个比例分别为60%和80%。

因为那个年代尚没有大规模的接种计划，20世纪80年代出生的那批人是中国最后一批面对乙肝呈现完全无保护状态的孩童，对那个年代出生的孩子而言，目睹了父母因肝癌、肝硬化身亡的痛苦经历，而自己又是个乙肝病毒携带者，那情景就像头上悬着一把达摩克利斯之剑。想到这一点，我觉得我可以理解缪晓辉诊室中时常氤氲着的那种情绪，它们或来自患者本人，或来自患者的亲人，带着焦灼、惧怕与期盼。

目睹长辈在乙肝、肝硬化、肝癌三部曲中挣扎，给这些年轻的携带者带来了严重的精神负担。而父母和子女都是乙肝病毒携带者的事实进一步加重了家庭的经济负担，又加上乙肝歧视的现状，虽然乙肝病毒一般情况下并不影响感染者的工作能力，但携带乙肝病毒这个事实却往往成了整个家庭“因病毒”致贫的原因。

在赵玉泓的《中国第一病》一书中，她曾经借大学生乙肝携带者欧阳子岩之口描述了当年的情况：

“我的家乡是个依山靠海的小村庄。靠山吃山，靠海吃海，可这山这海不养人，当地居民得肝病的人特多，有的甚至全家都是乙肝，其中一小部分不幸者逐步发展为肝硬化、肝癌。HBV（乙型肝炎病毒）病魔肆无忌惮地和着乙肝散步的死神之乐狞笑地狂舞着。他的家乡很贫穷，看不到江南水乡常见的小桥流水幢幢洋房，有的只是散落的破墙旧屋，为治病他们听信广告上所谓的专家们言之凿凿的诱导与宣传，吃药无数，花钱无数，各种治肝药几乎掏空了村里人的钱袋，病情却毫无起色，而患者却像滚雪球越来越多……”

在那个村子里，欧阳子岩的爸爸妈妈都是乙肝病毒携带者，他们的两儿两女也都没能幸免，全部感染了乙肝病毒。而因为闭塞和无知，下一代中又有两个孩子因母婴垂直传播生下来就是乙肝病毒携带者。那里人人“谈肝色变”。

1992 年，邓小平的南方谈话，奠定了中国改革开放的总基调。

也是在这一年，中国乙肝防控史上同样进行了一次重要调查，那是新中国成立后大规模的全人群乙肝血清流行病学调查。

那次调查的结果显示，在当时的1~29岁的人群中，乙肝病毒携带率（表面抗原阳性率）为9.75%——远远高于8%，属于世界卫生组织定义的“高感染区”。

2007年《柳叶刀》杂志的一篇题为《乙肝在中国》的文章提到，这里生活着1.2亿名乙肝病毒携带者，大约是全球携带者总数的1/3。

也许是挟着这个“十人一乙肝”的威力，中国作为一个“乙肝大国”的声誉在国际上不胫而走。直到2009年，在旧金山的地铁站上仍然有用中文写的公益广告：“小心乙肝。”

1.2亿中国人是如何感染上乙肝病毒的？

乙肝是一种现代病，然而它的大规模传播，却往往是因为现代化进行得不够。

作为一种血液传播的传染性疾病，乙肝病毒的传播途径有母婴、血液及血液制品、破损的皮肤黏膜和性接触。那么，乙肝这类血源性的传染病在原始社会是怎样传播的呢？

《剑桥人类疾病史》中描述了这样的场景：病毒存活于路边锋利的石头和荆棘上，人们赤脚并穿比较少的衣服，人可以一生始终处于易传染或易受感染的状态。在当时，这种病毒并不会对日常生活有太多影响，因为乙型肝炎的急性发作通常不致命，而大部分人活不到肝硬化或者癌变的时候。

而到了近代，医源性传播成了乙肝病毒传播的一个重要途径，这在学术界也是一种共识。尽管在16世纪的木乃伊肝脏中就曾检到过乙肝病毒基因，但许多学者认为，乙肝病毒流传甚广主要发生在医学技术发达的现代。这个悖论出现的原因是乙肝主要通过血液和体液传播，而在没有输血、手术、打针和器官移植，在技术上缺乏先进手段的蒙昧时代，血液的交换并不普遍。现代医学的很多手段能够轻易地突破人体的天然保护屏障，为乙肝的传播提供了极大便利，从这个角度，这是一种现代病，然而它的大规模传播，却往往是因为现代化进行得不够。

《逼近的瘟疫》——一个获得过普利策奖的记者写的一本关于传染性疾病的书——中曾经提到，一位世界著名的乙型肝炎专家唐弗朗西斯在1978—1983年曾参加了三次调查，调查研究的对象是美国的医源性乙型肝炎传播："巴尔的摩的一名牙医曾将病毒传播给六名病人；康涅狄格州的一名口腔外科医生在1978—1979年间感染了百余名病人；而密西西比州的一名妇科医生在1979—1980年感染了三名做手术的妇女。"这位公共卫生专家分析，上述三例传播，按常规使用手术手套后都将不再传染——乙肝病毒主要通过血液和血液的接触传播，这种接触可以用一层乳胶隔开。

而25年前，生活在中国的那1.2亿名感染者，他们是如何被感染的?

我问缪晓辉："在您门诊上的病人，感染乙肝的主要方式是什么？"

他告诉我，他所碰到的病人，80%以上源于母婴传播。

虽然不是遗传疾病，但因为20世纪七八十年代几乎没有母婴干预的概念，"乙肝世家"的情况在前去医院就诊的慢性乙肝患者中并不少见。

而在1996年出版的由彭文伟主编的《传染病学》一书中提到，母婴传播占我国婴幼儿HBV感染的1/3。

浙江传染病研究所的刘克洲在其1992年的论文中提到，当时的中国，"乙肝表面抗原阳性母亲生出的婴儿六个月内有24.3%~45.0%的乙肝表面抗原呈阳性"。

在《中国第一病》中，五位文章主角的感染原因分别是：两位出生于"肝炎世家"，一位是理发时被划破了个小口子，一位是不明原因，还有一个小朋友在打破伤风针时因共用针头被感染。

我问了一些20世纪80年代出生在中国的乙肝携带者，他们是怎么感染的。

"应该是打针吧。小时候的卫生室，一个酒精灯，架着一个铝饭盒，里面煮着针头，有时候人太多，针头刚放进去涮涮就拿出来用了。"

"小时候打预防针，小朋友排成三排，每排用一个针头。应该是那时候被感染了。"

"不知道。"

你的家人有人是乙肝病人吗？

"我也不知道，我父亲在我五岁的时候就去世了……好像是因为肝病……"

1967 年，美国一位生物学家首度阐明了乙型肝炎的形成；1970 年，人类观察到完整的乙肝病毒颗粒；1972 年，美国法律正式规定每一个献血者的血样必须经过乙肝表面抗原的筛查，所有血库必须对每一个血样进行检查。在中国，对乙肝病毒的正式研究始于 1973 年。那一年，北京大学附属人民医院检验科主任陶其敏教授开始研究乙肝并建立了中国第一个乙型肝炎表面抗原和表面抗体的检测方法，但一直到 20 世纪 80 年代，中国才全面实施了对献血员的乙肝表面抗原筛查。

在中国并没有像唐弗朗西斯所做的那种回溯性调查，不过，文献中能够找到 2000 年北京佑安医院对来其医院就诊的慢性乙肝患者进行过一次传播途径调查，那是我所见到的类似调查中涉及受访者最多的，那次调查的受访者有 400 名。

佑安医院调查发现，在乙肝疫苗未使用的情况下，"垂直传播占被调查者的 39%，且母亲阳性较父亲阳性更易传染给下一代；医源性感染的主要感染途径是注射和口腔就医，分别占被调查者的

20.5%和9.8%……而肯定由输血传播和手术传播的比例合计只有1%”。其余还有针灸2例（0.5%）、文眉2例（0.5%）。在1998年发表于《实用预防医学》上的《口腔科常用钻针乙肝表面抗原污染调查》则显示，当时被调查的口腔科常用钻针的乙肝表面抗原阳性率几乎有11.1%。

虽然佑安医院的那次调查规模极其有限，但也基本反映出了各种乙肝病毒传播途径在中国的比例。

母婴传播之外，大量的乙肝感染者的感染原因是共用了消毒不彻底的针头，而像口腔就医这类的医源性感染在经济条件比较好的城市地区所占的比例也不容忽视。

毫无疑问，20世纪末，因为对艾滋病传播的促进而为公众所知的“血浆经济”在乙肝的传播中也做出了不小的贡献，然而，因为乙肝感染率的巨大基数，这个贡献看上去显得不那么显眼。

即使在20世纪80年代对血液全部进行乙肝表面抗原检测之后，那些乙肝表面抗原呈阴性，血浆中仍能检测到乙肝病毒DNA（脱氧核糖核酸）的血液样本，仍然有一定的概率令受血者感染上乙肝。直到2014年使用核酸检测的方法对血库中的血液进行筛查，才完全杜绝了因正规输血染上乙肝的可能。

也就是说，直到2014年，我们才终于能用上“干净”的血源。

在中国，乙肝病毒感染有过爆发期吗？

肝脏是一个“沉默”的内脏。

“肝脏上没有神经，你不会感到疼痛，很多肝癌患者发现时已经是末期，无法治疗了……”在斯坦福大学的亚洲肝脏中心拍摄的一系列慢性乙肝病人的故事中，台湾演员金素梅这样提到。金素梅曾是琼瑶片中的女星，拍摄过李安的电影《喜宴》。34岁那年，她被诊出肝癌，息影、手术，之后从政，主要的公众活动之一是呼吁台湾的乙肝病毒携带者不要忘记每年的常规肝脏检查。金素梅体内的病毒来自她的母亲，是母婴垂直传播。

乙肝不是一种会迅猛发作的疾病，从携带者发展到肝炎中间至少有一二十年，很多时候，不做血检，感染者并不会意识到自己已经感染了乙肝病毒。单纯的乙肝病毒对肝脏一般不会造成特别严重的影响，然而，乙肝进入肝脏细胞后，在某一个时刻，人体自身的免疫系统会被激活，疯狂攻击那些被病毒感染但尚算完好的肝细胞，这便是急性乙肝发作了。肝细胞被免疫系统攻击，或是被病毒蚕食，丧失了正常的功能，便容易形成肝硬化，而在这类的刺激持续下，肝癌可能会随之而来。

作为一种嗜肝性DNA病毒，这就意味着它必须躲过血液中免疫系统的攻击，以一定的数量成功到达肝脏后才能完成一次成功的感染，面对成人成熟的免疫系统，小股的乙肝病毒往往很难顺利完成传播的任务。乙肝病毒的另一个特征则是，一旦它建立慢性感染，就很难清除。身为一种经历过残酷的进化选择的古老病毒，一旦建立感染，乙肝病毒会先把存储了自己遗传信息的cccDNA储存在肝细胞的细胞核中，即使细胞外的病毒全部消灭，储存在肝细胞中的cccDNA仍然可以为它完成传宗接代的任务。这也就意味着，一旦感染，乙肝病毒将很难被完全清除。

《慢性乙型肝炎防治指南》中提到，并不是所有的感染都会发展成慢性乙肝，很多感染发生后，免疫系统会在不知不觉中干净漂亮地把病毒解决掉。5岁之后的乙肝病毒感染者中，仅有5%~10%会发展成慢性乙肝，但若是5岁以内的幼儿时期感染乙肝病毒，会有25%~30%的概率发展成为慢性乙肝，而若是在围产期感染乙肝病毒，会有90%的概率发展成慢性乙肝。这也就意味着，5岁之前的儿童在乙肝的防控工作中极其重要，不论任何办法，疫苗或是别的什么，只要确保孩子们在1~5岁，尤其是围产期没有被乙肝病毒入驻，他们将来感染的概率也就很微小了。

在网络上，有人因1970年东亚乙肝病毒携带率5%的数据进而认为中国要达到1992年接近10%的携带率，必然是在20世纪60年代到90年代曾经经历过一个爆发。然而，当年的流行病学调查数据中的年龄分布否认了这种可能。

从1992年的流行病学调查数据中可以看出，0~30岁之间，各个年龄段的感染率几乎是一条平稳曲线，起伏不多，也少有峰值。

崔富强解释：考虑到乙肝病毒的传播主要发生在5岁以内，“这说明，其实在20世纪60年代到90年代期间，中国的乙肝感染率很可能是一种持续的状态，而且，几乎没有特别大的波动。小规模的爆发可能有，但并没有记录显示曾经有过任何大规模的爆发”。

文献搜索中可以看到针对武汉、通州等地在1960—2000年间肝炎流行情况的分析。这些分析显示，2000年之前的40年间，流行年份和暴发疫情以甲型肝炎为主，而乙型肝炎疫情则相对稳定。

在那40年里，这种病毒不冒进也不退缩，以一种稳定的水平，跨越着代际，在每一代人中都保持着一个差不多的感染率，这听上去像个神话。不过，考虑到这种病毒本身的特性——它习惯无声无息地进入宿主体内，适度又克制地进行自我复制，之后从一个细胞传播到另一个细胞，整个过程宿主都不会有任何症状，宿主与病毒达到一种短暂的、临时的，也是极其脆弱的生态平衡。这么看起来，病毒与感染者达到一种平衡也并没有什么难以理解的。然而，在一个相当高的携带率背景下，这稳态的脆弱与它的危险同样显而易见。

遗失的20年和被牺牲的一代人

根据美国的全国营养和健康调查的数据估算，在中国的乙肝病毒携带率超过9%的20世纪90年代初，美国的乙肝病毒携带率约为 0.44%。

是因为中国人，或者黄种人对乙肝更易感吗？

中国肝炎学科泰斗、病毒学家庄辉回答："目前尚无证据表明，黄种人比白种人更易感染乙肝病毒，主要是我国乙肝病毒母婴传播率高，再加上过去不是用一次性注射器，消毒措施不严格，水平传播也较高。也可能与我国流行的乙肝病毒毒株有关，我国的主要病毒是C基因型，它不易治愈，更容易变成肝癌和肝硬化，而美国的流行毒株主要是A基因型，相对好治。"

1963 年，美国生物学家第一次发现了乙肝的表面抗原，1967 年，首度阐明了乙型肝炎的形成——乙肝是一种病毒性疾病，这种病毒可以通过血液传播。1972 年，美国法律正式规定每一个献血者的血样必须经过乙肝表面抗原的筛查，所有血库必须对每一个血样进行检查。1981 年，第一支大规模生产的乙肝疫苗通过了美国FDA的审批，正式在美国上市。根据美国CDC（疾病预防控制中心）的数据，1987—2004 年，急性乙型肝炎的发病率下降了 80%。

在中国乙肝感染者的巨大基数下，疫苗是唯一的救赎，这一点，大概从一开始就是专业人士们的共识。然而，疫苗接种在当时的困难是一个字：钱。

中国本土的乙肝灭活疫苗正式得以获批生产是在 1985 年，但当时的疫苗是利用乙肝携带者的血清和血浆进行纯化灭活后制成，产量低、成本高，且具有一定潜在的危险性。

1992 年，中国乙肝疫苗的接种纳入了免疫规划管理，这句话的意思是：自 1992 年 1 月 1 日起，政府要求所有新生儿出生 24 小时内、出生后 1 个月和 6 个月时各接种 1 针乙型肝炎疫苗，但不强制要求，且家长需自己支付疫苗及其接种的费用。“当时我们国家还穷”——一位乙肝领域的流行病学家这样告诉我。

这种国家负担不起的状态一直持续了 10 年。这 10 年间，当时的卫生部部长陈敏章在自己的胰腺癌手术后特意向当时的总理朱镕基提出了自己的遗愿——建立一个肝炎防治基金会，免费为西部贫穷老百姓的孩子接种乙肝疫苗。陈敏章去世那年，中国肝炎防治基金会成立，这个基金会最初的工作重点就是为西部贫困儿童免费接种乙肝疫苗。

到 2000 年，相关专家联合上书国务院，建议为所有新生儿免费接种乙肝疫苗。2001 年 11 月，建议被采纳，2002 年 1 月 1 日起，乙肝疫苗纳入免疫规划。

疫苗的接种是收益巨大的，根据估算，1992—2005 年，我国直接和间接用于新生儿乙肝疫苗接种总投入约为 53.48 亿元，而获得的总效益约为 2728.25 亿元，投入产出比超过 50 倍。因为疫苗的接种，1992—2014 年，全国有约 9000 万人因预防接种策略而免受乙肝病毒感染，减少了近 2400 万名乙肝病毒表面抗原携带者，减少了由肝硬化、肝癌等引起的死亡 430 万例。

2005 年，乙肝疫苗被纳入了国家一类疫苗，全部免费接种。

在 2005 年的世界卫生组织西太平洋分会上，讨论到新生儿乙肝控制目标，曾有人提到过一个要求，到2012年，把5岁以下儿童的慢性乙肝病毒感染率降到1%以内。当时考虑到中国人口的巨大基数，控制目标被改成了："到2012年，把5岁以下儿童的慢性乙肝病毒感染率降到2%，最终达到1%。"

免费疫苗接种9年后，到2014年的全国肝炎血清流行病学调查中，5岁以下儿童的携带率已经降到了0.32%，新一代至少不需要重走前人的路了。

如果把免费疫苗接种作为乙肝大国的一个救赎，那些无法根治的感染者则是一种责任。然而，在这个尴尬的时代，乙肝表面抗原的检测越来越简单方便，然而彻底祛除体内的乙肝病毒却始终未能做到，这使得今天的乙肝病毒携带者处于一种很微妙的地位。

WHO（世界卫生组织）的文件指出："与感染者共用餐具或炊具、感染病毒的母亲进行母乳喂养、拥抱、接吻、咳嗽或打喷嚏"，均不会传播乙肝病毒。然而，对于这种消化道传染病，流言一直未曾停止。20世纪90年代，从《中央国家行政机关录用公务员体检项目与标准》到1976年的《中国食品卫生法》和2006年的《食品安全法》，都对乙肝携带者设置了毫无依据的职业禁入。

对于当时的情况，一位相关专家解释道，那时候的立法程序跟现在不同，"可能未邀请肝病学专家参加，否则是不可能被写上的"。

在很长一段时间里，"服务"于乙肝病毒携带者的体检、代检成了一个颇大的产业。2003 年，“小三阳”的乙肝病毒携带者周一超因未能通过公务员体检，绝望杀人，一种长久的压抑得以爆发，数亿的乙肝病毒携带者及其家属开始了公开地对歧视的反击。乙肝群体的抗议，从当时因为有国外组织协助而更为成熟的艾滋病反歧视运动中吸取了不少经验，一定意义上，艾滋和乙肝这两大传染病塑造了今天的中国公共卫生相关的公众参与的形式和样貌。

采访中，我见到了 1987 年出生的雷闯，他是近 10 年来乙肝相关的公民运动中一位最重要的代表人物。从致力于消除乙肝歧视的大学生开始，雷闯公开乙肝病毒携带者身份，按照新版的食品安全法去办理食品从业的健康证，休学一年，用DV（数码摄像机）去记录招聘中的乙肝歧视……后来，雷闯做了自己的“亿友公益”——意思是为中国上亿乙肝病毒携带者的朋友——而目前亿友的工作已经不仅仅是消除乙肝歧视，在促进药物可及性方面，他们也已经做了不少工作。

2006 年，中国 1~59 岁的人群乙肝病毒携带率为 7.18%，整个中国从乙肝的高流行区进入了中流行区。“等我们这一代人去世了，（中国的乙肝病毒携带率）就跟西方一样了”，一个女孩告诉我。她是 20 世纪 80 年代生人，在外企工作，乙肝病毒携带者，她的男友对此非常理解，“他还会参加我们的反歧视活动”，她对自己将来生一个健康宝宝，以及活得健健康康很有信心，“只要规范合理地治疗，这不是什么绝症”。

余生请多关照：我得了红斑狼疮[①]

一

我终于熬过了冬天。

2017年的整个夏天，我几乎都在湿热的南方度过，似乎是在努力逃离熟悉的一切：医院、户籍所在地、上海、朋友、家人和老师。由于要坚持服药，我到深圳公租房附近的社区诊所看诊。

还没等我开口，医生问我："你在哺乳期？"

"啊？"

"哦，我看你的样子，就问问。"医生露出了尴尬而不失礼貌的笑容。

"我就是来开一些安眠药，艾司唑仑、佐匹克隆、酒石酸唑吡

① 本文作者为周河清。

坦，都可以。”

“只有艾司唑仑。”

“行。”他埋头写起处方笺。作为精神科二类药物的安眠药，是有配药计量限制且需要医生处方笺的。

“顺便问问，这里有没有激素和免疫抑制剂？”

他抬起头：“谁吃啊？”

“我。”

“你是什么毛病啊？”

“免疫系统的问题，红斑狼疮和皮肌炎。”

“哦。”他对终于解开谜团表现得很欣慰，搁下笔，说：“那你肯定有高血压！”

他拿起血压计，拽过我的手，绑好手臂，看着水银柱：“你看，上压 ×××，下压 ×××，明显高血压嘛。”

“哦……”

为了打破沉默并表示礼貌，我又说：“我的医生说，这类激素导致的问题停药就好，是吗？”

他大笑起来：“我还从来没听说过得你这种毛病可以停用激素的。”

直到那一刻我才知道，之前的治疗过程中，无论医生或护士，对于患者们的各种严重副作用“停药就好”的说辞就是一剂让人安心治病的安慰剂而已。

在秋天的时候我回到户籍所在地，在一次检查中，报告上一切指标已经都正常。可是我的身体却依然延续并发展出更多的不良症状：

乳房、腰部、上臂膨胀，出现遍布的肥胖纹——原理、观感和妊娠纹很像，都是皮肤弹性纤维断裂所致；关节各种莫名肿痛；由于免疫力低下，非常容易感染各种各样的其他疾病；除了药物副作用，伴随着生活质量的下降以及社会认可度的下降导致的严重抑郁……但是同时，糖皮质激素是免疫系统疾病的主要治疗方式，尽管无法根治，但它也能控制病情发展。

后来，经过医生确认，以上那些副作用是由于免疫系统疾病的治疗涉及糖皮质激素的大量运用导致人体出现的库欣综合征（Cushing's syndrom）。

这就意味着：不治疗我会陷入原先的免疫系统疾病，治疗则陷入库欣综合征。

为什么此前治疗的时候医生没有如实告知我这一切？这些问题几乎出现在每一个用药的病友身上，医生显然是知道但并没有如实告知，我需要的并不是什么安慰剂。

为了摆脱库欣综合征，以及对这一场医患关系已经不再存有完整的信任，我自行停药了。

然后，冬天，我的指标反弹上升，又开始新一轮免疫系统疾病的反应，为了不那么讨厌当时的自己，我在大把的精神类药物中麻痹自己，几乎很努力地让自己维持无知无觉、浑浑噩噩的状态。

关于是否能停药的问题，后来我尽自己所能，问过很多医生。大部分医生告诉我不可能，有些说可能可以停药，但是这样的病人很少。

在出院、服用激素的治疗过程中我也出现各种感染、肾脏功能的问题，最后甚至开始跛足，我的主治医生都告诉我停药就好。所以当我第一次得知我的病在普遍认知领域需要终身服药时，是非常崩溃的。因为我只做好了短期使用激素治疗，一年内停药的打算。

我自行停药，除了不理性的一面，也有部分原因是，认定自己在与医生沟通环节对其失去信任而导致的必然的失败。

我想，大多数病人需要的还是医生对一切现有及预判问题的坦诚相告，而不是为了达到治疗目的去做各种善意的欺瞒和无谓的安慰。由于慢性病患者存有回归社会的需求，只有获知实情，他们才能对未来的生活有所规划，因此我个人不会介意医生一遍又一遍地和我反复申明激素的副作用——这恰恰是我之前治疗过程中缺失的一环，导致我在不断冒出来的各种副作用中渐渐走入黑暗隧道，丧失了信心。

二

我得的是慢性疾病，意味着余生都要与疾病共处。

经常有人对我说，“早日康复”。

这是句运用普遍、顺口且善意的祝福。但人不是机器，医学手段更是有限，能修理一下就好的毛病其实不是多数，理解和接受慢性病患者需要终身关注自己的疾病情况，与之抗衡，似乎不是一件特别能被广泛认知的事情。

“康复”的另一层含义还意味着完全恢复原有的社会职能、生活状态，这对于大部分的重疾病患是一种无形的压力。因此，尽管明白探望者说出这句话背后的善意，我自己探望病人还是不会说“早日康复”，因为站在我自己作为病人的角度，这句话带着一种祝福者不易察觉的残忍。

我知道大家都是善意，却都一时无法积极应对。

有人对我说，你不要这么在意容貌这种事情，其实，我压根就不在意自己美了或丑了，因为样貌变化导致的种种外界辨识的困难才会构成烦恼。

在办理港澳通行证的时候，出入境人员围在电脑前，窃笑起来。他们反复对应我的身份证、护照照片，问我：“这都是你吗？”几天后我接到电话，我所在的出入境管理局工作人员要求我重办之前的身份证、护照和大陆居民往来台湾通行证（以下简称大通证）。

“可是我只是在吃激素，这是阶段性的，接下来 10 年我不是一直都是现在这样子的。”

“这我不管，系统里识别不出来。”

我直接挂断了电话。

后来有一次，从上海浦东飞去高雄的时候，我被海关工作人员拦了下来。系统里的我和证件上的我对应不起来。身份证、大通证和入台证上的我像是三个人，而证件上的我和站在他面前的我看起来或许也一点都不像。我掏出自己的病历，说自己在接受治疗；我央求着，之前高铁延误、地铁故障、领登机牌的时候我都是最后一个人了。他们并没有对此有所回应。我的证件被收走，我如坐针毡。终于，一个工作人员走来，远远地说道："是她是她。"

整个航程不过两小时，我一下飞机就飞奔了过去。如果又要关小黑屋，或又要遣返，我也想早点处理完。高雄海关工作人员对着证件露出疑惑表情的第一秒我就赶紧像开机关枪一般埋头解释："我知道看起来不像，是病了在吃激素，我随身带着病历，有需要可以看一看，前面也把我扣下来了……"她用温柔的国语安慰起我来："没事啦，看得出来是你，你还是美美哒！祝你这次来台快乐咯！"

不得不说，那一刻我热泪盈眶。

大半年，所有可以刷脸打开的应用我都无法靠刷脸登陆。

好处嘛也有，买不起，也不用买刷脸开机的iPhoneX了。

三

有一种非常流行的说辞：这个人之前很好，后来得病了——真可惜。

社会希望和要求人是健康的，能够承担社会责任的，因此病态的人便因为看起来"是病人"而被排挤在正常人的社会活动之外。

2016年我翻译了一本书，一年后出版了。这本自传的作者是个因年幼时遭受老师性侵而身心受到严重损伤的钢琴家。通过音乐和写作的向外倾诉，他获得了第二次好好生活的机会。

2016年底，我刚开始住院，在还没有得到确诊时就担心自己赶不上原本承诺要去配合的书的宣传活动。为此，我与编辑有过沟通，回复是没有问题。可情况却在我确诊抑郁症之后有了180度的扭转，我的编辑认为我不能胜任任何活动，哪怕我的精神疾病医生认为以我的情况，如果有社交的动力和需求，去响应一下还是可以的。

编辑的拒绝对我而言是非常绝望的:因为我哪怕躺在病房里都一直在规划未来的工作和生活，为书做宣传一直是其中一部分，而且这是我比较确信、反复沟通后确认要去做的。抑郁症对我来说其实也并不陌生，我被确诊，意味着我在积极应对，并努力控制。

如果抑郁症被认为是丧失工作和社会能力的精神疾病，那么去出版一本同样有抑郁症的精神疾病患者所著的书籍，意义何在？原本我以为这本书能给人带来的精神力量，在我眼里被瞬间击得粉碎。

这件事也让我意识到作为病人，随时要面对社会对疾病，尤其精神疾病的曲解和歧视。但我不想选择直接大声斥责，更希望自己通过正面、理性的剖析去做一些引导。

我一直追的一部美剧《国土安全》中，女主角是个躁郁症患者。

我很痛苦地看到这一季的留言都是评价女主角相貌丑（然而丑或不丑与成为一个好的探员有什么关系呢？）、CIA（美国中央情报局）是不可能雇用一个神经病的。为此我特地去查了CIA的招募条件，其中完全没有提到精神类疾病会作为不被聘用的一个条件。

患病是很少有人不需要经历的事情，我们需要理解被打造成弱势群体的病人，我们每一个人也都很轻易会在一段时间内或比较长的时间里跨入疾病的王国。比同情、怜悯的态度更好的是同理心：既然大家都有可能得病，我们身边多多少少都有病人，有一部分女性都会经历妊娠和生育的过程，那么我们是否可以——并且应该多站在他们的角度上思考问题，不要去靠捏造出一种弱势群体的假象而剥夺他们的诉求，而是了解和满足他们的需要，理解他们的困难和能够奉献的社会价值，多多地为他们的生活创造机会，珍惜每个人的存在价值，让每一个人都更有尊严、有权利，并履行职能和义务地过完一生？

四

发胖变形的我身体指标接近常人，尽管也会有一些浮肿、肥胖、高血压、关节疼痛、免疫力低下的问题。

而清瘦的、化了妆的我，虽然看起来比较顺眼，可身体却在承受着新一轮的疾病困扰（包括被粉底和遮瑕膏遮掩得看不到的），并且因为医保已经完全用完，没有信心和恒心持续治疗，停药已经长达小半年，我的身心渐渐陷入瘫痪状态。

你所见的往往只是表象。

这也是我写这篇文章的初衷，并不是出于哀怨或者愤怒，而是为那些被误解的处于疾病世界的人发声：

美与健康都是相对的，是否患病是存在社会建构的，哪怕我们再努力不屈服，既然疾病是一个既定的、无法改变的事实，那么需要改变的就是社会对于疾病的偏见。

神经衰弱：一个有中国特色的精神疾病[①]

这可能是中国名声最好的一种精神疾病，哪怕是在精神疾病患者被骂作“疯子”“神经病”的年代，这种极具中国特色的精神疾病都非常被人乐于接受，甚至很多人不吝于给自己贴上这样一个标签——神经衰弱。

最近一个公开声称自己患有神经衰弱的名人是薛之谦。在贴吧里，声称自己罹患神经衰弱的病友们用了数十万个帖子交流病史和经验，知乎上则在热烈讨论神经衰弱的体验，甚至是“患者应该怎么活下去”这个问题

精神科医生也时常遇到需要休假开假条的病人，他们要求医生写神经衰弱，而不是精神分裂，或是抑郁症。

神经衰弱曾经在中国非常盛行，在精神疾病的门诊中，一度有

---

① 本文作者为曾鼎。

1/3，有的地方甚至高达 80%的病人被诊断为神经衰弱。

以致当哈佛大学的阿瑟·克莱曼（Arthur Kleinman）在 1980 年访问中国的时候，为此感到震惊。彼时的西方已经找不到神经衰弱的患者，而中国的神经衰弱发病率高得骇人。

这位身兼哈佛医学院和人类学系教授的美国人，中文名字叫凯博文。他是 1949 年以来第一个到中国大陆研究精神医学的西方学者，日后被尊为全球医学人类学的鼻祖。

随着凯博文等精神医学学者引入争议，神经衰弱自此开始了它在中国的正名——尽管今天这个疾病在中国社会仍被时常念叨，但精神医学领域对于它的专业诊断已不多见。

这个极具中国特色的精神疾病在中国的流行和衰亡，对文化的渗透，疾病的隐喻以及背后文化精神病学的争议，演绎了一段独特的历史。

被当成"垃圾桶"的神经衰弱

1980 年夏，凯博文在湖南长沙的湘雅第二附属医院精神科门诊的记录中发现，神经衰弱是这里最常见的诊断。一个星期内，这里的精神科门诊接待了 361 名病人，有 1/3 的病人被诊断为神经衰弱，而在凯博文曾经执教过的哈佛大学和华盛顿大学的门诊部门，他从未见医生给出神经衰弱这类诊断。

根据凯博文的报告，中国其他地方医院的情况也差不多。精神科门诊中神经衰弱的诊断比例通常是在 1/3 到一半之多。

此时，中国最常见的精神医学诊断，大众热衷讨论的对象——神经衰弱，在它的发源地却已经被停止使用。

“神经衰弱”本是西方的舶来品。作为一个医学诊断，神经衰弱（neurasthenia）首先出现在美国，神经学家彼尔德（Beard）在 1868 年把它定义为一种慢性的、功能性的神经系统疾病。他曾定义说：

> 神经衰弱是工业化导致的神经力量耗损和衰弱，多见于社会中上层的脑力劳动者。

这个疾病诊断在 20 世纪 40 年代以前都流行于欧美。无论职业医生还是普通公众，都频繁提起它。很多问题都被装进了这个疾病，彼尔德曾一口气列出 50 多个症状：头疼、耳鸣、失眠、烦躁、厌食、腹胀、精疲力竭、注意力不集中……

然而，从 20 世纪四五十年代起，美国精神医学家就开始一直在争论神经衰弱是不是一个笼统的疾病种类。各种症状不加区分地使用，让很多精神科医生批评神经衰弱被当成了一个“垃圾桶”。

1980 年，被誉为“精神疾病诊断的《圣经》”——《美国精神疾病诊断和统计手册》（DSM）第三版里，取消了神经衰弱的临床诊断，由抑郁症、焦虑症、强迫症等诊断覆盖，医生认为后者的分辨性更好。这意味着，无论是从诊断的精确性，还是后续治疗的针对性，后者都更有效。

作为 1949 年以后第一个到中国研究精神医学的西方学者，凯博文来华后发现，神经衰弱的诊断仍然在中国流行，而当时在西方世界被广泛认知的抑郁症诊断，在中国却很少出现。

凯博文开始做起了一项实证研究。在湘雅第二附属医院精神科的门诊病人里，他挑了 100 位被诊断为神经衰弱的病人。这些病人年龄在 18~60 岁之间，没有什么严重的医学疾病或者器质性的精神病。

每天，凯博文都要与这样的病人访谈几个小时：

35 岁的女医生林珍在一家工厂的医务室工作。在结束了一场恋爱不到一年时，她觉得自己犯了一个错误，并痛悔失去了早前的男朋友，而后者此时已经结婚。林医生从这时候开始发现自己心疼、心悸、失眠、易激动，尤其是头疼的问题此后更是困扰了她 10 年之久。每当遇到重大的工作压力，她的头疼症状还会恶化。10 年来，她就诊过数次，但大脑检查并没有查出问题。

40 岁的工人秦子君一直觉得头晕、头疼、虚弱、没力气。她的症状从两年前开始出现。当时，她的丈夫因为工作调动到异地，两人处于分居状态。秦子君独自带着三个孩子，她的工作不顺心，奖金也没了，她对工作中的噪音和低温变得敏感，对自己的处境感到愤怒和挫败。两年来，她有过失眠，觉得没胃口，行动迟缓，无法放松，无法集中注意力，甚至想到过死，但是没有付诸实施。

神经衰弱，此时仍是一个笼统的疾病名称，它是以慢性疲劳、情绪不稳、植物神经功能紊乱、易于兴奋和疲劳或衰竭为特点，并伴有许多躯体性症状和睡眠障碍。

同一时期，凯博文目睹了中国精神科医生在门诊里每天接诊几十个病人的忙碌景象——至今也差不多是这样。在与每个病人都访谈几个小时，并完整记录了100个神经衰弱病人的疾病症状、患病过程、行为等信息后，凯博文采用美国精神病学的诊断标准逐个进行诊断。

凯博文发现，如果使用美国的精神疾病诊断标准，抑郁症是这些病人主要的疾病。在93个被诊断为临床抑郁症的个案里，有87人符合重度抑郁障碍的诊断标准。更重要的是，绝大多数患者在经过抗抑郁治疗后，抑郁症状都得到了缓解。

凯博文在中国的研究，对中国精神科医生的冲击巨大。

湘雅第二附属医院的教授张亚林后来在公开课上向学生讲述这段历史时说：

“包括我的导师，当中国第一批精神科医师的代表团走出国门出访美国，他们提起这个概念，美国医生也不明白神经衰弱是什么意思。”

因为，美国的精神疾病诊断系统已经早就没有神经衰弱这个概念了。

当神经衰弱遭遇“文化大革命”

凯博文发现，中文文献对神经衰弱最早的记录来自 20 世纪 30 年代上海《同济医学季刊》的一篇论文。该文称：

> 神经衰弱是中国社会的普遍疾病，影响了中国许多人，尤其是年轻人。

此后，各种因素共同炮制了神经衰弱流行的风潮。

在引进这一概念的二十多年后，中国政府层面对它的推崇受到了苏联精神病学的影响。神经衰弱的理论基础——关于障碍的巴甫洛夫式观点，是当时中国在各方面追随的“老大哥”苏联精神病学唯一认可的理论基础。

此外，精神病在中国文化中带有很深的耻辱烙印。它不只影响患者本人，还将耻辱带给整个家族。一旦被贴上这类疾病标签，不但可能累及子女的婚嫁，还威胁家族的社会名声和地位。

神经衰弱作为一种公认合理的跟生理相关的疾病，被当成了避风港。人们为身体和精神上的不适，找到了理由，如此得以避免被贴上抑郁等严重情绪问题或精神病的标签。

最后，神经衰弱的概念还很容易为传统中医吸收和同化。中医过去将虚弱、疲劳这类症状，归因于类似精气不足等问题，与人体的阴阳平衡相联系。这种融入之顺利，以至于凯博文后来说：

> 在将近一个世纪里，中医把神经衰弱同化进自己的概念体系，现在传统的中医用起它来犹如自己的土产，而非外国的舶来品。

1949 年以来的调查显示，在种种因素的作用下，中国的神经衰弱诊断率持续上升，人们因此旷课、旷工，据说由于患病人数众多，甚至导致了生产力的下降。

不管怎样，神经衰弱此时是个常见的精神医学诊断，是个顽固的问题，影响着所有社会成员。问题的普遍和严重程度，导致要以举国群众运动的方式来控制。

1959 年，当“大跃进”运动在全国轰轰烈烈展开，一场由国家组织的“快速联合治疗神经衰弱运动”也在开展。在这场发动群众征服疾病的运动中，体力劳动、谈话、药物等各种治疗方式均得到采用。

这场全民大规模制服神经衰弱的运动主要针对的是脑力劳动者，首当其冲的包括知识分子、办公室人员、教师和学生，此外还有少数的体力劳动者。

在这场运动中，有的医院甚至与警察系统、基层党委和街道委员会合作，以自我报告和他人举报相结合的方式，一旦发现“可疑病人”，立即出击，动员其参与集体治疗。

中国的精神疾病防治工作也差不多在同时期起步。1958年，全国第一次精神病防治工作会议召开，在1958—1962年的中国第一个精神健康五年计划中，消除神经衰弱就被列为三大目标之一。

政治等各方面条件已经成熟，神经衰弱的幽灵开始在中国全面游荡。

很多中国人也都是在那时期患上了“神经衰弱”。在梁漱溟的记录里，毛泽东曾经跟他说自己偶尔有点神经衰弱。而长期在毛主席身边的胡乔木，1961年以神经衰弱越来越严重为由长期休养。政治运动中被打倒的知识分子，也都怀疑自己有神经衰弱。

在政治挂帅的年代，精神病被当作“思想问题”，神经衰弱也没有躲过。1956年的文章《怎样治疗神经衰弱》描述道：

> 社会主义的建设需要大量干部，然而我们却有不少的干部为神经衰弱而苦恼，不能献身于伟大的事业。

1966年四川医学院发表在《中华神经精神科杂志》上的文章，题目则是《运用毛泽东思想指导神经衰弱的综合治疗》。

在“文革”期间，中国的精神医学也遭遇了厄运。时任湘雅第二附属医院院长的精神病学家凌敏猷曾写下一篇文章，规划如何在中国促进作为一门职业的精神医学的现代化。但后来，这篇文章成了“偏离毛泽东思想”的罪证。因为捍卫精神病是一种疾病而不是“错误政治思想”，凌敏猷和他的同行受到了红卫兵的严酷对待。

据后来在湘雅第二附属医院访问的凯博文说，在该院精神医学科的六位前辈中，有两位不堪重压而自杀，有一位被遣往山区的医院。留在长沙的三位医生都遭到批斗，其中凌敏猷院长被降为最低级别的医生，不得从事精神医学实践与教学，他作为与美国有关联学校的前任校长，“境遇只比间谍好一点”。

被誉为“中国情感障碍领域研究第一人”的沈其杰医生，当时也在湘雅第二附属医院任教。他此前曾经正确地诊断那儿的一个护士患了精神分裂症，但是这个护士后来成为接管医院的革委会的成员，并且指控沈其杰因为反革命的原因加害自己，于是沈其杰也成了全医院批斗会的靶子。

研究这段历史的精神病学家林宗义认为，神经衰弱发病率的增长和由此引起的政治关注，是20世纪50年代后期革命乐观主义和道德热情的终结所致：经过10年的实践，阻挠现代化的经济和制度障碍并未得到清除，人们认识到了这一严酷的事实，并产生了身体的反应。在当时的体制和严密的社会控制之下，神经衰弱及其躯体化的症状，成为人们从现实中逃离的途径。

神经衰弱在中国社会赚足了眼球，借助政治运动跳出医学的圈层，获得文化权威的加持，借此扎进了集体的记忆中。

正是这一段中国精神医学界发育停滞的时期，随着医学的高速发展，国外医学界对精神障碍的认识发生了重大改变。

改革开放以后，国际交流的大门再度打开，国人在认识普遍的神经衰弱问题上，很快遭遇了迎头痛击。

中国精神病学

尽管20多年以后，凯博文在他的著作的中文版序言中辩护说，自己当初的研究并不是想批评中国的精神医学没有诊断出抑郁症和焦虑症。但无论如何，当时的研究发表后，争论的焦点即在此。

中国的精神医学工作者觉得，凯博文是在批评中国的精神科医生把许多不同的精神问题不加分析地置于当时西方已经不再使用的神经衰弱概念之下。

凯博文则说，他真正试图表达的观点是，不论神经衰弱还是抑郁或焦虑障碍，都应该被理解为一种文化概念，而文化概念形塑着真实的生理体验，建立了区隔正常与病态的界限。

与其他很多有客观评价指标的疾病不同，精神疾病的专业诊断当中，很多时候症状来自病人的主观感受，诊断依靠病人的描述，因此文化的影响可能更显著。而作为科学的医学追问，神经衰弱是否是一种真正的疾病，其证据是否经得起打量？

凯博文的实证研究，赢得了很多精神医学同行的认可。国内的研究也佐证了他的说法。20世纪80年代，中国的精神病学家制定了中国精神疾病诊断标准，此时神经衰弱在国内精神医学的地位已经下降。

苏州广济医院的精神科主任医师梅其一后来写道，神经衰弱的衰亡，很大程度上借助于抑郁症研究的重大成果。抗抑郁治疗的显著疗效，给人留下深刻印象。

此外，过去的神经衰弱还有个理论缺陷，认为是用脑过度导致发病，误导了很多患者不敢用脑，避免疲劳，这反而以相反的心态和行为给病人造成损害。今天的研究证实，人的脑子越用越灵活，治疗强调功能恢复。许多迁延不愈、多方治疗无效的神经衰弱病人，经正规的抗抑郁治疗后就能好转。

中国的精神科医师们不再滥用过去神经衰弱的诊断，他们开始运用最新的专业标准，更准确的疾病名称。很多过去被误诊为神经衰弱的病人，也被重新审视，发现其实是抑郁症或是焦虑症患者，再对症治疗。

沈其杰，也通过在美国的进修意识到，国内情感障碍误诊率非常高，很多有烦躁、失眠症状的患者几乎都会被误诊为神经衰弱。

不过，尽管中外很多学者提议取消神经衰弱这一疾病实体，但神经衰弱这一概念最后并没有完全被抛弃。

一些中国精神科医生仍坚持认为，中国有这个疾病的文化特殊性，神经衰弱是个重要且有效的疾病类别。

持此观点的包括已经去世的中国精神病学家、湘雅医学院原副校长杨德森。他曾经和凯博文有过激烈的辩论。杨德森认为，有些变化只是概念的更换。像他一样的国内精神医学学者认为，中国后来修正的神经衰弱概念，差不多就是美国后来命名并制定诊断标准的慢性疲劳综合征（CFS）——一组以慢性持久或反复发作的脑力和体力疲劳为主要特征的症候群。

这个观点得到很多老一辈精神病学家赞同。钟友彬医生曾经参与制定 20 世纪 80 年代中国的神经衰弱诊断标准，他撰文把神经衰弱称为一个“垃圾筐”似的诊断，许多完全不同的精神疾患都被贴上了这个无处不在的标签，但他对完全抛弃这个诊断类别也很谨慎。钟友彬认为，这一诊断在临床上仍然有用。

此后，一直到 2001 年完成制定并使用至今的《中国精神障碍分类及诊断标准》第三版（CCMD-3）里，神经衰弱仍被单独列出，在中国仍然属于神经症的诊断之一。

而在 1992 年完成并沿用至今的世界卫生组织《国际疾病分类》第十版（ICD-10）中，由于中国等国家的学者支持，神经衰弱仍被归类为一种神经性障碍。不过，后者对神经衰弱的定义比中国更为严格。

相比之下，在西方影响力巨大的《美国精神疾病诊断和统计手册》，从美国精神医学协会 1980 年发布的第三版，到 2013 年更新的第五版中，神经衰弱一直都不在疾病实体之列。

不同地区精神医学界的分歧，在这个领域有个名词叫“文化精神病学”。在上述标准的争论中，神经衰弱是最具文化特点也最具争议的疾病之一，此外还有像肾亏综合征这样的疾病。支持的学者认为，地区性的精神疾病分类在文化背景下有重要价值。反对者则指出，保留这类诊断的医学证据不足。

凯博文则对此表示理解。他说，中国有着长期的国家推动科学现代化的传统，他们既试图在西方模式的压力下创造独特的中国科学制度，又对保持中国传统的元素有着很深切的关怀。

既承认中国过去的神经衰弱诊断被滥用，又仍然认为有极少数真实病例存在，凯博文写道：

> 作为这个传统的新一代执行者，中国的精神科医生希望建立一个科学且文化上又合适的精神病学形式——中国精神病学。

叫什么并不重要，关键是是否对病人有利

尽管中国本土的精神障碍诊断标准以及精神病学的教科书上，仍然为神经衰弱留有余地，但现实当中，随着精神医学的专业化发展和精神科医师水平的提高，这已经是一个逐渐式微的诊断。1979 年北京大学医学出版社出版的《精神病学》第一版曾把神

经衰弱放在第一位加以描述，认为它是最常见的神经症。而在 2009 年的第五版中，虽仍保留了神经衰弱的位置，但将其调到了神经症的最后一章，篇幅也减少了许多，并称国外近十年来对神经衰弱的研究已大为减少，其无奈的姿态已经显现。

而在一些有声望的精神卫生机构，精神科医生已经很少将病人诊断成神经衰弱。一些在西方受训过的中国精神科医生也不认同把神经衰弱视作一个科学的医学概念，甚至直言应该摒弃。

我们和几家中国最好的精神专科医院，包括北京大学第六医院、上海市精神卫生中心与深圳市康宁医院的主管级别精神科医生分别聊过，他们表示，临床中已经很少用到这个诊断了。

业界通常的做法是：如果一个病人的症状同时符合多个疾病的诊断，比如怀疑有抑郁症和神经衰弱，优先诊断抑郁症。只有排除了其他疾病，最后才能说是神经衰弱。

上海市精神卫生中心院长徐一峰曾经在哈佛大学医学院进修，他的老师就是凯博文。徐一峰曾说："中国人找不到病因就爱称是神经衰弱，但实际上这并不是一个病，国外早就不说了。"

徐一峰提醒，烦躁、失眠、焦虑、食欲减退，如果一个人带着这些症状跑到神经内科，各项检查指标都没什么异常，非常可能被神经内科的医生扣上神经衰弱的帽子，但其实这些患者中的绝大多数患的都是不同程度的抑郁症。

"我们精神科其实从 20 世纪 90 年代后期开始，就不再用神经衰弱这个词了，但现在很多内科医生包括神经内科在内，没有接受到新的精神疾病方面的培训，会误把抑郁症当作神经衰弱来治，但收效往往甚微。”徐一峰在“2015 国际神经精神疾病高峰论坛”上公开说道。

考虑到中国神经衰弱的概念仍然流行，仍然可能被应用于临床诊断和治疗，徐一峰建议，如果被内科医生诊断为神经衰弱的话，最好再去精神科看看，确认是否患有抑郁症。

湘雅第二附属医院的一位精神科医生则认为，民间对神经衰弱的诸多认识在科学上难以立足，至于专业领域，不管是过去凯博文与湘雅老一辈精神病学家的争论，还是现在中外精神医学界对神经衰弱的争议，这个话题在精神医学领域最重要的共识已经达成，即对这个疾病的诊断应该慎重。

至于中外精神医学界和文化精神病学的争议——应该采用什么疾病名称，是继续沿用中国的神经衰弱，还是采纳美国的慢性疲劳综合征，他觉得不重要，只要诊断有利于患者就好。

但这位医生也提醒，神经衰弱虽然已经不是一个“阻碍精神医学进步的虚构诊断”，但现实是，“这个疾病概念现在不仅普通民众，连很多中国医生也都在用，不管中医还是西医，不管内科还是外科，但绝大多数人不太可能像我们精神科医生一样去真正理解它”。

参考文献

1. 《苦痛和疾病的社会根源:现代中国的抑郁、神经衰弱和病痛》, 凯博文著, 上海三联书店 2008 年版.

2. 《疾痛的故事》, 阿瑟·克莱曼著, 上海译文出版社 2010 年版.

3. Arthur M.Kleinman. "Neurasthenia and depression: A study of somatization and culture in China", *Culture*, *Medicine and Psychiatry*, 1982.

4. George Beard. "Neurasthenia, or nervous exhaustion", *The Boston Medical and Surgical Journal*, 1869.

5. David G.Schuster. "Neurasthenia: The disease that shaped American ideas about health and happiness", *The Atlantic*, 2016.

6. 《中南大学公开课: 神经症与心理治疗》, 张亚林, 网易公开课视频, 2011-08.http://open.163.com/special/cuvocw/shenjingzheng.html

7. 《徐一峰在"2015 国际神经精神疾病高峰论坛"上的发言》, 健康时报, 2015-07.

8. 《从神经衰弱到抑郁症》, 梅其一, 好大夫在线, 2017-01.https://www.haodf.com/zhuanjiaguandian/mqysz_4944068007.htm

9. 《运用毛泽东思想指导神经衰弱的综合治疗》, 四川医学院神经精神病学教研组, 载《中华神经精神科杂志》1966 年第 2 期.

10. 《中国精神障碍分类与诊断标准第三版(CCMD-3)》;《疾病和有关健康问题的国际统计分类》第 10 次修订本(ICD-10)精神与行为障碍分类;《精神障碍诊断与统计手册》(第五版)(DSM-5).

Part 03

最好的告别：如果死亡不可避免

我想让我的孩子平静、缓和、有尊严地离世[①]

中国每年新增3万~4万名儿童肿瘤患者，平均每个小时，就有4名儿童被诊断为恶性肿瘤，其中最常见的是白血病和淋巴瘤。医学的进步使得80%的白血病儿童可以被治愈，然而，还有近20%的孩子病情危重，医学无法治愈。

当所有的治疗方案都无法挽留幼小的生命，我们还能为他们做些什么？

2015年，中国大陆0~14岁人口为22696万。而在2亿多儿童人口的庞大基数面前，只有少数儿科医护人员的热情和零星的几间儿童临终关怀病房。

---

① 本文作者为杨洋。

有限的医疗资源无法兼顾没有治愈希望的孩子，家长们只能把他们带回家，将痛苦关在紧闭的房门内。

冰山一角

叽叽喳喳。这辆大巴车上的孩子们与所有集体出游的孩子别无二致。唯一的区别是，每个孩子都戴着一个口罩。

于瑛最后一个上了车，叮嘱司机——师傅，一定要慢慢开车。

于瑛是儿童舒缓治疗[①]活动中心的负责人，这辆车上都是患有血液肿瘤的孩子。

“不疼的时候，我就在家玩手机游戏。”

9 岁的明明熟练地捕捉着游戏里的僵尸，朝我笑笑，露出两颗虎牙。她的头发刚长出一寸，住院腕带隐藏在鹅黄色衣服的袖子里。

从被确诊为血液肿瘤开始，这些孩子和他们的家庭就失去了正常的生活。童年的愉快玩耍被一个接一个的化疗周期代替，父母辞

① 也称姑息治疗，指对治愈性治疗不反应的病人完全的主动的治疗和护理。控制疼痛及患者有关症状，并对心理、社会和精神问题予以重视，为病人及家属赢得更好的生活质量。——编者注

掉工作，以年为单位陪伴着孩子治病。他们的情绪随着孩子身体各项指标的数值起起落落。

明明住在北京儿童医院附近的合租房里，爸爸把她从五楼背下来，骑着电动三轮车送母女过来。

“有人问我，这么严重的病，你还把孩子养得这么胖乎？”明明的妈妈头发斑白，正和其他妈妈分享今天的见闻，我说，“哪是养得好，是激素药催的。”这位之前照料别人家孩子的月嫂，在女儿患病后再也没有离开过她一天。

“老家的房子也卖了”，她悄悄对我说。

10 岁的浩然戴着眼镜，站在孩子们围成的圈里，讲了一个故事：“一只年岁较大的山羊从悬崖边退了几步，迅疾地向对面的悬崖跳去。在这只老山羊刚跳出几米的刹那，另一只年轻的山羊随后也向对面的悬崖跳去，踏在老山羊的背上，猛然一蹬，落在对面的悬崖上，而那只老山羊悄无声息地落在万丈深渊中。随后，所有的羊群，如同在一个指挥若定的将军号令下，用同样的方法和动作，一起一落，一生一死……”

他的妈妈坐在他旁边，目光里满是期许。在场的所有妈妈，如果可以，她们也愿意用自己的所有，换孩子一个健康的未来。

为了方便儿童肿瘤患者和他们的家庭，儿童舒缓治疗活动中心设立在北京儿童医院附近一家酒店里，这个有三间活动室的活动中心，给孩子们及其家庭提供病房以外的喘息空间。

于瑛认识来这里的每一个孩子。他们最喜欢玩的是“看病游戏”。

“老师，你得做个CT”，扑过来俩孩子，把于瑛拉到沙发上。

“你躺下，胳膊伸出来，我给你打造影剂”，一个6岁的男孩对她说。

“老师，你别动，一会儿还得抽血，做B超。”

一个还没玩够厨房玩具的女孩说：“老师，我给你做点好吃的吧。”

其他人异口同声地说：“不行，不能吃东西，老师还没抽血呢。”又一个男孩举着注射器玩具冲过来说：“老师，我看你还得做个骨穿。”

骨穿、腰穿、化疗、移植……这些听起来令人心惊肉跳的词汇被稚嫩的童声说出来，于瑛眼圈潮红：“孩子们都经历了什么，让童年的游戏里都是这些记忆。”

痛苦中的希望来自这些孩子大部分是可以治愈的。“你看见的只是冰山一角，那些遭遇难治和复发肿瘤的孩子们，不会出现在这里。”于瑛说。

看不见的孩子

在儿童舒缓治疗活动中心，还有针对儿童临终关怀家庭的上门随访志愿者服务、针对“丧子之痛”的哀伤辅导等部分。那些承受着悲痛和压力的家庭，并不为人所见。

据全国肿瘤登记中心的2017年的数据显示，中国每年新增3万~4万名儿童肿瘤患者。平均每个小时就有4名儿童被诊断为恶性肿瘤疾病。其中，最常见的是白血病、淋巴瘤和实体肿瘤。医学的进步使得80%的白血病儿童可以被治愈，然而，还有近20%的孩子病情危重，医学无法治愈。

“当所有的治疗方案都无法挽留幼小的生命，我们还能为他们做些什么？”

周翾是北京儿童医院血液肿瘤中心的主任医师、儿童舒缓治疗专项基金的发起人。这位工作了22年的儿科肿瘤医生见证了人世间的大悲恸：丧子之痛。

通常，当被医院告知无法继续治疗时，孩子的父母只能把孩子抱回家。失去专业医疗资源的支持，不知所措的家长只能带着恐惧和心痛，看着孩子走完人生的最后一段艰难历程。孩子离世前，往往还要遭受难以想象的疼痛折磨。

2013年，周翾与一名护士从两个人的小团队开始，帮助患有血液肿瘤的孩子和他们的家庭，开展疼痛症状管理和心理疏导。现在，周翾正在募集资金建立一间专为儿童设立的临终关怀病房。

每周二上午，周翾医生的“血液与舒缓专业”门诊外都排满了焦灼的病人。在这里，有人得到的是坏消息。

“如果他不再化疗了，他会有多疼？还会有多疼？”

刚刚哭过一场的年轻母亲怀里抱着4岁的儿子。神经母细胞瘤复发的疼痛让这个羸弱的孩子再禁不起一点折腾。他的膝盖鼓出皮球大小的包块，皮肤硬生生地撕扯让他哭着喊疼。

“我们先不着急做决定，只是告诉您，孩子一直陪伴你们的机会可能会比较少。如果他不能一直陪我们到老，我们只希望他这段路走得更平静一些，现在不考虑下一步我们该怎么做，先把疼痛止住好吗？”怀抱孩子的母亲克制着自己的情绪，周翾医生感受到她瑟瑟发抖背后的无助。

“坏消息的传达都在我这儿”，大多数人会排斥与患儿及其家长谈论死亡，更别提将其中可能发生的最坏情况提到台面上来讨论。被其他医生转介过来看“舒缓”门诊，意味着孩子失去了治愈的希望。

每周二早上7:50，李辉都会准时出现在周医生的“舒缓”门诊。他会在凌晨5点从河北的家中出发，辗转公交、地铁两个多小时赶到北京儿童医院。他将这一周孩子的用药、疼痛情况一一向周医生报告，并得到专业的用药指导。

周医生要求家长以小时为单位记录孩子的疼痛状况以及每天的用药情况。实际上，在周翾与患者建立的“云病房”App上，她每天都会收到一张记录情况的照片，随时监测。

三个月前，李辉拿到儿子神经母细胞瘤复发的检查结果，头顶上的雷终于炸了。从初次诊断、化疗、手术、放疗到再次复发，中间只有短短两年。

“当时孩子好着呢，能吃能玩能跑能跳，还上着学”，李辉坐在医院附近的小花园里，手里拿着牛皮纸封皮的算术本。封面上是儿子歪歪扭扭写下的名字，里面则是李辉记录的儿子每小时的疼痛量表。对儿童医院周围的环境，李辉非常熟悉。一年多以前，他和妻子也住在附近，一起照顾住院的儿子。

“这个病太可怕了，有的治着治着，没钱了，就走了；有的治两个月，孩子就走了；有复发了又来治，也有做移植的。”李辉想过移植，得到的答案是：可以移植，但之后孩子治愈的可能性还是很小。已经花费 40 多万元的李辉不在意钱，只要能治好，再花 40 万元他也愿意承受。

他怕自己的孩子遭罪。

得知孩子不能治愈，家长们的第一反应都是不肯相信。他们会倾尽所能，寻找治愈的微小奇迹。愤怒、沮丧转向无助、焦灼，他们接下来要面对的，是离开了医院，孩子怎么办?

孩子被医学诊断为不可治愈，李辉一家觉得被整个世界抛弃了。

拥挤的病房和冰冷的医学仪器是留给可以治愈的幸运儿的，他的孩子，连承受治疗痛苦的机会都没有了。

大部分时间，9 岁的儿子都蜷缩在铺着凉席的床上。他总是发烧，夜里也不盖被子。身后的玩具汽车和飞机模型展示着男孩曾经的活力。他不说话，也不喊疼。

周医生在门诊只见到了李辉，并没有见到孩子。李辉给医生的反馈是，孩子不理人，也不疼。长时间承受的痛苦钝化了疼痛，家长可能因此漏报疼痛。

周翾和两名上门随访的志愿者驱车 2 小时到了李辉位于河北的家中。对这个“不疼”的孩子，周翾决定上门随访。“能告诉我哪里痛吗？如果这个笑脸表示不疼是 0 分，皱眉的脸表示最疼是 10 分，你能告诉我这次有多疼吗？”孩子给出的结果是 8 分，达到中重度疼痛。李辉夫妇大吃一惊。

2012 年，世界卫生组织指南将如何选择和联合应用止痛药物来控制儿童的持续性疼痛进行了系统化的总结，其将疼痛划分为轻度、中度和重度，并认可早期适时的使用普通药物和阿片类药物镇痛。对于临终期的儿童来说，疼痛管理尤为重要。

通常，在预计孩子的生命周期不超过 6 个月时，周翾便会请临终关怀随访团队介入，但却一直无法彻底展开。

世界卫生组织将“儿童临终关怀”定义为一种积极地、全方位地向晚期儿童病人提供的关怀护理。重点是提高孩子的生命质量，向有这类孩子的家庭提供支持，包括痛苦和不安症状的处理、对孩子的短期护理以及让家属得以喘息，帮助他们面对死亡和丧亲之痛。

目前，周翾团队主要通过电话或者“云病房”随访，指导家长在最艰难的阶段如何护理，如何应对。部分在北京的家庭，他们会安排志愿者上门探视，帮助孩子完成最后的心愿。但是，离开专业的医疗护理环境，家长依然会彷徨无助，尤其面对肿瘤造成的合并症更加束手无策。

在中国，一旦进入生命末期，大部分孩子会被家长带回家，医生们很难见到。一位淋巴瘤复发的 4 岁女童，她的母亲把回家的火车票换成了机票。因为她的女儿从来没有坐过飞机，最后一次，她要完成女儿的心愿。

有限的医疗资源无法兼顾没有治愈希望的孩子，家长们只能把他们带回家，将痛苦关在紧闭的房门内。

巨大的真空

从日本和欧洲就医归来，佳佳的父亲明白女儿没有了治愈的希望。她的骨肉瘤已经长到了肺里，呼吸出现了窘迫。国外医生建议他为女儿寻找一家儿童临终关怀医院。

他到过北京，又来到上海。

关于临终关怀服务，上海以安宁疗护[①]的“上海模式”开风气之先。这个能够提供专业安宁疗护病床 890 张、居家床位 801 张、五年累计服务临终患者 2.87 万人次的社区卫生服务体系，依然告知焦

① 安宁疗护，意同临终关怀，又称姑息疗法等。——编者注

灼的父亲，无法为他的女儿提供一间儿童临终关怀的病房。

在中国，临终关怀起步较晚。1988 年天津医学院（现天津医科大学）成立了我国第一家临终关怀研究中心，同年在上海诞生了第一家临终关怀医院——南汇护理院。到目前为止，临终关怀的服务对象多限于终末期的成年人。儿童群体的特殊性及疼痛管理的专业性，使现有的安宁疗护无法惠及儿童临终家庭。

最终，他找到了上海儿童医学中心。这里拥有国内三甲医院中唯一的一间儿童临终关怀安宁病房。以“蔚蓝星球”为主题的病房，治疗带隐藏在墙上的木质隔断里，盐水架带着米奇老鼠的图案。房顶是蔚蓝的星空和光带，一米五宽的大床可以让家长陪伴孩子舒适入睡。病房隐身在一条安静的通道内，不受外界打扰。独立的出入口允许更多的亲属探望孩子，甚至在孩子去世后，家属可以在病房进行简单的告别法事。

王坚敏医生见到佳佳的时候，她不停地乱抓乱踢，紧张地发出尖叫。

肺部肿瘤让她透不过气来。经过舒缓治疗，佳佳的症状有所缓解。弥留之际，佳佳很努力地放松呼吸，最终安静地离开了人世。她的家人为她举行了一场仪式。仪式对克服过渡时期的痛苦非常重要。没有什么比看着孩子由生到死更痛苦、更令人受创的事情了。

虽然医疗环境不能满足仪式的复杂性和丰富性，但这一刻对佳佳的家庭意义非凡。

每一个临近生命尽头的孩子都应该拥有一个临终症状管理计划。在制订计划之前，需要考虑孩子可能出现的症状。大多数孩子可能会痛苦、焦虑和激动。通常孩子们的病情都会发展到呼吸道有分泌物的阶段，这种呼吸不畅造成的声音，被称为“死亡之音”。

完善的临终关怀计划让他们能够平静、缓和、有尊严地离世。

北京的临终关怀上门随访志愿者夏欣见到豆豆的时候，他正在病房里和妈妈闹别扭。“阿姨，讨厌”，豆豆并不喜欢陌生的来访者。他反复表达回家的想法。

不是不想回家，而是回不去。

只要豆豆稍微翻身，监控在他周围的医学仪器就会发出“铛铛铛”的报警声。“回不了家，我们可以把病房布置成家的模样。只要好好配合医生和妈妈，尽快好转，豆豆就可以回家。”夏欣知道自己在撒一个善意的谎言。这是一间窄小冰冷的双人病房，豆豆只能在这里离开人世，生前再也无法回家。“如果真的有一间临终关怀病房，给他弄得温暖舒适，甚至比家里还好，他就不会想着要回家了。”

在北京，夏欣和其他十几位临终关怀志愿者每个月都要和周翾开一次例会。长达 3 个小时的会议往往持续到夜里 12 点。在这个会上，他们要事无巨细地汇报随访家庭的情况。周翾会根据临终孩子的疼痛状况、生存质量、家长的抑郁情绪等情况做出专业指导。

志愿者能覆盖的，只是北京及河北周边的家庭，电话随访部分外地的家庭。大部分返回老家的家庭，从此石沉大海。

“应该”与“只能”之间，是中国儿童临终关怀领域的巨大真空。

疼痛或可衡量，痛苦却无法计量。夏欣见过临终家庭中自责的父母。贫穷的母亲责怪自己不舍得给女儿买芭比娃娃；做医生的父亲将儿子不可治愈的痛苦揽在身上，“我没有照顾好他，救不了他”。这些家庭托举着孩子的病体和沉重的心灵之痛，踽踽独行。

在王坚敏所在的上海儿童医学中心，每年收治的六七百例新发肿瘤儿童中，没有治愈希望的会占到100多例。

每年，会有几十位小病人在医院里临终，但自2014年安宁病房建立至今，只接纳了22位临终儿童。医院的安宁病房经常需要排队，临终小病人无法回家，又住不进病房，甚至有孩子会在医院附近的招待所里过世。

2008年，作为合作医院，美国最好的儿童肿瘤医院——圣裘德儿童研究医院，向上海市儿童医学中心提供儿童舒缓安宁疗护技术和资金支持，王坚敏是上海儿童医学中心最早系统学习儿童安宁疗护的医生。

“团队人数少，能直接服务的病童数量有限。”缺人手一直是王坚敏担心的事。舒缓团队更多的是培训临床医生，使其掌握镇痛等基本舒缓疗护技术。在临床医生遇到困难，或者有特殊病人的时候，舒缓团队会重点处理和应对。

在英国，领先的儿童舒缓治疗慈善机构Together For Short Lives提出关于临终关怀的三个步骤：识别临终阶段、评估临终阶段的需求和愿望、制订临终关怀计划。身为中华医学会儿科分会血液学组儿童舒缓治疗亚专业组的组长，北京儿童医院的周翾医生对儿童临终关怀的内容非常了解，然而在实际操作中，只能是“有多少条件，做多少事情”。

凭着她个人热情建立起来的儿童舒缓治疗活动中心，每年的房租和活动经费主要靠周翾的同学们的资助。医疗团队的医生护士，都是业余时间无偿服务。舒缓中心的志愿者，早期由患儿家长担任，周医生的健身教练也报了名。2014 年 8 月，周翾发起成立了一个小型的儿童舒缓治疗专项基金。美国的儿童临终关怀专家对她说，“要持续地把儿童临终关怀工作向前推进，一定要有一个基金会”。但目前，基金的善款来源主要还是周围亲朋好友的捐赠。由于发展太快，中心负责人于瑛还在为房租发愁。

周翾帮助的临终关怀儿童，最早都是自己病房的小病人。

2013 年 10 月，周翾与护士王春立利用业余时间开始了儿童临终关怀的电话随访。他们帮助不可治愈的孩子，从创伤性手术和化疗中解脱出来，平静地走完最后一段路。

她们第一例随访的儿童，是 9 岁的京外白血病患儿。孩子回到老家后，出现了胸水、腹水、间断发热等症状。他的父母抱着继续借钱化疗的想法，并没有把孩子的情绪和舒适度当成要紧的事。每周两次的电话随访，她们指导家长在家中给孩子输血、吸氧、止痛。最后的时刻，孩子妈妈在指导下请了乡村医生上门，备齐了止痛药、镇静剂和氧气，准备好了最后穿的衣服。

孩子没有出现憋气和疼痛，在还有意识的时候，把目光转向爸爸、妈妈，一一道谢。然后，自己拔掉氧气，几分钟后安静离世。

孩子与成人不同，由于无法自主地表达和决定自己的意愿，他们的生命质量往往由父母决定。

不是所有家长都愿意接受临终关怀的帮助。让家长接受孩子无法治愈的现实，实在太难。

两年过去了，舒缓活动中心的负责人于瑛依然为没能实现一位临终小病人的愿望而耿耿于怀。四月的北京繁花似锦，孩子对周医生说自己想去植物园赏花。于瑛和一位志愿者接下了这个任务。在她给孩子妈妈打电话时，明显感受到对方拒绝的态度。仅仅一周后，于瑛得知孩子去世的消息。“如果我当时再坚持说服一下，哪怕带孩子在路边看看花也是好的啊。”没有一个大家都认同的好的临终关怀计划，想要提供恰当的儿童舒缓治疗几乎是不可能的。

暖暖去世的时候，是在夜里。她的母亲向在场的所有医护人员深深鞠了一躬。她心里清楚，一家三甲医院很难把病床留给不能治愈的病人。

得知女儿的淋巴瘤无法治愈，暖暖的父母不愿离开医院。医生反复与家长谈，说暖暖治疗的效果并不理想。但是这对高龄父母无法放弃10岁的女儿，“我知道每一次上化疗有多少风险，我就是要继续治疗，直到最后”。女儿治不好了，母亲不愿把孩子带走，她不知道回去以后该怎么办。暖暖本是个漂亮的女孩儿，去世前因为发烧和疼痛，瘦骨嶙峋、不穿衣服地躺在床上。妈妈看她一眼，就会不忍心地别过头去。孩子最后走的时候，完全没有尊严。

“怎么就不能让我们的病人有尊严地离去呢？”站在暖暖身边，周翾很想办一家儿童临终关怀医院，哪怕是一间儿童临终关怀病房。暖暖去世前，周翾一直在想办法寻找合适的接收医院，但最终没有成功。

春节后，北京松堂关怀医院与周翾的舒缓治疗团队合作，拿出三间病房改造成儿童临终关怀病房，由儿童舒缓治疗团队提供治疗和心理辅导的专业指导。他们打算设计一个一室一厅家庭式的病房。7天时间，他们众筹到了20万元用于儿童临终关怀病房的改造和布置。病房还没改建好，就已经有其他医院的儿科医生询问可否让自己的临终患者入住。

2015年，中国大陆0~14岁人口为22696万。而在2亿多儿童人口的庞大基数面前，只有少数儿科医护人员的热情和零星的几间儿童临终关怀病房。

我们如何与孩子谈及生死？

开始意识到自己即将面临死亡的孩子常常会谈到回家或者离开。和孩子谈论这些感受并探索这段历程是困难的，但又是必要的。

当你只有0.6米高的时候，你可能已经忘记了这个世界的样了。在熙熙攘攘的成人世界中，试着坐下来，微笑，让自己变小，降低到他们的高度，与孩子建立连接沟通。

李辉说9岁的儿子什么都懂，但他决定不告诉孩子实情。父母觉得，孩子在不知道的情况下会走得更轻松，事实也许恰恰相反。不谈论并不意味着没有交流："回避"本身就是一种信息。孩子往往在父母闪烁的眼神和焦灼的神态中寻找答案，未知的恐惧会造成更大的心理负担。

周翾面临的一大难题是"如何告诉孩子即将死亡"这个坏消息。在她接触的家长中，没有人愿意和孩子谈及死亡问题。也罕有家长与孩子讨论，"在你离开之前，我们应该做些什么"。

孩子们也许会问："为什么是我？""我想知道如果……"

这些措辞显示孩子们正在深入思考或者寻找答案。这是鼓励孩子进一步表达的良机，通过问"你还有什么愿望"或者"你认为可能发生什么"可以助他们一臂之力。

13岁的女儿用试探的口吻问了妈妈三次：

"如果我不在了，妈妈会跟着我走呢，还是坚强地活下去？"

“你希望我怎么做呢？”

“我希望你坚强地活下去。”

女儿已经开始做死亡的准备，母亲依然没有准备好。她向周翾求助，希望和女儿谈一谈。

儿童医院的病房里，女孩儿侧躺在病床上。周翾坐在白色的儿童木头椅子上，低声和她说话。她的父母坐在床尾，听不清两人的谈话。

“如果，如果真的治不好，你会恐惧那个过程吗？”女孩儿哇的一声哭了出来，窗户纸终于捅破了。

她很快平静了下来，坚定地说：“我不怕。只是担心爸爸妈妈太伤心，怕身体不好的爷爷禁受不住。”周翾建议女孩把想留给家人的东西放在一个盒子里，但还没来得及实现，女孩就过世了。

对于大孩子来说，一些有益的实践活动，比如制作一本记忆簿或记忆盒子，拍摄一段家庭录像作为“遗产”留在家中，写一份涉及他们离世后如何安排、如何想被记住的“愿望”。这些对他们来说，尤为重要。

入住安宁病房后，佳佳开始询问妈妈：“我是不是要死了？”几次岔开话题后，佳佳的父母再也无法回避。“有可能发生这样的事情。你会有什么担心？你有什么想要爸爸妈妈帮你去做的事情？”王坚敏鼓励家长这样回应。

佳佳的妈妈是一位佛教徒。她向女儿解释："当一个人的痛苦积累到一定的程度，就会被带往极乐世界。你吃的苦已经够了。"佳佳不要离开自己的妈妈。三岁那会儿刚上幼儿园的佳佳，也是非常恐惧，但去了以后，她玩得很开心，还交到了好朋友。母亲把另一个世界比喻成幼儿园，"那个世界，妈妈也没有去过，也许，它就像幼儿园一样好玩，妈妈会一直陪在你身边"。最终，佳佳拉着妈妈的手，离开了人世。

在一定程度上，大多数孩子知道自己会死去，即使他们并不确定死意味着什么。父母串通隐瞒孩子往往会导致孩子在毫不知情或未来得及表达自己期望的情况下离开人世。这样的"封锁"对孩子的伤害非常大，也会使临终关怀工作变得十分困难。王坚敏遇到过一个非常失败的案例。孩子住进安宁病房，依然不知道自己的实际病情。直到最后，孩子还要求积极治疗，认为父母因为没钱放弃了自己。"那个孩子，是恨恨地走的"，王坚敏说。

孩子有严重的身体疾病，面临死亡，焦虑是正常的。一个孩子非常害怕死亡，因为她害怕蠕虫。当向她解释死后不会清醒也不会感觉到蠕虫，她就变得不再那么焦虑。发现或者挑战恐怖的想法，或在必要时讨论恐怖的想法，可以帮助孩子面对恐惧。

王坚敏遇到过一位不敢闭上眼睛的男孩。他怕自己闭上眼睛再也醒不过来。王坚敏问他："想一想，做些什么，才可以让你安心地闭上眼睛？"几天后，男孩送给母亲一个盒子，里边叠满了爱心，写了一句话："妈妈，我走了以后，希望你能快乐。"临走的那一天，内向的孩子拥抱了妈妈和二伯，喝了自己喜欢的可乐，安静地躺下后，再也没有睁开眼睛。

失去孩子的父母，没有人能预测他们在孩子死后会出现怎样的情绪。大多数父母描述他们的情绪像过山车一样，从麻木到怒气再到深深的悲伤，最后到某种解脱。

死亡过程充满痛苦和创伤，往往会使在世的人感到内疚、愤怒和受伤，而"好的死亡"则可以帮助人们追忆孩子生命中那些积极的事情。接纳和学习如何怀揣着这份悲痛继续生活，意味着父母决定不再让悲痛成为爱孩子的唯一表达方式。

三甲医院很难把床位留给不能治愈的孩子[①]

> “三甲医院很难把床位留给不能治愈的孩子。为什么以前出院困难？因为家长知道，前脚踏出了医院，后脚就不会再有医院接收了”。

暖暖去世的时候，是在夜里。她躺在床上，瘦骨嶙峋，因为高烧和疼痛，几乎没穿什么衣服。她的母亲向在场的所有医护人员深深地鞠了一躬，因为她知道，三甲医院很难把床位留给一个不能治愈的孩子。

此前，在我们告知暖暖的父母，她的淋巴瘤无法治愈的时候，

① 本文由周翾口述，杨洋整理。

他们不愿意离开医院。我们和暖暖的父母反复沟通孩子治疗的效果不会理想，但他们依然坚持要继续治疗。其中很大一部分原因是，女儿治不好了，家长却不愿把孩子带走，因为不知道回去以后该怎么办。暖暖的母亲说："我知道每一次上化疗有多少风险，我就是要继续治疗，直到她最后。"

暖暖最后走的时候，完全没有尊严。

作为工作了22年的儿童肿瘤医生，我不断地想，当所有的治疗方案都无法挽留住幼小的生命，我们还能为他们做些什么？

暖暖去世以前，我一直在想办法帮她寻找合适的、能够接收临终儿童的医院，但都没有成功。

站在她的床边，想起她生前漂亮可爱的样子，我问自己："怎么就不能让我们的病人有尊严地离去呢？"我很想办一家儿童临终关怀医院，哪怕是一间儿童临终关怀病房。

没人知道这些孩子们在临去之前都遭遇了什么

曾经有一位妈妈找到我。因为癌痛，她5岁的女儿每天晚上都无法入睡。孩子哀求着说："妈妈，我身体里有好多针扎我，你快点救救我啊！"

这位妈妈眼睁睁看着女儿在自己的怀里挣扎，尖利的哭声像刀子一样剜进她的心里。"我一分一秒都熬不下去，觉得自己要疯了。我就想大喊，世界上难道就没有一点办法了吗?!我怎么这么没用啊！我宁愿拿我的一切来交换孩子的痛苦。”就这样，一个夜晚，又一个夜晚，他们熬着、挺着，甚至冒出了一家三口一起走的念头，一了百了。

“我可以接受孩子的病无法治愈的这个现实，但我不能接受她每天疼得死去活来遭这么大的罪。”她对我说。

其实疼痛以及肿瘤晚期儿童的很多其他症状都可以通过医疗手段来缓解：

呕吐不能进食的时候，可以通过静脉补液；孩子很多天无法排便的时候，可以灌肠。孩子的症状有一些是完全可以控制的，但当哪里都找不到医院接收的时候，家长心里会特别痛苦。为人父母，谁又能甘心呢？

隔着上千公里的距离，我通过一个网络系统跟家长说，你去找一家医院，要么你去这儿试试，要么你去那儿试试。家长说，我找了，医院不收我，怎么办。我根本帮不到他。这时的无力感，让我连一句安慰的话都无法说出口。这就像安慰一位失去亲人的朋友说“节哀顺变”，又有什么用呢？

大型的三甲公立医院，很难从原本就万分紧张的医疗资源中再分出一小部分，用于没有治愈希望的临终病人。宝贵的医疗资源，一定会首选用于治病救人。成人医院如此，儿童的医疗资源则更是匮乏，门诊、病房全年全天人满为患。

数量庞大的肿瘤末期儿童对临终关怀服务的迫切需求与相关服务资源的不足是国内儿童临终关怀领域面临的两大现实。

在中国，每年新增3万~4万名儿童肿瘤患者，平均每个小时，就有4名儿童被诊断为恶性肿瘤，其中最常见的是白血病、淋巴瘤和实体肿瘤。医学的进步使得80%的白血病儿童可以被治愈，然而，还有近20%的孩子病情危重，医学无法治愈。中国儿童临终关怀领域存在着巨大的空白，无法治愈的孩子们被家长们抱回家，将痛苦关闭在房门里，没人知道他们在临终前都遭遇了什么。

我这里有一组对比数据：2015年，中国大陆0~14岁人口为22696万。而在2亿多儿童人口的庞大基数面前，只有少数儿科医护人员的热情和零星的几间儿童临终关怀病房。

作为一名开展儿童舒缓治疗的医生，我迫切地想有一间病房，环境足够好，就像家里一样温馨舒适。孩子们在这里可以改善临终的各种症状，家长们可以在这里学习护理方法。当然，我们还是鼓励临终的孩子回到家里，毕竟家里的环境才是让孩子最放松和感到安全的地方。

三甲医院的责任是救助可治愈的人群，临终关怀谁来做？

2013年，我在美国进修后，开始接触儿童舒缓治疗。

回国后，我与志同道合的年轻医生、护士、心理医生和志愿者们组建了小团队，利用业余时间开始了儿童舒缓治疗。治疗团队开展疼痛症状管理，通过合理使用止痛剂，让孩子们减轻疼痛，提高生活质量；开展心理辅导，疏导不良情绪；组织公益活动，在孩子们身体状况允许的时候，带他们见见外面的世界，也能够享受童年的多彩。

但舒缓治疗中最重要的内容——临终关怀，我们却一直无法彻底地开展。

2017 年 1 月，我们遇到了松堂关怀医院的李伟院长，并在很短的时间内达成了共识，松堂关怀医院愿意提供三间病房用于改造儿童临终关怀病房。

将儿童临终关怀病房安置在基层医院，对患者和医疗资源分配等方面都有益处。

儿童临终关怀病房启用后的床位费用将由儿童舒缓专项基金承担。入住的家庭只需要负担诊疗费和药费。对于接受儿童临终关怀舒缓治疗的患者来说，并不需要过多的检查项目和积极治疗的手段。相比三甲医院的急诊费用以及按小时收取的监护仪器费用等，像松堂关怀医院这样的基层一级医院，收费标准则要低很多。

但临终关怀最重要的也是必不可少的是需要一支专业的医疗团队做支撑。为此，我们招募了一支 19 人的儿童临终关怀志愿者医疗团队，其中大部分成员是儿童医院的医生、护士。

我一直认为三甲医院应该更多救助可治愈的人群，公立医院在病房改造和收费上也存在困难。而借助基层医院和民间资本，则可以更好地推动儿童临终关怀领域的发展，实现差异化就医。

一方面，病人由其他医生转介过来，由舒缓团队继续服务；另一方面，临终关怀病房需要医院在医疗专业技术上的很多支持。一间儿童临终关怀病房的存在，既是为病人考虑，也为医院、医生减轻了负担。

在我的设想里，以北京为例，各大医院可以把临终期的儿童病人集中转介到舒缓门诊和临终关怀病房。三甲医院无须成立专门的部门、改造专门的病房，只需配备一支舒缓治疗的小团队对接。从儿童临终关怀病房的数量来看，场所并不一定要多，而是应该更加合理、有效地利用好现有资源。

要想让临终期的孩子和家庭得到更好的帮助，面对面的沟通和指导必不可少。在每一个城市或是地区，都有“临终关怀病房+专业医疗团队”的存在，将这样的模式向全国推广，才能让更多的临终孩子受益。

2017年，中华医学会儿科分会血液学组儿童舒缓治疗亚专业组成立。儿童舒缓亚专业组的前身，是一个由医生们组成的协作组，说白了，就是靠医生们的热情聚拢起来的民间组织。

全国有47家医院参与了进来。他们分布在20多个省市，各地在儿童临终关怀领域发展差别非常大，我们将其分成了8个区域，以方便培训交流。

各个医院医生想做，我们也愿意做，大家便自愿凑在一起，利用业余时间培训学习，只是希望临终孩子的痛苦能减轻一些，再减轻一些。

众筹来的病房

2017 年 10 月的最后一个午后，我们筹建的儿童临终关怀病房“雏菊之家”在松堂关怀医院正式启用。

我们举办了一个小小的启动仪式，感谢那些为这间病房付出努力的同人、朋友和陌生人们。

当天傍晚，8 岁的男孩童童和他的父母入住了“雏菊之家”。由于身体虚弱，童童由母亲用轮椅推到了房间。

实体肿瘤晚期的症状让孩子总是呕吐、无法进食，并且多天没有排便。父母根本无法应对这些症状，只能把孩子带到儿童医院的急诊输液留观。急诊病房里安置了三个孩子，其中不满一岁的婴儿哭闹了整晚，让童童无法入睡，他的母亲坐在床边整夜看守着。而他的父亲只能等候在病房外，无法陪伴在孩子身边。在这样的环境下，生命倒计时的温暖、安宁只能是一种奢望。

他们来到“雏菊之家”后，我在童童身边坐了下来，询问了孩子的一些情况。聪明的童童很快猜到我这位周阿姨就是父母常提起的“周医生”。显然，他很喜欢这个小屋，并愿意舒服地躺在大床上看电视。

55平方米的一室一厅，淡绿色的墙，白色的门，给人一种安静、踏实的感觉。客厅里，铺着碎花桌布的餐桌和对面墙壁上小动物、大树的墙贴相映衬，打造了一个森林童话世界。房间一角的儿童活动区里，圆形地毯也是绿色森林主题，墙壁上是五颜六色的气球和小动物。走进卧室，最醒目的是一张特大号双人床，足够家长陪着孩子一起入睡。床对面墙上挂着一台70英寸①夏普高清电视，房间里还配备了洗衣机、冰箱和简单的厨房电器。家长可以用料理机给吃不下饭的孩子做一些糊糊和爱吃的粥饭。如果不看墙壁上那一排医用气体管道和治疗带，根本看不出这里是一间病房。一室一厅的设计是考虑家长接受心理辅导时，需要与孩子分开的独立空间。松堂关怀医院24小时有医护人员值班，每天还有志愿者上门，陪伴孩子玩耍交流。

我们为这间病房配备了独立的4G②网络，以方便用视频随时观察孩子的情况。有需要的时候，我这位“周阿姨”，也会随时出现在70英寸电视的大屏幕上，和患儿一家进行交流沟通。而小家伙童童悄悄跟我说，他最关心的是能不能连升三级王者荣耀。

我们之所以如此“奢侈”地将儿童临终关怀病房改建成像家一

---

① 英美制长度单位，一般为1英寸等于2.54厘米。——编者注

② 第四代移动通信技术。——编者注

样温暖的地方，就是想给走到人生终点的孩子一个温暖的记忆。改造病房的 20 万元资金由我们发起网上众筹得来，为了这份温暖，我们集结了近 5000 人的心力。

在我看来，“雏菊之家”就是一间众筹病房。“众筹”在这里有着更宽泛的意义。儿童临终病房所需要的病房场所、改造资金、家电家具、运营费用以及专业医疗团队的支持，我们都是众筹来的。

榨干了朋友圈，他们还想让我上《奇葩说》

2013 年，我在美国知名的圣裘德儿童研究医院进修期间，特别安排了很多与儿童临终关怀相关的活动。我常想起那时与我交流的教授们的建议：要想做儿童临终关怀，仅靠热情是不够的，一定要有一个基金会来推动，这样才能更持久。

在美国，几乎每个城市都会有一家 hospice（临终关怀医院）。在这家医院里，一定会有针对临终儿童的专门区域。大部分的临终关怀医院都不是政府出资建设，而是由社会资本投资建设的公益性机构。在美国，21 岁以下的青少年儿童接受舒缓治疗和临终关怀服务是免费的，但他们仍鼓励有保险和有支付能力的人支付费用，以节省资金来帮助更多的人。

我参观了位于田纳西州孟菲斯市的一家 hospice。从外观看来，这家医院更像是一个别墅群。在主楼的背后，是一个后花园。这里有5座独栋的小别墅，是专门为临终期的孩子准备的。这家临终关怀医院的医疗条件很好，它背靠着在美国血液肿瘤方面数一数二的圣裘德儿童研究医院。通常，圣裘德儿童研究医院专门做儿童舒缓治疗的医生会按照固定时间到这家hospice会诊。附近其他hospice的社工等工作人员也会一起参与进来，共同讨论在这些临终关怀医院里的疑难病例。

在中国建一间儿童临终关怀病房，最难的，就是钱的问题。2014年8月，新阳光儿童舒缓治疗专项基金成立，直到今天，“化缘”对我们这些医生来说，还是一件非常困难的事。大部分的善款，都来自我身边的同学和朋友。每到诸如腾讯“99公益日”的时候，我们都会把朋友圈搜刮一遍。

我还把我的高中同学于瑛“拉下了水”。作为儿童舒缓治疗活动中心的负责人，于瑛每天盘算的都是房租、活动经费、人员成本等各项支出的数字。当我飞快地和松堂关怀医院谈下儿童临终关怀病房改造计划时，于瑛说她心里一哆嗦：20万元的改造费用哪儿弄去呀？

这还不是最大开销的项目。最花钱的，是对儿童舒缓治疗亚专业组里，47家医院相关医护人员的培训费用。

为了节省开支，我们将培训高强度地压缩在一天时间内，常借着儿科领域专业会议的间隙，将参会的同人凑在一起培训。这样，就可以节省一笔交通费用。来参加培训的医护人员，心照不宣地选择火车二等座和最便宜的机票，甚至不惜夜里 12 点落地。

经费还是捉襟见肘。为了给“雏菊之家”化缘来一整套家具，于瑛在某北欧家居品牌在北京的两家门店里将我们的项目分别向十几个人进行了详细的介绍，并被要求在现场写一份寻求资助的材料。脸难看、话难听和踢皮球，这对于之前在外企工作的于瑛来说，是很难想象的。后来，“雏菊之家”找到了曲美[①]，他们提供了舒适的大床和玫红色的沙发，我们的邮件依然静静地躺在那家北欧家居公司的电子邮箱里，没有得到任何回复。

这之后，“雏菊之家”的电器和床上用品，依然没有着落。我们又一次洗劫了朋友圈，在朋友圈里展开了认筹活动。不到一天，认筹就完成了任务。为了让入住临终关怀病房的小朋友睡得安全、舒适，我和于瑛一起到超市挑选被子、枕头、褥子这些床上用品。

尽管医生的职责是治病救人，但我和于瑛就像两位做了母亲的寻常女人在事无巨细地为那些孩子们布置一个温馨的“家”。

为了推广儿童舒缓治疗的理念，我需要去社交、到处去讲课和参加仪式。比如某个企业想做公益捐钱或是想做志愿者，又不知道我们在做什么，就需要我去参加活动介绍情况。

为了筹款，有人建议我去参加《奇葩说》，还有各式各样的电视节目。于瑛开玩笑说，她就是我的经纪人。但这些出头露面的

---

① 现代家具品牌。——编者注

事，我确实有些心理抵触，一是脸皮薄，另外也认为医生更应该关注在专业上。

于瑛还在为经费发愁。她说，如果继续揭不开锅的话，自己要努力做一份兼职，打算把兼职的工资贴补给基金会。当然，我们还在想办法，让募款变得更专业、更有效。如果说一切都值得，那只有一个理由，就是为了那些无法挽留的孩子们能够安静地度过生命的最后一程。

中国那些享受到“优死”的不足1%的人[①]

当生命品质发生无可逆转的退化时，这个社会仍然能够给予临终者免于痛苦和恐惧的可能性，临终关怀是一个文明社会所能给它的成员提供的最好的保障。

一

郑丽珠家的大门上方不显眼处贴着一张观音菩萨的画像，很旧很破了，下午屋子里光线不好，这张画像要仔细看才能看见。然而对于一个癌症晚期患者而言，这张画像，或许也意义不大了。

郑丽珠的丈夫李财富不肯让自己请来的医生曹伟华进门，他希

① 本文作者为刘璐。

望医生告诉妻子她只是得了普通胃炎，而不是晚期胃癌。医生拒绝了，她可以不用明说是胃癌，但不能撒谎说是胃炎。

半个月之前，李财富来到汕头大学医学院第一附属医院宁养院找到曹伟华，希望得到宁养院的帮助。

这是中国第一家为贫困的癌症晚期患者提供免费姑息治疗（亦称舒缓治疗）服务的机构，由李嘉诚基金会投资支持。在香港，李嘉诚看见自己的好友在临终时，即便拥有很好的经济条件，也难免遭受死亡前的痛苦。那贫困的人该怎么办呢？

从 2000 年开始，曹伟华就在宁养院工作，现在她是这里的主任。和每一个从事姑息治疗的工作人员一样，曹伟华和她的同事们，无法改变死亡的牌局，但试图改变死亡的体验。

李财富家是一栋典型的潮汕农村的二层小楼，屋顶用钢板搭成，下雨的时候，屋顶总是滴滴答答响。房间里有一点点简单的家具。

争执一番之后，曹伟华还是走了进去，轻轻地拥抱了一下郑丽珠。

郑丽珠躺在床上，因为太瘦，肋间的骨头高高隆起，里面还有一个刚放进去的支架。曹伟华用手轻触她，她的表情比之前舒展了一些，似乎曹伟华获得了她的信任。

郑丽珠曾经服用过弱阿片类的止痛药，没什么效果，为此，曹伟华需要根据她的情况为她开新的止痛药。

护士李瑞娜也跟进来了。她观察房间的格局，看到郑丽珠的柜子上摆着肠内营养粉，她告诉郑丽珠这个应该怎么吃，告诉她垃圾桶最好不要放在头边。郑丽珠的床离厕所大概有 5 米远的距离，要穿过客厅，李瑞娜提醒她，晚上尽量少自己起夜上厕所，摔倒了会很麻烦，“那样你会很辛苦，你先生也会很辛苦”。郑丽珠望着她，眼神像一只无辜的兔子，连连说“好，好”，她想起儿子说过的：“你们身体没事，就是帮我们挣钱了。”

对于癌症晚期患者而言，身体损坏部分的脆弱超出想象。

“明明是乳腺癌，我已经把乳房切了，为什么到后来走起路来髋骨都会疼呢？”一位患者这么问过李瑞娜。她的丈夫把她从床上背下来，和上一次见面比起来，她的疼痛症状好了很多，但癌细胞的转移并没有因此留情。

李瑞娜向她解释说，原来的病灶影响了骨头，并告诉她什么样的坐姿是有利于保护她那脆弱的髋骨的，不要跷二郎腿，也不要把两只脚交叉缠绕在一起。

李财富和社工许乃深在客厅聊天，这是对这个家庭的第一次造访，许乃深需要了解他们的家庭情况。他们有一个儿子、一个女儿，都在广州工作，儿子还没结婚，女儿有一个孩子，许乃深边听边画出他们的家庭树，标注出谁是患者的主要照料者。

这是一个再普通不过的潮汕农村家庭，生活节俭，会培养小孩，老两口守在房子里，性格互补，丈夫是妻子的主要照顾者，两人对疾病和健康的专业知识几乎一无所知。

郑丽珠要面对自己身体无法预知的变化和不断增多的需求。她不知道自己是癌症，但她知道自己状况不好，肿瘤医生不给她进行手术，给她开了一个靶向药阿帕替尼，没什么效果，但一家人都觉得这个靶向药是一个希望。这个时候，如果有一个了解情况，知道接下来该怎么办的人在身边，他们会舒心很多。

因为对疾病所知甚少而饱受痛苦的人很多。曹伟华见过满身黢黑的病人，一查看他的中药处方，才知道处方里有一味含铅量超标的中草药。曹伟华也遇见过病人身上的恶性伤口，家人拿洗米的潲水给他敷，混合着发馊的酸味，最终成为一个细菌培养皿，臭得小孩都不敢靠近，伤口本身的感染也越来越厉害。

在晚期癌症病人最后的时光里，这些痛苦关乎着生命的尊严。

曹伟华接到过一个情况很不好的患者家属的申请。他们去到患者家里，病人卧床，腹部缠着纱布，意识模糊，无法进行语言表达，看起来剩下的时间不长了。曹伟华例行为他检查身体，这位病人血压不高，心率不好，因为意识模糊，疼痛感不是很强烈，但曹伟华发现他身体特别脏、特别臭。等到护士李文苑要为患者身体做评估时，曹伟华观察到她在掀开病人衣服之后，愣了一下，立刻转过头，对病人家属说："你们弄两盆温水来。"

李文苑转身拿出工具包里的一大堆清洁敷料，戴了两层口罩，回到病人身边。这是一个做了造瘘手术的病人，家人不会护理，医院给的肛袋也没用，回到家的三天时间里，病人躺在床上，粪液从腹部一直流到颈部、枕头以下，曹伟华向我形容说，病人整个人都泡在了粪水里。那个下午，她都觉得这股味道一直跟着她。

李文苑花了半个小时为他清理，整个过程中，病人虽然不能说话，但一直高度配合李文苑的动作要求，面部表情逐渐舒展开来。李文苑又让家属到附近的市场买新的睡衣和床单，为病人换上，并教会家属如何为病人进行护理。

不到 48 小时，这位病人的女儿就又再次来到宁养院，退还多余的纱布和肛袋，并告诉曹伟华，父亲已经去世了。最后 48 小时，父亲干净、清爽，穿着干净衣服，就像睡着了一样，他们感到很安慰。

二

当初曹伟华从内科转到宁养院的时候，旁人和她自己都有过一些疑惑。她的医学晋升路一直很顺利，病房是一个很容易让人有成就感的地方，作为医生，是在努力和疾病抗争，感受现代医学为人类生命带来的“无限”可能。

在现代医学诞生之前，人类的死亡往往离奇又充满诗意。1662 年，伦敦的一位男装店店主发布了第一份死亡量化记录，那时候，人们死于“无疾而终”，死于“忧伤”，还有人死于“昏睡”。

是现代医学改变了这种语焉不详的死亡体验，20 世纪以后，大多数人都死于医院、病床上，死于某种被命名过的疾病，死亡记录不再诗意，变成了冰冷又程式化的医疗体验。

到 2015 年，人类 2/3 的死亡都伴随着慢性疾病，在生命最后的时间里，这 2/3 的人都要面对自己身体或快或慢的衰竭过程。而这其中的大部分人，又都在医院经历过不惜一切的治疗，他们被送进 ICU（重症加强护理病房），在生命的最后一个月做了一场大型手术，离开的时候身体还被输着抗癌药。

《最好的告别》一书中提到一位癌症晚期病人，“永久性器官造口术、鼻饲管、透析导管插满了她的全身，她躺在那里，身体连接着这些泵，时而清醒，时而昏迷”。

这种“生命不息，抗争不止”的精神在很长一段时间里赋予了人类突破自身局限性的种种力量，它突破过基因、血肉、细胞、骨骼，保证了人类的健康和生存，帮人推迟死亡。但这种精神并没有帮人更好地思考死亡。

对死亡的避而不谈，往往会给人带来不好的死亡体验，这种体验里掺杂着遗憾、绝望和过度治疗给患者带来的肉体痛苦。对于活着的患者家属而言，这种痛苦更放大了他们的无能为力，虽然他们那么尽力想要避免自己所爱之人的死亡。

将死的人想要什么？托尔斯泰的中篇小说《伊万 · 伊里奇之死》中描述过一个人在临死之前因得不到任何同情与安慰而痛苦的故事。那是 19 世纪晚期的俄罗斯，伊万 · 伊里奇在临死前渴望

（虽然羞于承认）的不过就是：“有人能够像对待一个孩子一样地同情他。他渴望得到宠爱和安慰。但他知道自己是一个有一定社会地位的公务员，胡须都白了，所以，他知道他的渴望是徒劳的。然而，他仍然这样渴望着。”

然而，死亡是一个比现代医学存在时间更长的事物，人类都知道生命有尽头，死亡却仍然在大多数文化中成为禁忌。在中国，科学唯物主义近几十年的发展，更是让人们除了自己的生命外认为什么都是不真实的。人们以“英雄”的姿态与死亡抗争，在生命尽头仍然不停止向身体内打进抗癌药，在最后一刻，选择让自身被狠狠摔向死亡，“成为无效治疗和精神照顾缺失的牺牲品”。

如果医学无法改变死亡的结局，是不是意味着医学的无能？

还是医学生的时候，曹伟华就意识到医学有它的局限性，“我们已经尽力了”这句话只能带给患者和家属绝望。“那我为什么不去想办法让病人在生的时候有更好的生活质量，他能够活得更有尊严，能够把自己能安排的事情安排好”，曹伟华说，从这个角度来看，姑息治疗，并不是无所作为的。

Hospice UK的临终关怀院全国主管罗斯·泰勒（Ros Taylor）说：“让死亡变得更美好是很简单的。重要的是关于良好疼痛控制的基础知识以及和人们谈论重要事务，这可以让死亡的过程发生很大转变。”

曹伟华到宁养院工作时，熟悉她的人替她的专业能力感到可惜，她是一个优秀的、前途无量的内科医生，而宁养院的工作看起来就是开开止痛药。姑息治疗最重要的不是昂贵的技术和药物，如果放在医院里，也算是个赔钱的科室。年轻医生总是来了很快就走，既辛苦，成就感也不高。

不熟悉曹伟华的人则质疑她是不是专业能力不够所以被派到宁养院，曹伟华懒得去争辩，她不是一个争强好胜的人。对她而言，宁养院的工作和内科医生的工作一样有它的价值。

有时候给患者带来希望和舒适的就是每天 90 毫克的吗啡，而不是靶向药。

三

李泽钦是曹伟华服务时间最长的一位病人。

他住在汕头郊外的一栋二层小楼里，这是父母留给他的房子，一楼他用来做木工，当然，仅限于他身体状况好的时候。我见到他的时候，他穿着背心正在做一把小椅子，汕头的秋天依然炎热，他比之前胖了一些，状况好的时候，每天可以工作两个小时。

经过一个陡峭的木制楼梯上去，二楼就是他和妻子的住所，一个观音菩萨的神台摆在楼梯口，老式的潮汕家具都由李泽钦亲手制作，就连这个陡峭的楼梯，也是他 30 多岁时自己做的。2001 年，李泽钦被诊断为鼻咽癌晚期，这是一种在广东地区比较高发的癌症。他问医生，还能不能看见北京奥运会，医生说：“可能看不见啊。”

2005 年，李泽钦找到宁养院，那时他刚结束放疗，出现大出血，他的想法是，死的时候不要那么痛吧。当时曹伟华也觉得，他可能活不过半年时间了。后来李泽钦没想到自己看见了奥运会，又看见了女儿结婚，还等到了小外孙女的到来。

每天晚上，李泽钦都去旁边的光华路走一走，但因为还算年轻，他不敢用拐杖，只敢假装推着一个自行车支撑自己。李泽钦的妻子身体不好，十几年来从来没有去过一次医院，只能在家做手工，每天挣十几块钱支持家用。从被诊断为癌症到治疗，再到后来找到宁养院，李泽钦每周都自己去宁养院拿药，状态不好的时候，他就是一个病人的样子，忍着疼痛，双腿无力，呼吸困难，“兄弟姐妹都讨厌我，别人问起他们，我就说他们都很忙”。

即便从死亡的威胁中暂时逃脱出来，疾病仍然困扰着李泽钦，他的左眼已经近乎失明，左耳听力也逐渐退化。和从前的痛苦相比，这不算很大的困扰，他甚至觉得，自己做木工活的时候本来就要闭上左眼，这一切都恰到好处地让他知足。

在曹伟华的经验里，有少部分患者因为舒缓治疗收到了一些意想不到的效果。李泽钦目前唯一的治疗就是止痛药和通便药，暂时没有出现癌症转移或复发的现象。

宁养院一直免费为他提供和维持稳定的药量，定期去家里看望他，了解情况。

按宁养院管理指引，李泽钦应该退出服务，但如果停止使用止痛药，疼痛仍然会折磨他，甚至再次威胁他的生命，曹伟华有些矛盾，但无论如何不会放弃他。对于李泽钦来说，宁养院是比他的兄弟姐妹更重要的存在。

曹伟华和许乃深有一个共识，宁养服务，最重要的是发现对方的需要，然后再去为他提供这个需要。

许乃深是一位经验丰富又敏感的社工师，脸部线条柔和，话不多，但说话总是轻声细语，两年前，他还在从事行政工作。两年之后，每走进一个患者家里，许乃深就知道，他或许又走进了一个错综复杂的故事。

有时候他会先观察患者家里是否有十字架、佛堂，或者是否有在拜什么神，如果碰到家里有比较明显的宗教信仰的，许乃深会问这个信仰有没有为患者面对疾病带来一些力量；当患者痛的时候，这个宗教对他来说意味着什么。

有一次许乃深第一次出诊一个患者家庭，注意到这家屋檐下有一个被保护得很好的燕子窝。许乃深和他们聊起来，并了解到，在潮汕民俗里，家里有燕子窝是件好事，他知道这一定是这个家庭在乎的事情。

他会根据家庭成员之间说话的样子，家属对患者病情的了解程度，甚至当医生进卧室为病人进行检查时，家人是否跟进去，来判断这个家庭成员之间的关系如何。如果一个患者问起许乃深自己还有多长时间，许乃深从不会直接回答，反过来问他为什么会这么问，心里是否在害怕什么。很多时候，许乃深也需要重复灌输给患者一个信念：“你不是家人的负担。”

社工的工作是要满足患者和家属在灵性方面的需求，用许乃深的专业术语来说，他们的工作要满足患者和家庭“身、心、社、灵”的需求。灵性需求，亦即精神需求，要摆在曹伟华满足患者的身体需求之后，曹伟华首先得保证患者免于疾病带来的疼痛和不舒适，在这之后，许乃深的工作才能更好地进行。

疼痛治疗是姑息治疗里最重要的环节，癌症的疼痛发病率高达84%，有很多病人都提到过，相比死亡，自己更害怕疼痛带来的折磨。每周曹伟华都要向不同的病人以及家属了解病人的身体情况，了解他们的疼痛状况。

曹伟华觉得，同理心很重要，但没有亲身体验，人其实很难对别人的痛苦感同身受。他大多数时候都尊重患者和家属的选择，并不带有一个权威医生的傲慢。有人要吃中草药，有人要用靶向药，曹伟华会谨慎地告诉他可能面临的风险，但并不打破他的希望。曹伟华知道，希望是患者和家属之间的纽带，是他们对彼此存在的珍视与肯定。

四

既然死亡对每个人来说都无法避免，那姑息治疗对每一个饱受死亡前痛苦折磨的人来说都有必要。

但根据WHPCA（全球临终姑息治疗联盟）估计，在全球有临终需求的人中，只有10%的人真正得到相应的姑息治疗。许多国家（大部分是发展中国家）因为目前无法提供基础的疼痛管理，数百万人不得不在痛苦中死去。

全球都在面临老龄化，中国的情况更为严峻。根据《经济学人》智库的估算，到2020年，中国将有13%以上的人口达到65岁以上，相比之下，全球人口的这一比重只有11%（在印度只有6%），这意味着中国的一般医疗体系将面临巨大的挑战，同时对姑息治疗也会有更迫切的需求。

《经济学人》智库发布了《2015年度死亡质量指数——全球姑息治疗排名》，在参与评估的80个国家中，中国排名第71位。

一般说来，一个国家的姑息治疗水平和经济发展程度呈正相关，然而中国的姑息治疗水平仍然排在乌干达、俄罗斯、蒙古、加纳、坦桑尼亚、肯尼亚等国家之后。

报告显示："中国的姑息治疗整体供应有限，而且质量不高。仅有不到1%的人可以享受到姑息治疗服务，并且大多数临终关怀机构都集中在上海、北京和成都等大城市；没有国家战略或指导方针；阿片类药物的使用和供应有限；医患沟通不佳。"

中国政府曾经出台过关于姑息治疗的战略，但这只是一份宽泛意义上的声明，不包含清晰或具体的里程碑式目标，实现该战略的清晰机制也没有准备好。很多需要面对大量临终患者的肿瘤科医生都表示，自己从未学习过如何与这些病人谈话。

姑息治疗在中国推广困难的另一个原因很大部分还在于这项医疗成本并未被医保覆盖，即便在中国第一家临终关怀医院——松堂关怀医院——病人也很难承担每个月几千元的看护费用。

姑息治疗的缺失，对大多数中国人来说，意味着我们或我们的家人必然要在死亡面前饱受折磨。

2012 年，青年教师秦岭给时任上海市委书记写了封信，讲述罹患晚期肺癌的父亲辗转于上海各家医院，历经强制出院、入院无门，走后门、说谎、送礼都无法获得一张病床的绝望。

没有人统计过需要临终关怀服务的人数，但在中国每年 900 万的死亡人口里，有 270 万人死于癌症——晚期癌症疼痛的发生率高达 80%。还有 80 岁以上、身体极度衰弱，患有多种疾病，如脑萎缩、老年痴呆，甚至没有记忆和理性的老人。

秦岭面临的困境几乎指向我们每一个人，对于多数中国人而言，积极治疗是疾病的全部意义之所在。当疾病一旦失去了治疗的机会，无论是病人，还是亲人，都失去了在这个世界的坐标。

在中国，治愈性治疗方法一直占据着医疗战略的主要地位。当我们被这个以治愈为目的的医疗体系抛弃时，还可以去哪里呢？我们可以找到一种更好的告别方式吗？如果没有足够的姑息治疗服务，每年数以百万计的晚期癌症病人和家庭都将被这个世界驱逐，在痛苦中死去。

五

许乃深告诉我，观察一个家庭就像剥一颗包心菜一样，你要一点一点剥开才知道，这个家庭最核心的需求是什么。在一个患者家里，许乃深注意到癌症晚期的父亲搬出卧室，在楼梯口支起一张临时床铺，横放在一楼和二楼中间，每天都睡在这里，家人不理解为什么。

许乃深和他聊才发现，曾经作为一家之主的父亲在生病之后，感到很寂寞哀伤。躺在卧室床上被家人照顾，也可能意味着被抛弃，所以他选择在楼梯口，继续观察着家里的情况、发生的每件事，这样任何时候，他都不至于被遗忘。许乃深把他的孩子都叫到身边，告诉他们虽然父亲生病了，但父亲的角色还是一样，家里有事还是要多和他商量，听取他的意见，不要让他有被落下的感觉。

当然，许乃深也碰见过戴口罩回来看望患病母亲的女儿，看望一次之后就落荒而逃。女儿总害怕癌症会传染，也不知道母亲在这个时候有多需要她。

大多数人思考起自己的死亡时都会感到恐惧，如果可以，就让死亡被藏在医院和养老院吧，那样人们就不用去谈论也不用去熟悉它了。但是与垂危的病人开诚布公地交谈应该成为姑息治疗相当重要且平常的一部分，应该变得像医生和感冒病人讨论感冒药一样。

在死亡面前，能让人闪闪发光的通常不是求生本能，而是一个人的灵性需求得到满足的时候，这种时刻许乃深见过很多。

2017 年 6 月，当刘树清的女儿来到宁养院时，她的内向和冷漠让许乃深印象深刻。她只传达出了家里有一个暴躁的癌症晚期的父亲，至于具体的病情和需求，她并不太清晰。

刘树清的家在汕头市区的一个廉租房里。他蜷缩在自己破旧的木床上，眉头紧锁，神情痛苦，不时因疼痛发出呻吟。2017 年 6 月，刘树清的大女儿刚大学毕业找到工作，也是这个月，刘树清被诊断出右肺癌并多发转移。刘树清是个只有初中文化的木工，十年前，他的妻子因胰腺癌去世，和大多数必须承受家庭压力的父亲一样，刘树清打很多份工，抚养两个女儿考上大学，即便五年前因青光眼致盲，他的努力也没有减少半分。大多数时候，他是一个坚强、勇敢、有担当的父亲，肩负起保护女儿的责任。但这也同时意味着，他和女儿在沟通和情感上的疏离。患病之后，他因为疼痛、害怕、绝望而抑制不住的暴躁，更让两个女儿不知所措。

每个夜晚痛的时候，刘树清就用凸出来的床板边沿顶住自己的背脊，咬牙挨到天亮。

当许乃深和同事第一次去到刘树清家里时，刘树清就在他们面前痛哭起来。和一个陌生人诉说自己痛苦的一生是一件更容易的事，许乃深为他递上纸巾，肯定了他遭受的痛苦，也肯定了他的坚强。

医生为刘树清开了止痛药以缓解他在日常里的疼痛。

虽然看不见，许乃深却感受到刘树清有很强烈的灵性需求，他的家里放着很多他在失明前读的书。第二次到刘树清家里时，许乃深带了一本书，邀请刘树清的女儿为父亲朗读了其中卡尔基写的一段话，他觉得那是刘树清的心境："我相信，我们内心的平静和我们在生活中所获得的快乐，并不在于我们身处何方，也不在于我们拥有什么，更不在于我们是怎样的一个人，而只在于我们的心灵所达到的境界。"

这是刘树清与女儿之间难得的一次在传递心电流的交流，"除了你自己，没有任何人和任何事物可以给你带来平静"。

8 月，刘树清的病情急转直下，基本吃不下东西。8 月 2 日是刘树清的生日，在征得同意之后，许乃深带着同事来为刘树清过了人生中唯一一次，也是最后一次生日。他带着一个写着"点亮心灯，回眸人生"的蛋糕来到刘树清床边，他本以为刘树清必须躺着过完这次生日，没想到刘树清要求在女儿的搀扶下坐起来，这是让许乃深感受到灵性拥有无穷力量的一个时刻。

大家围坐在蛋糕四周，为刘树清唱完生日歌。内向的女儿第一次哭着向父亲表达了对父亲的感谢与爱意，感谢他的坚强与付出，刘树清也流着泪向女儿表达自己的歉意，希望女儿原谅自己在患病之后的不由自主和无能为力。

第二天，许乃深开始为刘树清联系相关的后事准备。8 月 7 日，刘树清去世。8 月 9 日，刘树清的两个女儿来到宁养院，交给许乃深一封信，上面写着："父亲离开的那刻脸上仍带着微笑，我们知道忍受病痛折磨的他感受到了幸福。"

许乃深第一次去刘树清家时，注意到他家窗外的苦楝树。这是在潮汕地区常见的一种树，开紫色的花。那时候，苦楝花总飘落在刘树清的窗台上，他不曾注意到。苦楝树是菩提树的一种，指引人们开悟，许乃深觉得这种树像极了刘树清苦涩又完美的生命结局，"只要人真的想通了，他就能懂得放下"。

很多时候许乃深都觉得这份工作是一件美丽的事情，能从事这份工作，是他的福分。

人在临终前的愿望都不尽相同，有人愿望很大，有人愿望很小。

有位基督教徒的愿望是能吃一顿圣餐，于是许乃深请来一位牧师，在患者家里为她做了一顿圣餐，唱了圣歌。那天，这位癌症晚期患者为自己穿上了一件红衣服，容光焕发，那一刻许乃深几乎感受不到她是一个濒死的人。

踩三轮车的黄先生，捐献了自己的眼角膜，帮助 5 个人重见光明。

也有关系破裂的夫妻，在宁养院介入之后，才终于明白了各自的心意。大男子主义的丈夫和一辈子作为家庭主妇找不到自我价值的妻子，各自都换上了最好看的衣服，牵着手，让许乃深为他们拍下一张照片。这不是一段自由恋爱，这是他们第一次牵手。

有一次许乃深为患者和家属准备了一张贺卡，左右两边分别画上一颗心，心形里写上他们各自的愿望，把贺卡合起来的时候，他们的愿望就“心心相印”了。有一位患者写的是：“我希望我走的时候，我的爱人不要太伤心。”

有人喜欢所有亲人都聚在一起，等待那个时刻；也有人希望自己能独自度过那个时刻。有一个患者一定要等到帮助过他的宁养院工作人员到来，道完谢，才肯咽下最后一口气。

有一些患者，已经在弥留之际了，家人却还未察觉，这时候宁养院的工作人员会让周围的人保持安静，因为人的听觉会最后消失，他们可以走到患者耳边说一些让他安心的话。在最终的那个时刻，人们需要道歉、道谢、道爱、道别。

宁养院就在汕大医学院第一附属医院的后院，不是一个很显眼的位置。宁养院的大堂摆着一张柔软宽敞的皮质沙发，浅色地板，灯光总是被工作人员调到最舒服的亮度，旁边的一个小房间，同样摆着一张宽敞舒服的布艺沙发，天花板上挂着一个被绿色植物装饰的鸟笼，这个房间偶尔被用来进行一些私密谈话。虽然很容易遇见坐在沙发上流泪的人，但每周来取药或咨询的患者和家属都能在这两张沙发上得到暂时的安慰或释放。

曹伟华和她的同事就在一门之隔的办公室里办公，办公室再往里的房间，存放着已经结束服务的 8000 多人的资料，它们被放置在一个需要靠轨道才能推动的巨大铁质柜子里。李文苑为我旋转开关，8000 个家庭在生命末尾的故事和愿望就在我面前流动起来。

办公室的门几乎总是开着的，那是一个永远不会拒绝人的推拉门。每一天曹伟华和她的同事推开这扇门，就能看到大堂沙发上方挂着的那幅毛笔字：“爱是恒久忍耐，又有恩慈；爱是不嫉妒，爱是不自夸，不张狂，不做害羞的事，不求自己的益处。”

主动选择的死亡：自杀者与自杀守门人[①]

> 真正严肃的哲学问题只有一个：自杀。判断生活是否值得经历，这本身就是在回答哲学的根本问题。
>
> ——加缪

两座孤岛

李宙是一名监狱警察，他负责惩罚犯了错的服刑人员。说起来虽然有些不愿意，但武器和权力，还是在“李宙们”手里。

他容易对服刑人员产生同情，从根本上来说是对人类命运不公

① 本文作者为刘璐。

平的感慨——无法预测的灾难、充满压力的生活变故和社会支持在整个社会中并不是正态分布的，那些弱势群体面对的变故更多，获得支持也更少。

随着灾难和变故而来的巨大痛苦在某些极端情境里可能伤害他人——犯罪，也可能伤害自己——自杀。

同情让李宙痛苦，这和他的职业角色有冲突。为了寻求一个解脱的途径，每次离开监狱，李宙都会驱车 40 公里，来到“希望 24 热线”在南昌设立的自杀干预热线，希望抚慰那些正处于巨大的变故和痛苦之中的人们。

监狱之外的这个 15 平方米的密闭空间，就成了李宙进行身份转换的地方。2012 年，台湾人林昆辉在上海成立了一条自杀干预热线，由持有心理咨询师执照的志愿者来完成接线和自杀干预工作，热线发展壮大，陆续在大陆二十多个城市开展起来，李宙是志愿者之一。

南方的天气大多湿润温热，从监狱到接线室的途中，李宙会经过他从小就熟悉的街道和树木，树木高大得几乎遮住了整片天空，阳光透过树叶照在路上形成渐次变化的阴影。

接线室只有 15 平方米，两台电话用于随时接通有自杀倾向来电者的倾诉，两张床帮助接线员度过深夜，一株植物摆在窗台上，窗外是一堵墙，抬头只能看见天。

在这里，李宙说他学会面对自己，面对人类。

那天晚上不到深夜，10 点左右，那是一个说话声音低沉缓慢且毫无生气的年轻女孩，一上来就问：“人活着是为什么啊？”此刻她正躺在宾馆的床上，作为医生的女儿，她知道怎么样可以让自己快速死亡。

“可以跟我说说你遇到什么了吗”，“你的家人呢”，“你太辛苦了”，“你喜欢玩什么，什么能让你开心”，这是接到电话的接线员从技术层面出发对来电者说的一些话，接线员尝试拉住她，但对方最初总是拒绝。

这个女孩前一天曾打过一次电话，差不多的时间，差不多的声音，那时候她一个人在家，还没有准备好工具和药品。抑郁症让女孩无处可逃，你能拉住她什么呢？挂掉了昨天的电话，今天的绝望仍然存在。

“我喜欢弗洛伊德，我喜欢研究潜意识，可是我自己还是救不了我自己”，“流血了，好痛”，“你们不要救我，把我埋葬了就好”，“不要阻止我，我没有别的办法了”，“我不会告诉你我在哪的，你们会报警”，“我知道你只是志愿者，却为我操碎了心”。

情况危急，但对方的情况完全无法控制。接线员在电话这边泣不成声，女孩说：“你对我真好，我喜欢你的声音。”

只有一根电话线，没有电子追踪系统，没有医院，没有警察，两个人就像两座孤岛。

“你先坐起来好不好，我们不要躺着了”，“你先止一下血好吗”，

“我可以叫你妹妹吗”，女孩又抗拒，又接受，本能地给自己止了血，并保持和接线员说话，“我好想抱抱你啊”。两个人互相拉动彼此，约好以后一起去爬泰山。

电话持续了一个小时，这时女孩那边另一个电话响起，有人敲门。有人找到她了，她警觉起来，开始对着接线员破口大骂：“你浑蛋，我不该相信你。”“我忘了心理咨询师与来访者永远不会有背后的友谊。”“你们要我怎么活着走出去？”……电话在女孩的激烈情绪和一片嘈杂声中中断，接线员放下电话，情绪仍然没有平复，夜也没有太深，但对于接线员来说，任务算是结束了，不必面对一个人死在面前。虽然，她也不知道明天会怎么样。

有时候，铃声会不间断地响起。尤其在深夜，人们总在那个时候更悲伤。

自 2012 年 12 月开通以来，希望热线已经累计接通了 16 万个求助电话。这其中男性比例略高于女性，人们面临的烦恼来源除了常见的爱情、财务、工作、婚姻、自我、孝养，更高比例的是“不详”。16 万个电话里，有 0.1% 的人处于最高危级别的情况——他们正在实施自杀行为。

自杀这个一直伴随着人类存在的远古命题，从来没有被真正“攻克”过。加缪说，真正严肃的哲学问题只有一个：自杀。判断生活是否值得经历，这本身就是在回答哲学的根本问题。

世界上每年大约有 100 万人死于自杀，每 40 秒钟就有一人死于自杀。

2002年，客居中国的加拿大精神科医生费立鹏开启了中国真正意义上的自杀研究，20世纪末，中国自杀率高达十万分之二十三，是15~34岁年龄段人口的首要死亡原因。每年287000个中国人因自杀被夺走生命，当时中国也是全球自杀率最高的国家之一。

这天，李宙先是接到一个电话，对方一上来就说想杀了自己的父亲。倒不是因为什么大事，这位年轻男子脸上长了一个东西，父亲说可能是痤疮，他觉得父亲在诅咒自己，就想杀了父亲。男子语速有些快，说话开门见山，李宙对他不陌生，印象中已经接过几次他的电话了，每次一来不是要自杀就是要把父亲杀了。

对李宙来说，应对这个人不算难，在接下来的5~10分钟，李宙不和他争论父亲的对错，而是像哄小孩子一样，“真棒”，“还好你能开导自己”，“那我们去医院咨询专业的医生好不好”，“我们能不能现在就去医院呢”。

根据李宙学到的技术，在这个时候你最好不要否认对方的情绪，即便他看起来暴力又疯癫，你要让他感受到“现阶段我这样就是我最好的状态了”，就像一个人在哭泣的时候，最忌讳的安慰语是“你别哭了”，哭已经是他能做到的最好的事了。

这显然不像一个狱警该做的事，狱警从来不会这么温柔。前一天李宙还要眉头紧锁面对铁栅栏后面的服刑人员，今天他就变成了一个慈眉善目的陪伴者，要对一切悲伤的愤怒的邪恶的念头照单全收。

“你跟我说了这么多，我觉得我们已经是朋友了。”“你还有别的家人吗？”“你平时喜欢玩什么呢？”“噢！你喜欢音乐，我也喜欢音乐。”

在这里，李宙有时候 40 岁，有时候 30 岁，有时候姓李，有时候是学法律的，不管是眉头紧锁，还是慈眉善目，在李宙看来都是可以通过理性的技术指导来实现的。

希望热线创始人林昆辉开发了一套干预自杀的方法，被称为“非事件量化 S-R 心理咨询与治疗学派”，这套方法的核心是不要陷入创伤者的困境事件中，也不要试图帮他解决问题，而是协助他“从沉迷于过去创伤事件及当下创伤心理循环的黑洞中跳出来”。不评论事件对错，给他肯定，包括他的过去、现在和未来。

监狱里也会遇到服刑人员自杀，遇到犯人冲动的时候，监狱的方法是把犯人隔离起来，关在一个单独的房间里，既是作为惩罚，也让犯人没有条件自杀。这是一个合适的方法吗？李宙不知道，现状有些尴尬，监狱也有心理咨询，但并不太能系统地派上用场。对于自杀的干预，李宙希望能把手段放在更前面，消除人的烦恼，或许人就不会有自杀的想法了。

接完电话以后，李宙就又恢复了冷静的模样，重新开始播放手机里的心理学教学视频，他还在惦记知识和技术上的补充和修炼。李宙不愿意表露出哪怕一点，这套在他表达里完全理性可控的技术方法，其实是饱含温情的。

李宙有一个稳定的来电者——他的妻子，他也重复告诉妻子，遇到任何问题，都要随时给他打电话，他其实从内心相信这个电话的力量，他在高中毕业之后有过不那么快乐的几年，现在他时常会想，当时如果能有一个人听他这么说话，他或许不会困惑那么久。

人就是会有意识或无意识地陷入痛苦中，快乐并不是天然存在的。有一些人任痛苦摆布，有一些人则还存有一丝力气和痛苦抗争，李宙和他的同事们在漫无边际中伸出手，不知道能抓住多少人，能抓多久。

痛苦的无边无际

李宙接的是赵子君的班，赵子君是南昌地区接线时间最长的接线员，她做了 26 年肿瘤科护士，见惯了人类面对死亡和疾病时的无能为力。通过自杀干预热线把人从死亡边缘救回来，能让赵子君免于恐惧。

她喜欢在接线室待一个通宵——高危自杀案件总喜欢发生在深夜。

即便已经接了两年电话，听过了无数人的痛苦，但痛苦本身的不着边际有时候仍然让赵子君震撼。

现代社会趋向于让人的痛苦社会化，制度也试图把人的痛苦纳入自己的管理范畴，比如在一场灾难里，人的痛苦是社会性的，可以通过预防、报道、救灾和哀悼这个流程来解决。但在美国人类学家凯文博看来，人身体和心灵的苦痛一定都包含着巨大的不确定性。灾难是无法预测的，人的感受和体验也是不确定的，种种痛苦都是崭新、敏锐又不确定的。灾难可能完全来自命运。

在这个 15 平方米的房间里，人的痛苦，也是无边无际的。

“玩得好的朋友走了，从小学二年级到高一，他们说我是想象的。”

“想自杀，初二割腕。”

“喜欢的女孩跳楼自杀了，我也不想活了。”

“和女儿的老师发生性关系，被女儿发现。”

“看见孩子聊天信息中有‘老公，你去上学了吗’，想和孩子谈，但张不开口。”

“因感情问题导致工作失误，去咨询心理医生，没帮助，今天早上就想从长江大桥上跳下去。”

有时候，它们隐秘又禁忌。

“结婚一年多，老公一直穿女装，胸大，比较女性化。”

“17 岁男生，喜欢穿妈妈的黑丝袜。”

“有钱人家的保姆，双性人。”

“喜欢女性卫生巾，喜欢妈妈的卫生巾。”

“用旗帜自慰，做过心理咨询，没用。”

一位13岁的男孩问：“两年前被继父玩弄生殖器，这种行为对不对？为什么过程中它会硬起来？”

痛苦有时也细小，又微妙，无处遁形。

一个小学生打来电话，他告诉接线员，自己练习跑步一年了，365天，跑遍了各种天气、各种白天和黑夜，从没有间断过，在他的脑海里，他已经排练过无数次在学校运动会上加速、冲刺、夺冠。终于等来了运动会，他就像每天的训练一样，完美完成了比赛，拿到了冠军。但他却非常伤心，一切就像在这一刻结束了一样，没有人来称赞他“你太了不起了”，积蓄了一年的努力在他跨过终点线的那一瞬间就失去了意义。

有的故事戛然而止，比如一个误入传销组织的退伍军人，或者一个爱上易中天的姑娘，在说完“你根本不懂我的痛苦”后就挂掉了电话。

一位小城男性，得了12年抑郁症，又会被如何看待呢？这是赵子君接到的第一起自杀高危来电。“40来岁，听起来很壮实，在超市打工，和老婆离婚了，孩子扔给养父，养父不理解，怎么可能抑郁呢，就和他断绝了关系”，赵子君接到电话时，他正坐在宾馆的房间里，药品放在触手可及的地方。在中国人坚固的“过日子哲学”语境下，这个男人“浮生取义”的行为没有丝毫正当性，即便他已经把痛苦细细研磨了12年，从前没有用，将来或许也没有用，只等待在这一瞬间释放。

释放之前，他还是遇见了赵子君。无论他遭遇了什么事情，赵子君在电话这头都像最后一根拉他的稻草一样，不断告诉他："我很在乎你。"

关于抑郁症的根源，研究者认为它有一些决定因素：人类不幸的社会根源造成了绝望、去道德化、自认失败的人格和处境。

男人向赵子君陈述了自己的痛苦，央求赵子君给自己的养父打电话，自杀是他最后博弈的武器，就像羸弱的人撞不破一堵墙，于是抱着炸弹和墙同归于尽。

在南昌的深夜，赵子君拿起自己的手机，拨打了男子养父的电话，这是一个违规操作，接线员不被允许暴露自己，但赵子君已经顾不上了，男子的死亡可能就要发生在她的眼前。但现实并没有想象得那么千钧一发，赵子君拨通电话，对方接起来，是难懂的方言，对男子的死亡没有太大兴趣，很快就挂了电话。

有一件事情，男人只告诉了赵子君一个人，这是一件难以启齿的事情，生活中他不知道该跟谁诉说。他有偷窥癖，已经发展到无法控制的地步，在女厕所，在所有有女人的地方，但偷窥带来的痛苦大于快感，他认为自己是卑鄙的、无耻的，最终解决这个问题的方法也是自杀。

性有一套自己的逻辑，成为人类广泛痛苦的根源之一。接线员时常会面临对方讲述自己因为性而遭受的痛苦，乱伦的、出轨的、性侵的、性幻想的，运气不好的时候会遇到性骚扰，打电话来的人听着你的声音进行自慰。有的接线员会因此苦恼，挂掉电话，回家呕吐，放弃工作。

而这个男人让赵子君知道，性的焦虑也是需要被接受的焦虑，它或许是对生命产生焦虑的源头。

赵子君也接到过乱伦电话。深夜，一位男性打电话过来向赵子君倾诉自己和母亲乱伦的烦恼。这种来电并不少见，有些是幻想，有些确是实际正在发生。但在深夜，欲望和负罪感会从心底被翻出来。

大多数情况下，儿子与母亲的乱伦发生在父亲离异、去世或者长期缺位的情况下。“这一类孩子他从小是跟母亲一起成长，与母亲的连接是很紧密的。婴儿时期，无论男女跟母亲都是共生的状态。随着这个婴儿长大，他是需要分离的，比如上幼儿园，这是第一次分离，一直到后面上大学进入社会，都是一次又一次分离，有一些母亲在这个过程中一直与孩子紧紧缠绕，没有做到很好的分离。”

打电话来的男人在 16 岁时父亲去世，他希望自己能照顾母亲，能给母亲更多的爱。在和母亲保持十几年性关系，如今已经娶妻生子的情况下，他和母亲仍然未了断的关系让他十分痛苦焦虑。赵子君肯定了他的爱，但告诉他不应该是性爱，不是取代父亲的位置。

但赵子君并不能告诉他应该怎么做，“我们只处理他的焦虑情绪，我们也没办法去解决他的问题，还是要让他自己去抉择。他打电话过来还是想倾诉，我们在听他诉说的过程中对他同理，他的焦虑已经缓解了一大半了”。

赵子君始终认为，人类所有的痛苦都是应该被接纳的，即便它们有时候看起来荒谬、不道德、充满暴力。

在悬崖底下接住你

有人打电话来对着赵子君发火，把她骂得狗血淋头，赵子君对他说：“我知道你心里一定很苦，你遇到了这么多烦恼的事情，你朝着我大喊大叫也可以理解。”一说完，那个人愣了几秒，反倒就平静下来了。“他的愤怒不是朝向你的，他可能积压了很久找不到出口，我们就成了一个出口。”

痛苦不仅有它社会性的原因，也会产生社会性的后果。在赵子君看来，没有出口和不被接纳的痛苦，对个体而言，就会演化成自杀。

所有的接线员都被要求挂了电话，离开接线室之后，就把这里的事情都忘掉。他们必须适应自我在两种身份中切换，不要陷入这些事件里面，就像赵子君并不会多想和母亲乱伦的男人之后会怎么处理自己的问题。

林昆辉自己也认为，自杀干预热线在整个自杀干预系统里是很薄弱的一环，它甚至算不上解决了最高危人群的问题，只有一些次高危人群会打电话过来。

自杀这一复杂现象，从来都是由多重因素交互作用导致的，因而世界上的自杀干预项目虽然很多，但哪些确实降低了自杀率，却无法厘清。

对于自杀干预热线的有效性，至今也没有量化的数据。但赵子君们相信，危机是有时效性的，是暂时的失衡，且人自身有复原能力，自杀热线的存在可以为许多孤单和失望的人提供帮助。

中国的自杀人口格局不同于欧美和其他发达国家，后者的自杀人口 90% 来源于精神疾病患者，中国这一比例只有 50%，因此在中国，社会文化因素比精神疾病因素更重要。

只有当造成人类不幸和痛苦的宏观社会根源得到显著改变时，自杀现象才能得到有效的改善，20 世纪末以来，随着经济水平的发展，农村人口得以流动，以及相关部门对自杀药品（农药）的控制，中国的总自杀率尤其是农村女性的自杀率开始下降。

但这并不意味着自杀干预项目的无能为力，因为无法预测的灾难、充满压力的生活变故和社会支持在整个社会中并不是正态分布的，那些弱势群体面对的变故更多，获得支持也更少。自杀热线可能是他们在陷入极端心理困境时最易得的求助途径。

中国第一条自杀干预热线是由加拿大人费立鹏 2002 年在北京回龙观医院开通的，林昆辉的这一条热线，在 10 年之后才开通。他和费立鹏见过一面，“费立鹏是精神科医生，我们救人的心都是一样的，但是方式不同”。

有那种真的因为电话被拯救的人，他们本来站在窗户边，或者手里拿着利器，命悬一线，他们在电话里大哭，接线员有时候也泪流满面，但是就不管不顾地使劲拉。

赵子君接到过一个来电，在大多数人都睡了的深夜，一个睡不着的男孩打过来，告诉赵子君自己担心即将到来的考试。来电显示，这是一个重复个案，来电者曾经打电话求助过，上一个接线员备注对方有“公务员考试情结”。

这是一个孤注一掷，辞掉工作考公务员的农村年轻人。前三次都没考上，马上要考第四次了。

赵子君的职业敏感告诉她这可能不是单纯的考试焦虑，一步一步问下去，男孩告诉赵子君，他在考试前进行了一次体检，体检发现他心动过缓，每分钟心跳只有四十几次，现在两次心跳间隔 0.12 秒，如果间隔达到 0.4 秒，他的心脏停跳就不可能再恢复了，医生要他立刻装心脏起搏器。

他无法接受医生的建议，害怕单位不会录用他，害怕谈恋爱结婚时会有影响，害怕不能坐飞机，他考虑种种情况，一直拖着不去装。但如果不装，他又担心自己有一天心跳停止。

赵子君说：“我明白了，你之所以睡不着是因为你害怕睡着，如果你睡着，你担心心跳会停止，你担心你睡着之后明天早上起不来。”对方一愣，他可能随时会死掉，这是他真正焦虑的事情。因为这个焦虑，他已经快一个月没怎么睡觉了。

“我是学医的，我可以很肯定地跟你说，这是一个小手术，没有你想象得那么痛苦”，赵子君从医学技术的角度安抚了他，也告诉他谈恋爱、找工作、坐飞机，都不是问题。最重要的是，她告诉他，从 0.12 秒到 0.4 秒，其实还有足够的时间，他完全可以安心睡上一觉。电话持续了一个小时，赵子君确实通过电话治愈了这个陌生人，话还没说完，男孩就睡着了，赵子君挂掉了电话，替这个一个月没睡觉的年轻人松了一口气。

卡夫卡说：“有天堂，但没有道路”，我们大概都知道美好生活的模样，但不知道如何走过去。自杀干预热线的接线人员也并不提供道路，“我们只是在悬崖底下接住你”，赵子君说。

痛苦滋养了我们

南昌的接线员大多有平稳幸福的生活，不接线的时候他们在自己的工作或家庭里度过。他们理解自身，日复一日走在南昌的香樟树下，接线的时候他们就钻入另一层空间，去理解世界，为让世界更美好尽一点绵薄之力。

有人在成功接完一个高危电话后精疲力竭，埋头痛哭；也有中途放弃的人，被电话那头的痛苦恰好击中，不敢再面对。

晓笙是一位中学老师，家在离南昌 120 公里外的抚州，每一次她都提前订好第二天最早一班的火车，赶来上一个早班，有时候和李宙接班，有时候和赵子君接班。晓笙喜欢说："来电者用他的痛苦滋养了我们，不然，我们哪里有机会知道人的痛苦和命运是如此复杂。"

每个接线员都接过高危的自杀来电，晓笙也接到过。一个走投无路，事业"失败"，又患有抑郁症的男人，写好了遗书，取出了股市的钱，安顿好一切，准备跳到长江里去。脑袋里的魔鬼在推他，晓笙就和脑袋里稍显弱势的天使一起拉他。

终究还是拉回来了，男人对晓笙说："真的特别感谢你，这句话我都没有对医生讲，也许医生对我这些都不感兴趣，你一个素未谋面的人，能够这么用心地陪伴我，我特别感谢你，我一定会活下去。"

晓笙想起自己小时候，不到 5 岁，有一次不小心掉到井里，有一个陌生人想尽了各种办法，把她从井里拉了出来。她一直没有机会去感谢这位救命恩人，还没能请他吃个饭，他就因为意外事故去世了。晓笙觉得很遗憾。

30 多年过去了，这个画面一直在她心里。晓笙现在总把人从生死边缘往回拉，就像当年那位陌生人把她从井里拉起来一样，"我现在想想觉得挺温暖的，他给了我第二次生命，对这个社会而言，他拉我其实是值得的"。

赵子君大多数时候都很稳定，她有扎实的知识和技术，有足够的经历和理解力，又有用不完的能量。

但她偶尔还是会想起那个独自在宾馆里自杀的男人，那天他们互相陪伴了彼此四个小时，他没有死在电话线的那头，这个案子就算结束了，接线员不应该过多地再去想起或者谈论起过去的案例。

赵子君一直留着他的电话，甚至还有他养父的电话，有时候赵子君想再回拨过去，或者想给他养父发个信息，但都会被同事或自己的理性制止。赵子君觉得他还会有自杀的风险，对死亡的恐惧让她没办法立刻转身忘记。

虽然他当下的悲伤被缓解了，但那个瞬间确实会产生任何蝴蝶效应吗，抑或是其实根本改变不了什么？人本身的痛苦，还是只能由他自己来面对吗？

这让赵子君困惑，她不知道挂掉电话之后，另一个空间会发生什么，这难免让她怀疑自己工作的意义。但作为有经验的接线员，她又必须学会正视人类的痛苦和无力，她需要继续自己的生活。

那是一个温暖而晴朗的夜晚，子君给我讲完这个故事已经快 12 点了，她结束了今晚的值班。我和她走在南昌街道两旁的臭椿树下，她推着电动车，家里有狗等着她，我记得她今晚对电话那头的人说的最后一句话是："祝你开心。"

（为保证病人隐私，文中所有提到的案例细节都进行了技术性的模糊处理）

参考文献

1. 《自杀作为中国问题》，吴飞著，三联新知书店 2007 年版.
2. 《苦痛和疾病的社会根源》，凯博文著，上海三联书店 2008 年版.
3. 《中国自杀率下降趋势的社会学分析》，张杰、景军等，载《中国社会科学》2011 年第 5 期.

我们还可以做些什么：孩子癌症去世后，这位妈妈改变了一个国家的法律[①]

一场毫无征兆的罕见的癌症，打碎了一个中国移民家庭关于幸福生活的全部设想。

10 岁的儿子，在历经两次手术、使用了七种化疗药物之后过世。看上去是一个充满了伤痛与无奈的故事，但故事的后面却出现了一些差异，孩子的妈妈并没有被击垮：

她成立了一个基金会，为这种罕见癌症的研究筹措经费，用这种特别的方式来纪念离去的孩子；

她游说议员，最终改变了这个国家的法律，让那些大型的制药公司不得不为千千万万的儿童癌症患者研发儿童用药——在过去的

---

① 本文作者为李珊珊。

20 年里，只有四种针对儿童癌症的新药上市，医药公司对儿童癌症药品研发的投入几乎为零；

她参与推动了美国历史上最伟大的儿童癌症药品法律之一——RFCCA(Race For Childhood Cancer Act)。虽然无法换回儿子的生命，但是在未来，或许会有成千上万的孩子因它而得救。

如果土土早点用上这种药，结局会不会不同？

如果没有碰上这种罕见的癌症，土土一家算得上一个快乐的移民家庭。

聪明快乐的儿子，是城里青年交响乐团里年纪最小的小提琴手；温婉知性的妈妈Kathy是公立小学的老师，爸爸在一所大学任教。

一次例行体检中，医生摸到土土腹部有肿块，一个月后土土被确诊为一种罕见的基因融合肾癌——在土土所在的整个佛罗里达州，没有一个肿瘤医生见过这样的肾癌。

没有任何症状，这个活泼好动、爱跑步和踢足球的孩子，已经全身充满癌细胞——肿瘤从肾脏扩散到胸腔和颈部。

辛辛那提儿童医院长达八个小时的手术，为土土切除了左肾和附近的肿瘤。

之后的一年里，土土又服用了五种不同的口服化疗药，进行了两次注射化疗，他照常上学，踢足球，拉琴。土土的乐观和坚强曾是一家人的希望。

但是，所有的药物都失败了，淋巴里的肿瘤仍在生长，吞噬着土土年幼的生命。第二次手术也失败了，医生无法切除其他部位的肿瘤。

一种全新的PD1免疫疗法是土土的希望，这项疗法的（成人）临床试验当时已经开始，并挽救了很多成人肾癌患者的生命，但儿童的临床试验却尚未开始。

2014年4月，土土一家向美国的六家药厂申请使用PD1免疫疗法，朋友把土土一家的故事和请愿书放在那个征集过很多禁枪、教育提案的美国著名签名征集网站Change上，人们的签名和建议纷至沓来。

两位佛罗里达州议员和司法部部长也加入了支持这个男孩获得救命药的队伍，然而，药仍然没有拿到，因为如果引入额外的儿童患者会推后新药的审批时间，给公司造成非常大的经济损失。

直到9月，美国FDA终于批准了相关药品的上市，10月，土土飞往辛辛那提儿童医院开始注射，算是一种Off Label（超说明书使用）。他是世界上第一个使用这种药物的孩子，没有签署任何文件，也没什么法律保障，顾不上了，那是最后的机会。

注射过第二针后，CT报告显示肿瘤停止了生长，这种药对抑制土土体内的癌细胞扩散很有效。

然而，这一切都来得太晚了，土土的身体已经无法支撑下去，2014 年 11 月 24 日，土土仅有的一个肾突然停止工作，陷入昏迷。

土土在妈妈的怀里睡着了，再也没有醒来。

土土的妈妈永远都记得那一夜，那是感恩节的前夜。

"我的灵魂被永远地带走了，我的心被永远地刺出一个洞，那么残忍地被削掉了一块，和他一起去了天堂。"

土土去世后，土土妈妈无数次问，如果土土能及早用上这种新药，结局会不会有所不同？为什么制药公司不能同期进行儿童的临床试验？

第二天，也就是感恩节那天，土土的爸爸妈妈捐出了土土的两只眼角膜，很快它们被移植到两个成年人的眼睛里。

"我的孩子，以另外一种方式，继续关注着这个世界。"

我不想让别人忘记他的名字

由于文化上的差异，每次回国，家人和朋友压根不敢向土土妈妈提起土土的名字，他们觉得，一提土土的名字她就会难过。

土土妈妈则直接告诉家人朋友，"你们不提我孩子的名字我才难过。不提他的名字，就相当于他白白来到世界上一样"。

"失去孩子的痛苦是永远存在的，这痛苦就在那里，我做或者不做这件事情，它都在那里，靠不提（孩子的名字）去忘记，那是欺骗自己。”

她决定做点什么。

Kathy开始去查阅资料，她看到了这些残酷的事实：

在过去的二十年里，美国政府只批准了四种针对儿童癌症的新药。

成年人癌症研究经费中有60%来自医药公司，而医药公司对儿童癌症药品研究的投资几乎为零。

美国国家癌症研究所（National Cancer Institute）每年用于癌症研究的经费约为40.6亿美元。这其中12%用于乳腺癌的研究，7%用于前列腺癌的研究。而所有的用于儿童癌症的研究经费加起来，只有4%。

2015年，国际抗癌联盟（UICC）数据显示，全球范围内，每一天有250名儿童死于癌症，一年有9万多名儿童死于癌症。

作为母亲，Kathy不甘心，她的孩子就这么莫名其妙地被这种疾病夺去了生命，医生告诉她，孩子得了一种他们不知道的癌症，他们也想知道有关这种癌症的更多知识，但是他们没有资金来研究。

她希望做点什么，为儿童的癌症做点什么，为土土做点什么。2015年初，Kathy做出了一个决定，要成立一个基金会，以“土土”命名的基金会——土土的翅膀基金会（Joey's Wing Foundation），Joey是土土的英文名。

她想用这种特别的方式来纪念离去的孩子，也去帮助那些像土土一样的孩子。

“土土到世上10年，就这么走了，我不想让别人忘记他的名字。”

土土去世后的第二年，以“土土”命名的基金会与约翰·霍普金斯医院合作，建立了第一个国际易位性肾癌肿瘤库，用以收集儿童肾癌肿瘤标本。

土土去世后的第三年，土土的翅膀基金会完成了它成立以来最大的一笔捐赠，把10万美元捐赠给美国德州大学西南医学中心肾癌实验室，成立了以“土土”的名字命名的专项Xp11.2易位/TFE3基因融合相关性肾癌研究项目。

实验室把土土生命中的最后一幅画，一幅未完成的《龙》挂在了中心的大楼。

他们说：“生命的意义不在于长短，而在于生命价值的延续。土土做到了，通过他的父母和基金会他做到了，他的生命是永恒的。”

儿童癌症药为什么那么少？

儿童癌症因为发病率低，市场和利润预期都小，制药公司们并不热衷于在儿童癌症领域投入。

2003年，美国曾通过《儿童研究平等法案》(Pediatric Research

Equity Act，PREA），授权美国食品药品监督管理局要求已批准和未批准的成人药物进行儿童适应症的评估，以证明该药品在各个年龄段儿童群体中的安全性和有效性。然而，这项法案并没能促成很多新的儿童癌症药物的开发。

强制规定并没有起效，是因为儿童不会得成年人的癌症，比如乳腺癌、肺癌、结肠癌、前列腺癌、子宫癌等等。美国食品药品监督管理局成立50多年，却只批准过三种用于儿童癌症的药物。

土土妈妈决定去推动一个提案，为儿童的癌症用药提供更好的保障。

2016年，她认识了一位社会活动家南希·高德曼（Nancy Goodman），南希的先生在白宫工作，夫妻二人曾是奥巴马在读哈佛法学院时的同学。他们的大儿子在10岁时死于髓母细胞瘤——一种不常见的儿童脑瘤。那之后，她成立了一个专注于儿童癌症的基金会Kids V Cancer。凯西为南希讲述了土土的故事，她们把这些孩子们的故事写进一本白皮书里，在南希的推动下，2016年美国通过了一项促进儿童药物研发的法令，根据这项法令，制药公司研发针对儿童癌症或者罕见病的药物，可以在药物上市后获得一张“审批加速卡”，这张卡可以买卖，并可以用于任何FDA接到的药物审批申请。

为什么不能提交一个新的提案，作为《儿童研究平等法案》的一个修正案呢？

2017年，汇集医生、医学专家、患者家属等等各方意见后，一个新提案的雏形出现了。这是《儿童研究平等法案》的一个修正案。根据这项提案，当一个成年人癌症药品的分子靶点和一个儿童癌症相关的话，FDA有权要求医药公司进行该儿童癌症药品的研究。也就是说，不再以癌症发生的部位来定义，而是用分子靶点来定义癌症。

比如乳腺癌里有一个分子靶向，和一种儿童癌症——神经母细胞瘤——的分子靶向一样，当制药公司针对这个靶点开发乳腺癌的新药时，就必须同时进行儿童神经母细胞瘤的新药试验。

人们为这条新法令起了个名字叫：Race For Childhood Cancer Act。

200多名癌症儿童的家长，决定在儿童癌症行动日的最后一天与国会议员们见面提交法案。

Kathy和另外两位也因为癌症失去了孩子的家长，以及一位斯坦福儿童医院的专家组成的四人小组作为代表，与五位国会议员和两位加州议员进行七场单独面谈。

议员们很忙，一摞资料他们也不一定有空看。后来家长们在见面会结束时就递给议员们每个人一只纸鹤——土土基金会的标志，很特别，又让人印象深刻。

之后是提案的表决，身在华盛顿旁听了表决会的家长记录下哪些人赞成了，哪些人反对了，然后家长们会在推特上直接@那些比较知名，有影响力的政治家："为什么不支持？"

2017年8月8日，美国总统特朗普在经过参众两院一致通过后，将RFCCA写进了美国法律。

这是美国历史上最伟大的儿童癌症药品法律之一，它将堵住之前的漏洞，规范制药公司的行为，不但能为罹患癌症的孩子们带来很多的新药，还将吸引研究经费流入儿童癌症的研究。

虽然无法换回土土的生命，但是在未来，或许会有成千上万的孩子因它而得救。

土土去世后，有朋友劝慰土土妈妈，不要活在过去，开始新的生活。

土土妈妈则对他们说，正是因为活在现在，活在孩子们的未来，才会有土土的翅膀基金会，才会有法律最终的改变。

帮助更多的像土土这样的孩子，是纪念他最好的方式，土土的生命也因此而永恒。

结语

经历过生死，人生会有什么不同吗？[①]

那场惨烈的地震过去整整 10 年。而它所带来的破坏性的力量，在此后漫长的岁月里，一一浮现。

一个女儿，她固执地每年给在地震中遇难的父亲买生日礼物，写信。有人对她说，灾难就是财富，要从在灾难里学到东西，可是她就不学。

一位母亲，再也没换过电话号码，她害怕，万一有一天女儿回来，找不到自己怎么办。

我们请来当年的幸存者，讲述他们在这 10 年里的沉浮。

有人已为人母，已经与生活和解；还有的人眼泪流干，但也只

---

① 本文作者为刘璐、曾鼎、李珊珊。

能继续这样活下去。

记录这些，并不是为了去追寻灾难所谓的意义。而是我们无法预期，会在哪一个寻常的午后，遭遇哪些命运的考验，我们所能选择的，是和它们相处的方式。

希望地震给我们留下的，在伤痛之外，还有生活的勇气。

真正感觉失去爸爸，是在这之后漫长的很多年里，就像一把沙子一点一点被风吹走

圆圆，15~25 岁，戏剧老师

救援队在 2008 年没有找到我爸的遗体，一年之后，我妈妈自己翻到山里找到了，她记得爸爸当时穿的衣服。那天，我在学校知道这个消息后，才第一次失声痛哭起来，那一天开始我才慢慢去面对地震对我的影响，不再屏蔽它。

可能要到这几年才知道自己通过地震得到了什么，我读《燃灯者》，里面有段话说，“在精神上，我们大家似乎是依赖于在生命的重要时刻，某一些人所给予的那些东西在活着。这个富有意义的时刻是不期而遇的，它不选择了不起，而是非常朴实的”。

这些时刻，对我来说就是曾经和爸爸一起共度的日常的朴实时刻，比如他捕到的野鱼，回来做一锅野鱼汤；夏天他买得很好的葡

萄和西瓜，用山里的泉水来冰镇；他用玉米叶做的风车；他带我在河边捡的石头。后来我知道是这些时刻给了我力量，他一直希望我能做一个快乐的人。

地震之后的日子，我要拼命去接受爸爸已经离开的这个事实，这是一段持续了很长的艰难时间。

大二的一个学期，我基本没怎么和人说话，每天都很绝望，会拼命想人活着的意义到底是什么。别人都说灾难是财富，要从灾难里学到东西。我那时候想的就是我不学。身边的人都在嘲笑你的绝望，我随时都能哭出来，常常想他，非常想他。

我每年都会给爸爸买生日礼物，买过烟、粉红色体恤、迷你麻将、书、刮胡刀，买了几年想着反正也送不出去，就不买了。

我也会给他写信，写流水账，告诉他我今年都干了些什么。有一次我说，我也不晓得你们人死了之后到底都去哪了，我想换一个工作、一个学科来研究一下，但想了一下还是算了，老了再研究吧，要不你想个什么办法来给我一点启示？可是我爸走了之后，我一次都没有梦到过他。

以前我以为我爸能挣很多钱，让我做白富美，现在只能自力更生了。我现在总会想起他问我想过什么样的生活，他说只要是我选的，都可以。

真正感觉失去他，是在这之后漫长的很多年里，就像一把沙子一点一点被风吹走。

经历生死，更应该跟生活握手言和

熹微，29~39 岁，老师

地震前，我正打算和男朋友分手，觉得我们不够合适。但因为当时男朋友的家在地震中损失严重，碍于旁人的评价和眼光，在人家家里发生变故的时候提分手不厚道。

后来他研究生毕业去深圳，他父亲生病，他去俄罗斯工作，我们还是结婚了，但我越来越抑郁，没有办法和他生活在一起。

最终我决定离婚。历经生死，更应该跟生活握手言和。不被外人左右，不被评价左右。

很多人都说因为经历了生死，要珍惜身边的人、珍惜拥有的一切。但我后来发现，恰好是因为生死很宝贵，所以不能丢失自己本来的立场，要一直坚持自己的价值观生活才对。

伏欢的妈妈再没有换过电话号码，母亲害怕，万一女儿哪一天回来，找不到自己怎么办

王韦，14~24 岁，社工从业者

这断裂的 10 年里，我常梦见伏欢，她是和我一起成长的伙伴，

我用家乡话叫她女姐。

我们曾经躺在田埂上，看着太阳慢慢下山。伏欢突然问："你觉得人死了是什么感觉？"我们就此约定，如果有一天，我们谁先不在了，活着的人一定要去看望对方。

我说："好啊，至少还要六十年吧。"

10 年前的 5 月特别闷热，突如其来的灾难，埋葬了无数的生命、房屋和村庄。我茫然地站在逃难的人流中。受伤的老师带着学生走了几十里山路，年迈的老人带着刚刚出生的婴儿，天气又阴又冷，下着小雨。

伏欢在北川中学。伏欢的妈妈走过来，看到从小和她女儿一起长大的我，突然情绪失控，抱着我号啕痛哭："女姐莫得了，女姐莫得了！"

奥运会来临前，伏欢最想做的就是能够走出四川去看看。这 10 年来，我一次次地远行，我走过北京、上海、深圳、香港，我以为只要走得够远，天就够高，我就能走到我想要的远方。

但是我又一次次地回来，好像生命里失落了很宝贵的东西，拉扯着我前行的路，我要将它寻回。

每当回到故乡，我总会一个人在田埂上停留，望着眼前山河改道、面目全非的土地，拼命地去回想。可任凭我怎么想，生活好像被割裂一样，前 14 年的生命突然感到空荡荡的不安。

2018 年 5 月，我又回到了北川。伏欢的妈妈再没有换过电话号码，多年前，她对我说：“这辈子的电话都不会再变了，万一她哪一天找回来，她找不到我咋办啊！”

我遵照诺言，去北川中学的旧址看望伏欢。整个学校已经被推倒掩埋，后来又重建成为地震博物馆，找不到一丝原来的影子。

我会永远想念她，想念那个奔跑在田埂上的姑娘。

你睡得太沉，我走了，
就真没有人叫你了

豌豆，创业中

和我同宿舍住的一个大姐姐，地震了，别人都跑下了楼，只有她摇着我的胳膊叫我赶快起床。事后问她为什么没有先跑出去，她说，你睡得太沉，我走了，就真没有人叫你了。

我冲到楼下电话亭，赶快给我家里的妈妈打电话，那 20 秒的彩铃是我听过最漫长的声音。

如今学姐已嫁作人妻，她很善良。她姓梁，她应该拥有这个世界上所有的美好。

我做了脸部修复手术，以后也不能穿高跟鞋了

小戴，19~29 岁，全职主妇

我醒过来的时候，发现自己被压在一个很黑的地方，什么都看不见。因为周围完全黑暗，我也没有时间概念了。中间下过雨，我喝了一些雨滴。三天之后，我终于被救出来了，我听见鸡鸣，那应该是个早上。

被救出来的时候，我左边的身体和脸都因为挤压变形了。医生先给我抽掉腿里积压的液体，还说情况不好的话要截肢。

脸部的坏死组织被清理掉以后，左脸的颧骨都已经露了出来，医生说要做脸部修复手术。因为不能从身上别的地方取皮肤，医生在我的头上装了一个扩张器，把头上的皮肤撑开，等它长出来，再截下来移植到脸上。

我大概是地震之后第一个做脸部修复手术的。幸运的是，我的腿恢复得很好，不用截肢，唯一的遗憾大概就是以后都不能穿高跟鞋了。

我去地震遗址看过一次，熟悉的地方全都找不到了，我曾经最熟悉的县城车站也没有了，我也看不见当时自己被埋了三天的地方了。

如今我女儿都快三岁了，再也没有遇到过比当年更艰难的情况。

我一直觉得，
是身边遇难的人帮我推开了那些巨石

曾勇谋，33~43 岁，茶叶商人

后来我才知道，我最终逃生的那条塌方的马路上，上百人中，生还的只有三人。

我开的一辆小型货车被石头砸中，跌进了几米深的深沟里。从泥石流中幸存，从驾驶室里爬出来，我算得上是奇迹了，我一直觉得，是身边遇难的人帮我推开了那些巨石。

我是茶叶商人，2009 年去对口支援北川的山东省推销茶叶，在展会上，人们几十斤几十斤地买我的茶叶，根本不是买来喝的，有些老人，扔下钱茶叶也不拿就走了。

后来去北京、青岛推销茶叶的时候，我不再说我来自哪里。真的很温暖，但我年轻力壮，我可以靠自己。现在整个北川有超过 1000 个农户靠着我的店生活。

2018 年春天，有一批茶叶需要急送，身边的伙计不在，我又踏上了那条路——10 年里我一直避着那条山路，现在是时候了，我带了一条烟，几瓶水，捡了两块平整的石头做底，把烟点燃放在石头上，我对那些人说，10 年了，我来看你们了。

长大后，我就成了你

强天林，14~24 岁，军人

余震袭来，整座山都倒向我的时候，有一双有力的手把我抱了起来，为我挡住了落石。临走的时候，他对我说，小家伙，我就要走了，你要好好读书，走出大山。

我不知道他的名字，却隐隐迷上了他身上的迷彩色军装。

我以前成绩并不好，但是笨鸟先飞，我拼命读书，从年级的第 200 名考到前 30 名，从普通班到英才班，最后考上了国防科技大学。

在军校时，我左手韧带被割断，脚踝骨折，膝盖严重积液，每次到绝境的时候，我都会记起和他的约定——我一定会成为你。

人生中有很多巧合，我的这个是命运最好的安排，我结束了五年的军校生涯，来到了部队任职，我所在的部队有另外一个名字——中国国际救援队，曾 20 多次执行国内外地震救援行动，包括当年的汶川地震。

第一次参与地震救援训练时，在废墟中搜索生命的迹象，将一个个生命从断壁残垣中救出来时，我的脑海里清晰浮现出当年地震的场景。战友问我回想起当年的画面会不会心有余悸，我的回答很简单：10 年前，我确实很害怕，因为我渴望被救；但是 10 年后，从一名被救者到一名施救者，我不会害怕，因为我们是幸存者的希望。

我的眼泪一辈子流不完，
但只能这样继续活下去

桂花，52~62 岁，无业

我现在当然也还会胡思乱想，想过去，也想未来。每天傍晚，我女儿回来之前，我就打开电视，假装自己没有在胡思乱想。

在地震里，我失去了我的大女儿、外孙女、三个妹妹和一个侄女。我找到 5 岁外孙女的遗体，在北川人民公园外面的铁索桥头挖了一个坑把她埋葬了，后来她又被泥石流冲走了。我在地震里救了八个人，老人说多做善事能积德，我想我的亲人也许能活过来。那段时间我经常边喝酒边哭，喝酒才能让我睡着，然后才能醒过来。

地震之后，我在社区做临时主任，分配震后安置住房的工作。有一天警察找到我，后来他们说我虚报冒领了三套住房，我被抓到监狱关了两年多。这期间，我母亲也去世了。

出来之后，我有时候也被周围的人指指点点，妹妹虽然说相信我，但还是觉得我给死去的父亲丢了脸。这些年我到处打些零工，我活得很累很累，没有地方可以说，但是很多事情都没有办法，我

的眼泪一辈子流不完，但也只能这样继续活下去。

每到周年，
我都会接到自杀者的求助电话

冯翔，22~32 岁，心理咨询师

我是震后去的灾区，当时的惨况，那么严重的伤亡，那么普遍的心理创伤，就连很多过去义务援助的心理咨询师，也都需要心理治疗。

我见过地震中失去孩子的母亲，守着独子遗物睡觉的父亲，他们的精神状态是持续性的糟糕。这 10 年里，尤其是震后那几年，每到周年纪念日的时候，我常常会接到自杀者的求助电话。

现在想来，心理救援应该是长期的过程。而我们对灾区的心理援助，来得快去得也快。中国科学院心理研究所的所长张侃为汶川地震公开呼吁过，对灾区的心理援助应该持续 20 年。

有时候我们可能意识不到，重复的不得当的心理援助，有可能对灾民造成二次伤害。我曾经遇到的一个当事人就很反感地说，问卷调查太多了，他收到的心理咨询师名片可以堆起来打扑克了。我甚至听到消息说，有的灾区安置点已经打出了“防火、防盗、防咨询师”的横幅。

我不是全职的公益人员，自己做得也不完美，在道德上指责他人是苛责了。毕竟，心理学在国内还是新兴学科，本土尤其是基层的专业力量很匮乏。但是时隔10年，这一点仍然值得提醒。

原来，跑步的时候
所有的伤痛和泪水都会随着汗水被蒸发掉

Alina，16~26岁，公司法务

地震过后，有心理咨询师来给我们做疏导，我装作什么事都没有，什么都不说。

其实我一直有负罪感，我总觉得，如果5月11日那天下午，留住奶奶在我读书的地方，她就不会死；如果不转学，陪着我的闺密，她是不是也能活下来。

我后悔到身体根本无法承受，吃了吐，吐了吃，状态最糟糕的时候，只有72斤，像个骷髅。我总是想死掉好了，这样，就能不后悔了。

四年后，我读大学的时候，被心理医生诊断为PTSD——创伤后应激障碍。医生让我用药物干预，药物开始见效之后，我又开始跑步，跑马拉松，在两年里跑了十几个马拉松。

原来跑步的时候，所有的伤痛和泪水都会被蒸发掉。后来，每

次我感觉不好了，PTSD要复发的时候，我都会去跑步，跑到没有力气，也就不会去想那些不愉快的事。

我不太想回忆那段时间。可是我学着慢慢接受它。它是我生命的一部分，我因为它的存在而完整。

[故事由当事人口述，刘璐、曾鼎、李姗姗记录，王韦的故事来自腾讯谷雨实验室（guyulab）]